Camille

Quand elle décida de louer cet appartement, Camille le fit pour une seule raison : la vue. Pas une vue dégagée qui laisse entrer le soleil, pas une vue poétique qui s'ouvre sur les toits de Paris ni même une vue intime qui protège du vis-à-vis. Non, rien de tout ça et, à vrai dire, c'était même le contraire. Le jour où elle l'avait visité, Camille avait jeté un rapide coup d'œil à la cuisine et à la chambre, elle avait brièvement passé l'encadrement de la porte de la salle de bains puis, sans un mot, elle s'était dirigée vers les trois grandes fenêtres du salon. Le propriétaire s'était alors avancé d'un pas brusque, comme si, une fraction de seconde, il s'était imaginé pouvoir s'interposer entre Camille et la fenêtre. Finalement, il s'était ravisé.

« Ils ne sont pas là si souvent… »

Il n'était qu'à quelques centimètres d'elle, mais sa voix lui avait alors paru lointaine. Camille était déjà ailleurs, subjuguée par ce qui se trouvait dans son champ de vision, cet appartement dans la pénombre si proche qu'elle en devinait les moindres détails. L'emplacement des meubles, la couleur des murs, les magnets sur le frigo... Camille avait l'impression qu'il lui suffirait de tendre le bras pour se servir une tasse de thé ou attraper l'un des biscuits posés sur la table du salon. Elle avait l'impression de retomber en enfance et de se retrouver devant l'étage d'une maison de poupée. Combien de mètres y avait-il entre ces deux fenêtres ? Cinq ? Six ? Peut-être sept. Elle n'avait jamais été douée pour ces choses-là.

Le propriétaire se racla la gorge et Camille revint à la réalité.

« Parce que vous oui ? Vous êtes souvent là ?

— Enfin, j'imagine... » avait-il répondu, gêné.

Elle n'avait rien ajouté. Camille s'était décalée sur un côté de la fenêtre pour observer la vue sous un autre angle. Elle n'avait jamais vu une telle configuration dans les immeubles parisiens. Le marché de l'immobilier avait beau être saturé, il n'était pas étonnant que cet appartement soit difficile à louer. Camille pensa à la luminosité qui devait y être déplorable en hiver, et le faible montant du loyer lui parut tout à coup excessif. Quand elle avait vu l'annonce, elle s'était imaginé toutes sortes de possibilités, mais pas celle-là ; pas celle de se retrouver dans une colocation visuelle avec ses voisins d'en face.

Hormis cela, l'appartement avait tout pour plaire. Le dernier des six étages qu'elle avait gravis bénéficiait d'une cage d'escalier plus resserrée, ce qui lui avait donné l'impression d'entrer dans un refuge. La chambre et la salle de bains, toutes deux mansardées, renforçaient encore cette sensation de cocon. Lorsqu'il avait enfoncé la clé dans la porte, le propriétaire lui avait confié que tout avait été refait à neuf lors du départ du dernier locataire. Et c'était vrai. Les murs étaient d'un blanc immaculé, le parquet d'un bois doré et ce contraste venait accentuer davantage l'aspect chaleureux de la pièce.

« Je le prends.

— Vous êtes sûre ? Enfin, je veux dire, bien sûr. Bien sûr, mademoiselle. Vous vous sentirez bien ici », ajouta-t-il plus pour lui-même que pour Camille.

Elle sortit de son sac le dossier dans lequel elle avait rassemblé tous les documents. Il y avait ses trois derniers bulletins de salaire, son avis d'imposition, les quittances de son dernier appartement et la photocopie de sa carte d'identité.

« Mais votre conjoint ne veut pas le voir ? reprit-il, légèrement paniqué.

— Ce n'est pas nécessaire. Nous sommes toujours d'accord. »

L'homme avait hésité une seconde mais il avait fini par hocher la tête et par prendre le dossier que Camille lui tendait. Comme elle ne gagnait pas trois fois le montant du loyer, elle avait demandé à Jérôme s'il pouvait l'aider et il avait accepté sans trop poser de questions. Cela faisait trois ans que tous les mardis, accompagnés d'un petit groupe d'une dizaine de personnes, ils couraient ensemble dans les rues de Paris et même s'ils ne parlaient pas beaucoup, Camille s'entendait plutôt bien avec lui. En tout cas suffisamment pour qu'il accepte de faire le conjoint fictif le temps d'une recherche d'appartement.

D'un air concentré, le propriétaire avait commencé à parcourir, une à une, chaque page du dossier. Camille n'en était pas étonnée. Dès les premières secondes de leur rencontre, cet homme lui avait semblé extrêmement rigoureux. Quand elle lui avait serré la main, elle l'avait imaginé assis à son bureau, en train de ranger ses crayons aux mines soigneusement taillées dans un ordre très précis. Elle était persuadée qu'il était de ceux qui laissent une distance parfaitement égale entre chacun de ses stylos une fois posés sur la table.

Comptable sans doute. Comptable, champion d'échecs avec un insectarium dans une pièce dédiée.

« Je regarde ça au calme et reviens vers vous rapidement... »

Il leva la tête et plongea son regard dans celui de Camille comme pour tenter d'y déceler son degré d'honnêteté. Tout à coup, une grande fatigue sembla s'abattre sur lui et son âge prit une dizaine. Il poussa un long soupir, tapota le bas du dossier sur la table du salon pour remettre les feuilles en place.

« En fait, c'est bon pour moi, mademoiselle. J'accepte votre dossier. »

D'un geste rapide, il sortit plusieurs documents de sa sacoche.

« Voici le bail. Prenez-le ce soir, lisez-le avec votre conjoint et nous pourrons le signer dès la semaine prochaine. C'est d'accord ? Entre-temps je vous laisse vous occuper de l'assurance habitation. »

Du bout des doigts, Camille attrapa les feuilles que lui tendait son futur propriétaire pour les fourrer dans son sac mais, dans une réaction sèche, celui-ci retint son geste. Il ferma les yeux une seconde avant de finalement desserrer la pression de ses doigts. Il prit alors la direction de la porte d'un pas décidé, sans se retourner.

Une fois sortie de l'immeuble, Camille lui avait à nouveau serré la main puis elle était partie sur la droite parce qu'il avait tourné à gauche. Au bout de quelques mètres, elle avait poussé la porte d'un bar qui se trouvait sur sa route et s'était assise au comptoir pour commander un verre de vin blanc. Camille avait pris une gorgée et, à mesure que le liquide frais réchauffait l'intérieur de son corps, elle avait senti ses muscles se détendre.

Elle avait désormais un appartement qu'elle occuperait seule, un salaire qui, pour la première fois de sa vie, lui permettait de subvenir modestement à ses besoins et un travail qui lui plaisait.

À la deuxième gorgée, Camille se sentit légèrement ivre mais, surtout, intensément libre.

Marguerite

Marguerite regarde par la fenêtre de son appartement. Elle aime observer ce qu'il se passe en face de chez elle, toutes ces promesses de vie, ces milliers d'histoires qui se jouent sous les toits en zinc de la capitale. Elle habite au sixième étage d'un immeuble parisien situé dans le 11ᵉ arrondissement et, chaque matin, elle contemple la vue qui s'offre à elle comme s'il s'agissait de la première fois. Elle n'a jamais observé deux fois la même lumière se poser sur les bâtiments de la rue d'en face.

Paris coule dans ses veines depuis sa plus tendre enfance et elle ne s'imagine pas vivre ailleurs. Sans doute parce qu'elle ne l'a jamais fait. Elle sait très bien qu'elle est une fille de la ville et qu'elle ne survivrait pas une journée à la rudesse de la vie de la campagne. Pour d'autres c'est l'inverse, pour elle c'est comme ça. Certains croient en la nature, elle, c'est en l'humain. Malgré tout.

Elle est presque née dans cet appartement. En tout cas, c'est ici, entre ces murs, qu'elle a grandi et qu'elle s'est construite, année après année. Elle a vu les arbres au pied de son immeuble se vêtir des couleurs de l'automne un nombre incalculable de fois et la rue qu'elle arpente chaque jour détient les souvenirs de ses pas d'enfant, de jeune fille et de femme.

À son âge, Marguerite prend toujours le métro. Malgré les marches, malgré les interminables correspondances, malgré le monde... Elle ne peut pas abandonner cette odeur. Pour elle c'est le parfum de Paris et chaque station a la sienne. Elle pourrait deviner si elle traverse un quartier de bureaux, un quartier populaire ou un quartier touristique les yeux fermés. Elle aime ce mélange d'émanations, ces rails qui chauffent, cette colle sous les panneaux d'affichage, ces produits d'entretien et puis ces usagers. Ce mélange d'humanité que tout éloigne, sauf leur destination. Lorsqu'elle avait neuf ans, Marguerite a perdu l'odorat pendant près de six mois. Alors aujourd'hui, elle ne supporte pas ceux qui disent que ça pue. Ceux-là ne connaissent pas l'odeur de la vie. Ni sa valeur.

Aujourd'hui, elle ne profite plus de tout ce que la ville a à offrir, mais le simple fait de savoir qu'elle pourrait si elle le voulait la comble et la rassure. Son quotidien se passe plutôt dans son quartier. Elle aime se balader chaque matin pour faire les courses de la journée. Aller à la boulangerie, chez le primeur, à l'épicerie et même, une fois par semaine, chez le fromager. De temps en temps, elle rend visite à Jeanne qui vit dans le 17e arrondissement. Ce n'est pas tout près mais Marguerite aime bien s'y rendre. Là-bas, la mairie rémunère correctement ses jardiniers et les parcs font partie des plus fleuris de la capitale.

Marguerite a toujours énormément aimé les fleurs. Elle se demande comment, aux yeux de tant de personnes, ce trésor de la nature peut passer inaperçu. D'ailleurs, elle envie les habitants des plus petites villes qui ont tous ces giratoires à leur disposition. Si elle avait le permis et une voiture, si elle vivait en province, elle passerait son temps à faire des tours de ronds-points pour observer les massifs floraux qui les occupent. Avec des si, elle serait une autre personne.

Ce matin, alors qu'elle traverse une rue pour se rendre chez son épicier, elle remarque une pile de cartons de déménagement sur le trottoir d'en face. Soudain, une jeune femme surgit par l'encadrement d'une grande porte rouge, saisit un des cartons et s'engouffre dans le bâtiment d'où elle vient de sortir. Marguerite ne traverse pas au petit bonhomme vert pour rester quelques minutes supplémentaires à distance d'observation. La jeune femme vient de ressortir et répète l'opération. Marguerite surveille que personne ne vient prendre un de ses cartons même si elle sait très bien que, dans le cas contraire, elle ne pourrait rien faire. Il ne faut que quelques minutes à l'inconnue pour débarrasser l'intégralité du trottoir et Marguerite reprend sa route en pensant à cette jeune femme, sans aucun doute pleine d'avenir, et à cette nouvelle vie sur le point de commencer.

1

Camille

Camille a été fille unique sur le tard. Quand elle est née, sa sœur Virginie avait déjà presque douze ans et l'occasion de jouer ensemble ne s'était que rarement présentée. Camille avait surtout eu une seconde mère avant d'avoir simplement une première sœur. Elle avait souffert de voir Virginie partir, fuir, grandir. De la voir préférer être ailleurs plutôt qu'auprès d'elle, de l'entendre lui répéter « plus tard » lorsqu'elle lui demandait de passer du temps ensemble et de n'avoir jamais vu ce plus tard arriver. Elle avait souffert et puis elle n'avait plus souffert parce que la souffrance s'arrête aussi quand vient l'habitude.

Dans son enfance, Camille avait eu quelques amies. D'abord Sonia, Julie et enfin Claire. Et puis, elle avait cette sœur imaginaire qui avait son âge et qu'elle brandissait comme une vengeance silencieuse aux yeux de cette sœur bien réelle, mais qui disparaissait si souvent.

Nadine.

Personne n'avait jamais compris ce choix de prénom. Plus personne ne s'appelait Nadine. Plus personne n'avait *envie* de s'appeler Nadine. Mais Camille insistait. Elle racontait ce qu'elle avait fait dans la journée avec Nadine et alors ses parents la regardaient, d'abord un peu inquiets et puis finalement assez amusés par l'imagination débordante de leur cadette.

Camille n'était pas malheureuse mais elle trouvait que, comparée à celle des autres, sa vie manquait d'aspérités. Elle s'ennuyait beaucoup. Ses deux parents travaillaient énormément et ils ne partaient en vacances que deux semaines par an. En hiver et toujours au même endroit, à Saint-Jean-de-Luz. Sa mère détestait le monde, alors le sable, l'eau, les vagues, c'était forcément hors saison. Camille ne voyait pas l'intérêt d'aller au bord de l'océan si c'était pour ne pas s'y baigner, mais elle ne disait rien parce qu'en l'absence de sa sœur, elle avait toujours été en infériorité numérique. Elle se confiait à Nadine et tout allait un peu mieux.

En dehors de ces deux semaines, pendant le reste des vacances scolaires, M. et Mme Fontan envoyaient leur fille en Bretagne chez son grand-père. Alors Camille s'ennuyait, mais ailleurs. Pour faire naître des émotions, elle se couchait sur la route en bas de la maison de son pépé et elle comptait jusqu'à dix avant de se relever. Un jour, elle avait compté jusqu'à quinze et elle avait senti son cœur frapper violemment contre sa poitrine, comme s'il lui avait demandé d'ouvrir et de le laisser sortir.

L'été de ses dix ans, comme chaque année, Camille le passa chez son grand-père. Pour son anniversaire, elle reçut un cerf-volant en forme de dragon rouge qu'elle s'amusait à faire tournoyer dans le ciel en imaginant ce qu'il pouvait voir, lui, de si haut. Mais un jour, ce cerf-volant fut pris dans une rafale et chuta à pic chez la voisine. À cause du grillage qui séparait les deux jardins, Camille dut prendre son courage à deux mains pour aller sonner chez cette dame.

La maison était une vieille bâtisse en pierre qui semblait avoir été posée là des dizaines et des dizaines d'années auparavant. De forme rectangulaire, tout ce qu'il y avait de plus banal, cette maison n'avait aucun charme. Le toit était abîmé, la gouttière fuyait même par temps sec et plusieurs pierres s'étaient écrasées sur le bord de la route. Chaque fois que Camille passait devant, elle ressentait une forme de malaise qui la poussait à accélérer le pas.

Camille était donc restée un long moment, le poing suspendu à quelques centimètres du bois flétri de la porte sans oser frapper. Elle était prête à faire demi-tour quand plusieurs claquements secs résonnèrent à l'intérieur de la maison. Par réflexe, elle donna trois coups brefs et le bruit s'arrêta aussitôt. Elle imaginait la vieille dame, surprise d'avoir de la visite, apeurée même, en train de se tasser au milieu des coussins poussiéreux de son canapé. Mais avant que son imagination n'aille plus loin, la porte s'était ouverte et la vieille dame s'était avancée sur le perron, fière et rayonnante. Elle lui avait souri avant de l'inviter à entrer et Camille se souvenait avoir remarqué qu'elle n'avait pas le même âge que sa voix.

À l'intérieur, rien n'était comme elle l'avait supposé. Il y avait un doux mélange de fraîcheur et de chaleur, d'odeurs à la fois douces et poivrées et de couleurs claires et poudrées. Du rose, du jaune pâle, du vert d'eau. Sur le côté qui donnait sur le jardin, une immense verrière en fer forgé occupait la totalité du mur. Camille remarqua qu'il n'y avait aucun lustre, aucune ampoule, aucune lumière artificielle. La seule source d'éclairage provenait de cette grande ouverture sur l'extérieur et des nombreuses bougies parsemées dans le salon. La maison était en réalité une seule grande pièce dans laquelle tout se mélangeait : la cuisine, la chambre, le salon et la salle de bains. Aucune cloison ne venait s'interposer entre les différents espaces, seuls quelques rideaux pouvaient être tirés en fonction des besoins. Quatre murs et un toit, rien de plus. Comme dans ses dessins d'enfant qu'elle faisait à longueur de journée. Camille nota qu'il n'y avait pas d'étage, ou peut-être plus d'étage, car la hauteur sous plafond devait atteindre au moins cinq mètres. Elle distingua également une trappe en bois à moitié dissimulée sous un épais tapis de fourrure. Une cachette, pensa-t-elle en faisant un tour sur elle-même. Elle n'avait jamais vu d'endroit aussi beau.

Elle passa la fin de ses vacances à élaborer des stratagèmes pour entrer à nouveau dans cette maison. Le jour de son départ, Camille sentit une vague de mélancolie la submerger. Quitter ce lieu lui brisait le cœur. La vieille dame avait alors essuyé une larme sur son visage et lui avait murmuré cette phrase dont elle se souvenait encore, des années plus tard.

« Dans chaque maison, il y a une âme, ma petite Camille. Il y a l'émotion des gens, leurs souvenirs, leurs secrets… même leur cœur. La vie est une grande succession de photographies que l'on oublie de prendre. Mais les maisons se souviennent. Les murs, les objets, même la lumière gardent une partie de nous.

— C'est de la magie ? avait demandé Camille.

— Oui. Rien n'est plus proche de la magie que l'intérieur d'une maison. »

À partir de ce jour, Camille se mit à regarder à travers les fenêtres des immeubles. Elle passait des après-midi entiers assise devant des façades, à imaginer ce qui pouvait se cacher de l'autre côté de ces volets fermés, de ces murs de pierre ou de ces portes cochères. Mais ce que Camille préférait par-dessus tout, c'était les voilages. Ce fin tissu qui ne permettait pas vraiment de voir mais autorisait à tout imaginer à partir d'une silhouette, d'une ombre ou d'une lumière, la rendait folle de joie. Elle ne se limitait alors pas seulement à deviner la couleur d'un papier peint ou la forme d'un meuble de famille, elle s'amusait à créer la vie de ceux qui habitaient ce logement.

Un nom sur une boîte aux lettres, le motif d'un rideau, les fleurs sur la fenêtre… À travers de petits détails, elle inventait des histoires. Parfois, elle apercevait les habitants au moment où ils sortaient de chez eux et elle pouvait alors vérifier ce qu'elle avait supposé grâce à leurs vêtements, à leur manière de se tenir et de se déplacer. À la lueur dans leur regard aussi. Camille aimait les gens, mais elle les préférait à travers une vitre, parce qu'alors tout était possible. Et rien n'était décevant.

C'est pourquoi, lorsque trois ans plus tôt elle était arrivée devant les trois fenêtres de cet appartement qui s'ouvraient sur l'immeuble d'en face, elle n'avait pas hésité une seconde. C'était une sorte d'interdit qui s'offrait à elle. Elle allait pouvoir imaginer la vie de ses voisins. Elle allait pouvoir leur inventer un métier, une famille, des amis. Elle allait pouvoir déplacer le curseur de leurs amours et de leurs peines, imaginer leurs joies et leurs disputes. Elle allait pouvoir tout imaginer.

Et si aujourd'hui Camille est particulièrement heureuse, c'est parce qu'après plus d'un mois de travaux, de nouveaux locataires viennent de s'installer en face de chez elle.

2
Marguerite

Jeanne sourit d'un sourire involontaire. Presque couchée, mais pas tout à fait assise, elle porte sur ses lèvres une habitude, celle d'un jour avoir souri.

Marguerite ne sait pas par où commencer. Par automatisme, elle avait failli lui dire qu'elle avait bonne mine, mais elle s'était ravisée parce que ce n'était pas vrai. Jeanne est blanche, excessivement blanche, si blanche même que Marguerite se demande si elle ne va pas disparaître, engloutie par ces draps qui semblent plaquer son corps frêle contre le matelas.

Alors qu'elle la regarde, un détail la frappe tout à coup. Si les draps sont blancs, alors Jeanne ne peut pas l'être. Jeanne est terne. Comme un habit qui aurait vécu trop de tours de machine à laver et pour lequel il faut prendre une décision. Et c'est peut-être cela finalement. Jeanne a été trop tachée, trop trouée, trop abîmée et elle est désormais trop usée pour continuer. Si c'est ainsi pour Jeanne, pense Marguerite, qu'en est-il d'elle-même ?

« La vie, ce n'était pas trop mon truc, finit-elle par dire.

— Mais enfin, qu'est-ce que tu racontes ?

— Je ne sais pas. Je ne sais pas si j'ai aimé ça en fin de compte. »

C'est du Jeanne tout craché, ce genre de phrase. Quand elle était petite déjà, il lui arrivait de manger un dessert jusqu'à la dernière cuillerée et d'affirmer ne pas le trouver particulièrement bon. Marguerite voudrait lui faire une remarque pour la secouer un peu, mais elle aperçoit une fine larme couler du coin de son œil droit jusqu'au lobe de son oreille avant de venir s'écraser sur la housse de son traversin. Alors elle ne dit rien et préfère baisser son regard. Car à ce moment, Marguerite sait. Elle sait que c'est la dernière fois qu'elle voit Jeanne et que, irrémédiablement, une partie d'elle va mourir avec cette sœur de cœur.

Jeanne vient de s'assoupir et Marguerite ne veut pas partir durant son sommeil. Alors, en attendant qu'elle se réveille, elle s'est levée pour regarder par la fenêtre de sa chambre d'hôpital. Le mois de septembre touche à sa fin et, dans la rue, il y a autant de femmes en bottes et manteau qu'en robe et sandales. L'automne est de loin le meilleur indicateur d'optimistes qui puisse exister. Marguerite est en train de classer la population en deux catégories quand son regard s'arrête sur une jeune femme qui porte un collant de course orange fluo et un bandeau noir autour de la tête. Elle sautille d'une jambe sur l'autre au niveau du passage piéton en attendant de pouvoir traverser. Lorsque, tout à coup, alors que le feu de signalisation n'est pas encore passé au rouge pour les automobilistes et qu'une voiture arrive à vive allure, la joggeuse s'élance sans raison sur la route. Elle est sur le point de se faire percuter quand un homme l'attrape violemment par l'épaule et la ramène juste à temps sur le trottoir. Au troisième étage, derrière sa vitre d'hôpital, Marguerite a crié mais aucun son n'est sorti de sa bouche.

Elle retourne s'asseoir encore en état de choc tandis qu'une phrase lui traverse l'esprit. Une phrase qu'elle a entendue à la télévision dans une publicité, lui semble-t-il. Oui, voilà, c'est ça, une publicité pour le Loto. Sans pouvoir s'en empêcher, Marguerite répète ce slogan en boucle dans sa tête, comme un air de musique, un parfum enivrant ou quelque chose d'insistant qui prendrait possession des gens.

À qui le tour ?
À qui le tour ?
À qui le tour ?

Sauf que Jeanne est la dernière personne qui lui reste. Alors maintenant, le tour, Marguerite le sait bien, c'est le sien.

3

Camille

Cela fait donc trois ans que Camille vit dans cet appartement. Trois ans qu'elle descend et monte les six étages sans ascenseur au moins une fois par jour. Trois ans qu'elle préfère prendre une averse sur la tête plutôt que de remonter chercher ce fichu parapluie qui n'a quasiment jamais vu une goutte de pluie de sa vie. Trois ans aussi qu'elle a décidé qu'elle ne retournerait plus à la fac.

Ses parents et sa sœur sont tous les trois médecins et, longtemps, ils ont espéré qu'elle suivrait cette même voie. Mais dans la tête de Camille, cela n'a jamais été une option. Elle n'en pouvait plus de ces discussions autour des rhumes, des otites et des angines, de ces petits drames du quotidien, de la saisonnalité des maladies. De s'inquiéter pour tout le monde comme s'il s'agissait d'un membre de leur famille et de retenir son souffle à chaque annonce de décès. Alors quand ses parents lui ont demandé ce qu'elle souhaitait faire après son bac, Camille a répondu « du droit » comme elle aurait pu dire « de l'économie » ou « de la philosophie ». Elle leur a dit ce qu'ils étaient prêts à entendre mais, à vrai dire, le droit ne l'a jamais intéressée. Ses parents ont été surpris par cette annonce, mais cette surprise a vite été effacée par la joie d'apprendre qu'une de leurs filles allait devenir avocate.

Camille avait toujours été une enfant sage. Elle n'avait quasiment jamais rien demandé à ses parents. Aussi, lorsqu'elle leur annonça qu'elle voulait intégrer la meilleure université de droit en France et que celle-ci se trouvait à Paris, ils avaient accepté. À la seule condition qu'elle travaille en plus de ses études pour payer ses sorties. Camille avait sauté de joie et embrassé ses parents dans une effusion peu commune. Elle était si heureuse de quitter Poitiers et de vivre à Paris. Ils étaient si fiers d'avoir une fille pleine d'ambition.

Camille n'avait pas obtenu sa première année mais elle n'en avait pas informé ses parents. Elle s'était dit qu'il suffirait de prétendre être déjà en deuxième année, qu'après tout, ce n'était pas bien grave. Tout rentrerait dans l'ordre lorsqu'elle serait diplômée. Sauf que six ans après le début de ses études, Camille n'était toujours pas diplômée. Et tout portait à croire qu'elle ne le serait probablement jamais.

4
Marguerite

« Au nom du Père, du Fils et du Saint-Esprit. »

Marguerite murmure « Amen » d'un ton mécanique puis elle s'assoit sur le banc, une main posée au-dessus de l'autre. Au même moment, le curé se tourne pour attraper un crucifix qu'il élève dans les airs à peine une seconde avant de le déposer sur le pupitre devant lui. Marguerite se demande combien de fois il a effectué ce geste et comment il peut continuer à le faire. Les enterrements l'ont toujours déprimée. Elle sait bien que pour certains, c'est un événement dans leur semaine, une sorte de péripétie au même titre qu'un rendez-vous chez le coiffeur ou le passage de l'infirmière. Mais Marguerite a toujours refusé d'éprouver ce sentiment. La mort, elle l'a déjà affrontée et elle refusera toujours qu'elle devienne une habitude.

Elle est venue parce qu'il est question de Jeanne, mais cela fait longtemps qu'elle ne se déplace plus pour personne. Ils peuvent bien tous mourir, cela ne la regarde plus. Elle ne veut pas devenir comme tous ces charognards qui attendent la mort de l'un des leurs pour se retrouver et se féliciter intérieurement de ne pas avoir été le prochain. Elle préfère encore sa dignité à l'occupation d'un après-midi.

L'église est presque vide et il ne lui faut pas longtemps pour s'apercevoir qu'elle est la plus âgée de l'assemblée. Et qu'il n'y a pas d'homme. Cela n'a rien de surprenant mais elle ne peut s'empêcher de le remarquer. Depuis combien de temps n'a-elle pas vu un homme de son âge ? pense-t-elle au dernier rang de cette église presque vide, au moment de se rasseoir.

Elle reprend le refrain de *Dieu est amour* en chœur avec les autres, l'index posé sur le texte du livret qu'elle tient dans sa main droite. Elle consent à chanter quelques prières, plus pour ne pas entendre les autres que par réelle foi personnelle. Elle n'a jamais cru en aucun dieu mais, surtout, elle sait pertinemment qu'elle aurait pu croire à autre chose si la vie avait été différente. Alors tous ces bons sentiments spirituels ne la touchent pas beaucoup.

Jeanne a voulu se faire enterrer dans un village situé à une heure de Paris et dont Marguerite n'avait jamais entendu parler. Décidément, jusqu'au dernier moment, il était impossible de vraiment connaître les gens, s'était-elle dit lorsque ses chaussures avaient émis leur premier crissement sur les gravillons du parvis de l'église.

Tôt ce matin, elle avait pris le RER avant de sauter dans un taxi qui l'avait déposée devant cette petite église à côté de laquelle se trouvait un cimetière de taille modeste. Le cadre était très pittoresque et finalement, ce n'était peut-être pas si surprenant que Jeanne ait choisi cet endroit.

Elle avait toujours aimé être au centre de l'attention et dans les cimetières parisiens, la concurrence était rude. Ici, pas de Dalida ni de Balzac. Juste un boulanger, un médecin de famille, une institutrice. Jeanne espérait peut-être se retrouver un jour sur un tableau peint par un artiste qui passerait par là. Un pari posthume en quelque sorte.

Marguerite avait demandé au chauffeur de l'attendre sur le parking le temps de la cérémonie et tant pis si cela devait lui coûter une fortune. Pour rien au monde elle ne voulait se retrouver coincée ici, dans ce village où la population du cimetière dépassait depuis longtemps celle de l'école. Elle lui aurait volontiers confisqué ses clés pour être sûre qu'il ne repartirait pas, mais il n'aurait jamais accepté de se laisser faire. Alors Marguerite était entrée dans cette église à contrecœur, se retournant à plusieurs reprises pour tenter de capter le regard du jeune homme. Mais il avait déjà la tête baissée sur son téléphone.

La cérémonie s'était déroulée normalement. Marguerite avait ressenti une sorte d'évidence dans la procédure, une suite logique en somme. Le prêtre avait saisi le bénitier d'une main et le goupillon de l'autre et puis il avait aspergé le cercueil d'eau bénite avec la même aisance qu'il devait avoir pour les baptêmes. La vie s'arrêtait quelque part et commençait ailleurs. C'est à ce moment que Marguerite était sortie de l'église, priant pour la première fois de la journée pour que le taxi soit encore là.

Marguerite est vieille depuis longtemps, mais la mort de Jeanne, c'est autre chose. C'est, en quelque sorte, un point de non-retour. Dans la voiture qui la ramène chez elle, elle réalise que la vieillesse vient de prendre une nouvelle définition et que, cette fois, elle est synonyme de solitude.

5

Camille

Chaque matin à dix heures, Camille ouvre la boutique. Elle sort les plantes une à une et les installe contre la devanture. Chaque fois, elle repousse les limites de son territoire pour gagner un peu d'espace sur le trottoir. C'est devenu une sorte de défi personnel, celui de faire pivoter les pots de quelques millimètres supplémentaires et de redonner à la nature son pouvoir sur le bitume. Chaque plante, chaque pot a un emplacement bien précis et Camille suit ce plan à la lettre.

Une fois qu'elle a fini de tout sortir, il lui est à nouveau possible de circuler dans la boutique. Alors elle vérifie que les fleurs vont bien, qu'aucune d'entre elles n'a eu la drôle d'idée de mourir pendant la nuit, et elle commence à les couper, à les arroser et même, parfois, à leur parler.

À l'intérieur du magasin, le sol est irrégulièrement carrelé de petits carreaux jaune moutarde et vert céladon, grossièrement reliés par une jointure grisâtre. Certains carreaux sont légèrement fissurés quand d'autres ne sont même plus là pour témoigner de ce qui s'est passé. La boutique est fraîche et humide, elle ressemble à une sorte de jungle, un coin de nature qui aurait poussé en plein cœur de Paris. Des plantes surgissent d'un peu partout et il faut parfois pencher la tête pour éviter d'en percuter certaines ou même se baisser pour ne pas en frôler d'autres. C'est surprenant et en même temps plutôt logique quand on essaie de contenir l'équivalent de la forêt amazonienne dans une pièce de quinze mètres carrés.

Chaque matin avant de franchir la porte, Camille vide entièrement ses poumons et retient son souffle quelques secondes, le temps de tourner la clé dans la serrure. Ce n'est qu'une fois à l'intérieur qu'elle prend une profonde inspiration et qu'elle respire à pleins poumons cette odeur, celle de son enfance, de la campagne et des saisons.

Sur les coups de onze heures, quelques clients commencent à arriver. Le plus souvent il s'agit du voisinage, des personnes du quartier qui passent la saluer ou discuter quelques minutes quand ils ont un peu plus de temps. Quelquefois ils la sollicitent pour des conseils en lui montrant des photos sur leur téléphone. Ils pointent du doigt une brindille sèche plantée dans un pot de terre et lui demandent si elle pense que leur fleur est morte.

« Est-ce qu'il faut couper les tiges pour que la plante reparte ?

— Je pense surtout qu'à ce stade-là, monsieur Étienne, ce qu'il faudrait faire, c'est un petit feu. »

*

Cet après-midi, Adélaïde, la patronne de Camille, a demandé à la voir vers quinze heures. Depuis l'ouverture de sa seconde boutique rue Lepic dans le 18e arrondissement, Camille ne l'a pratiquement pas vue. Elle l'a au téléphone plusieurs fois par jour, lui envoie par mail la liste des fleurs qu'il faut commander, mais Adélaïde semble débordée et ne trouve plus le temps de se déplacer dans le 11e.

Alors quand elle la voit pousser la porte de la boutique avec une demi-heure de retard, les bras chargés de pots de fleurs en tout genre et le souffle court, Camille a du mal à y croire.

« Attendez, je vais vous aider !

— Merci, Camille ! J'aurais dû faire deux voyages, je ne sais pas ce qui m'a pris.

— Asseyez-vous, je vais vous chercher à boire. »

Quelques minutes plus tard, Camille revient de l'arrière-boutique avec un verre d'eau et trouve Adélaïde assise par terre. Juste à côté d'une chaise.

« Vous êtes sûre que vous allez bien ? s'inquiète-t-elle.

— Oui, pourquoi ? Je suis un peu surmenée mais c'est normal. L'ouverture d'une seconde boutique, c'est comme la naissance d'un enfant. On avait deux mains et puis on n'en a plus qu'une. »

Adélaïde fait passer une mèche de cheveux derrière son oreille et boit son verre d'eau en balayant le magasin du regard. Camille remarque les cernes sous ses yeux, ses ongles rongés et les griffures sur ses poignets.

« Vous vouliez que l'on se voie pour quelque chose en particulier ?

— Oui ! C'est vrai ! »

Adélaïde se lève d'un bond.

« Camille. Ma chère Camille. Ça fait combien de temps que vous travaillez ici ?

— Six ans.

— Six ans ! Mon Dieu, déjà ? Mais c'était quand ? »

Camille hausse les épaules, perplexe. Elle avait trouvé ce petit boulot quelques semaines après son installation à Paris. Au début, elle ne devait travailler que les week-ends, le moment de la semaine le plus intense pour un fleuriste. Mais, petit à petit, Adélaïde lui avait demandé si elle pouvait venir plus souvent. Les jours fériés d'abord, pour la Saint-Valentin ensuite. Et puis il y avait la semaine qui précédait la Toussaint, quelques jours avant la fête des Mères, celle des Grands-Mères, mais aussi la période de Noël pour la vente des sapins, et quelques jours en semaine lorsque Adélaïde avait commencé sa formation pour l'ouverture d'un site internet. Cela n'avait pas vraiment posé de problème à Camille. Au contraire, elle avait gagné plus d'argent et cela lui avait permis de quitter sa colocation pour prendre un appartement toute seule trois ans plus tôt.

« Je suis très contente que cela fasse aussi longtemps, vous savez. Et c'est pour cette raison que je voulais vous demander si vous accepteriez de devenir responsable de la boutique. Je ne peux pas m'occuper des deux, c'est devenu invivable. Mon mari, si j'en avais un, ne supporterait pas la situation. »

Camille est surprise par la proposition et met quelques secondes à comprendre. Adélaïde croit déceler une hésitation et s'empresse de remplir le silence d'un flot de paroles.

« Cela ne changera pas beaucoup du travail que vous effectuez déjà. Vous serez juste, disons, plus responsable. Vous travaillerez en lien direct avec les fournisseurs, les représentants, vous gérerez les stocks, les quantités… Évidemment, votre salaire suivra cette évolution. Peut-être avez-vous besoin de temps pour réfléchir ? Je comprends. Mais il me faudra une réponse rapidement, car je ne vais pas pouvoir continuer indéfiniment à ce rythme. »

Adélaïde s'est arrêtée de parler et observe Camille en silence. Au moment où la jeune fille s'apprête à ouvrir la bouche pour lui répondre, elle lève une main et la stoppe dans son élan.

« Non. Non, non. Attendez. Vous savez quoi ? Je vais vous laisser trois jours pour réfléchir à ma proposition. Il paraît que c'est le temps nécessaire pour prendre une bonne décision.

— Ah oui ?

— Pas vraiment, je viens de l'inventer. Mais ça sonne plutôt bien, je trouve. »

Elle est sur le point de quitter le magasin quand elle se tourne une dernière fois vers Camille.

« Peut-être devrions-nous nous tutoyer à présent ? S'il faut trois jours pour une telle décision, six ans pour un tutoiement, c'est peut-être suffisant.

— Faisons cela », accepte Camille en évitant soigneusement de choisir un pronom plutôt qu'un autre.

Adélaïde hausse les épaules, sourit à la jeune femme et quitte la boutique.

6
Camille

Trois jours se sont écoulés depuis la conversation avec Adélaïde. Camille arrive devant le café dans lequel sa patronne lui a donné rendez-vous et balaie du regard la terrasse chauffée à sa recherche. Soudain, une main se lève au loin et lui fait de grands signes rapides et désordonnés. Camille se faufile entre les tables et parvient, en quelques secondes, à rejoindre Adélaïde.

« C'est joli, n'est-ce pas ? Je venais boire des cafés ici quand j'étais étudiante. »

Camille se contente de sourire en guise de réponse. Elle remarque que, pour la première fois depuis qu'elles se connaissent, Adélaïde semble tendue. Elle porte sa main à son oreille, masse lentement son lobe puis allume une cigarette et fait tourner une petite boîte d'allumettes entre ses doigts. Elle lui explique qu'elle a arrêté de fumer et puis qu'elle a repris en se demandant pourquoi elle avait arrêté. En fin de compte, elle a repris autant de fois qu'elle a arrêté. Elle dit que ce n'est pas bien et qu'elle a peur de la mort et puis elle tire sur sa cigarette et de cette bouffée émanent les volutes de la provocation. Elle a peur de la mort mais elle a peur de la vie sans cigarettes de toute façon, ajoute-t-elle en dispersant la fumée d'un revers de main. Un rayon de soleil traverse la vitre de la terrasse et vient se poser sur le visage tourné vers le ciel d'Adélaïde. Elle ferme les yeux. Elle dit qu'elle ne porte jamais de lunettes de soleil parce qu'elle a peur de manquer quelque chose. Les vraies couleurs de la vie, les vraies teintes des choses. Quand elle était enfant, elle pensait que ceux qui avaient les yeux bleus voyaient la vie en bleu. Pourtant elle ne s'est jamais dit qu'elle voyait la vie en marron. C'est fou comme l'humain est autocentré, tu ne trouves pas ? Elle pose cette question sans attendre de réponse. Elle écrase sa cigarette et hésite déjà à en saisir une autre dans le paquet. Elle s'abstient. Elle se tourne vers Camille, consciente d'avoir trop parlé, et la regarde droit dans les yeux.

« Tu as pu réfléchir ?

— J'accepte votre proposition. »

Aussitôt Adélaïde se redresse, retrouve sa fougue, son charisme, son assurance. Elle prend Camille dans ses bras et la serre de toutes ses forces, comme s'il s'agissait d'adieux sur le quai d'une gare.

« Oh, génial ! Félicitations ! Prendre une bonne décision, c'est *si* rare ! » dit-elle en insistant sur le « si ».

La joie d'Adélaïde transporte Camille mais, dans cette douce euphorie, la patronne remarque une ombre voiler le regard de sa protégée.

« Que se passe-t-il ? » dit-elle, méfiante.

Camille hésite un instant avant de répondre. Quand elle avait commencé ce travail, jamais elle ne s'était imaginé qu'il pourrait devenir permanent.

« J'adore ce que je fais mais... »

Elle lève les yeux vers Adélaïde, légèrement mal à l'aise. La ride du lion de sa patronne ne lui a jamais semblé aussi visible.

« ... mais j'étais censée devenir avocate.

— C'est vrai que tu faisais du droit quand tu es arrivée à la boutique, dit-elle, songeuse.

— Oui. Je devrais normalement passer le barreau à la fin de l'année. J'imagine que mes parents ont déjà décidé de l'emplacement de mon diplôme sur le mur du salon.

— Si tu veux un diplôme sur un mur, tu dois simplement en faire imprimer un. Si tu veux être avocate, là, c'est différent. Il ne faut pas être en deuil pour une vie que l'on n'a jamais voulue, Camille. »

Elle attrape une cigarette et l'allume d'un craquement d'allumette. Elle plisse ses yeux au moment où elle prend une profonde inhalation, puis se tourne à nouveau vers la vitre à la recherche des derniers rayons de soleil. Camille l'observe. Sa chevelure rousse, sa peau lunaire, ses yeux noisette, ses taches de rouille, son nez enfantin au milieu de ce visage de femme. Elle se demande quel peut être son âge. Quarante-cinq ans ? Peut-être plus, peut-être moins. Elle ne sait pratiquement rien d'elle, si ce n'est qu'elle est divorcée. Elle le lui avait dit un soir de décembre, juste avant les vacances de Noël, alors qu'elles avaient passé la journée à vendre des sapins à des clients qui avaient du mal à se décider entre un épicéa, un Nordmann ou un Nobilis. Elles s'étaient assises à même le sol, leur dos appuyé contre le grillage métallique qu'elles avaient finalement fermé avec plus de deux heures de retard sur l'horaire habituel, et Adélaïde avait ouvert une bouteille de champagne qu'elles avaient bue au goulot comme deux compagnons d'infortune. Elle lui avait raconté comment elle était partie un jour, le lendemain d'un autre jour tout à fait normal alors qu'elle regardait la télévision avec son mari. Elle n'avait même pas attendu la fin du film pour se lever. Quand il avait compris que la porte qu'elle venait d'ouvrir n'était pas celle des toilettes, il avait passé sa tête par la fenêtre et avait crié son prénom. Trois fois. Elle ne s'était pas retournée. Adélaïde avait expliqué à Camille à quel point elle n'était sûre de rien lorsqu'elle s'était levée du canapé et à quel point ses jambes tremblaient à chaque pas posé sur les lames du parquet. Mais elle lui avait aussi parlé de ce sentiment de liberté qui l'avait envahie quand elle avait commencé à courir sur les gravillons de leur maison pavillonnaire et de ce rire qui l'avait prise tout entière pour ne la quitter que lorsqu'elle s'était laissée tomber sur le lit d'une chambre d'hôtel dans laquelle elle s'était réfugiée. Le lendemain elle montait dans un train en direction de Paris avec l'idée de prendre un avion, ce qu'elle n'avait finalement jamais fait.

« Un éclair d'audace irrévérencieuse », avait-elle dit dans un demi-sourire, et puis elle avait bu une nouvelle gorgée de champagne.

« Avocate ou fleuriste ? »

Adélaïde laisse échapper deux filets de fumée au coin de ses lèvres et observe Camille en attendant sa réponse.

« Fleuriste », répond la jeune fille, le poing serré sur la table mais la jambe tremblante en dessous.

7

Camille

Camille vient de quitter Adélaïde, pourtant le nom de sa patronne s'affiche sur l'écran de son téléphone. Par réflexe elle se retourne pour vérifier si elle n'est pas en train de lui courir après, secouant dans les airs une écharpe ou un porte-monnaie qu'elle aurait oublié sur leur table.

« Allô ?

— Camille, c'est moi. Je voulais juste te dire un truc. Tu es prête ?

— Oui, j'écoute.

— Tu es FLEURISTE.

— …

— Voilà !

— C'est tout ?

— Non non, tu n'as pas bien compris, je crois. Tu es fleuriste. Répète après moi. »

Camille se retourne de nouveau, lève les yeux au ciel, vérifie que, vraiment, personne ne la suit.

« S'il te plaît. Fais-moi confiance. »

Elle pousse un soupir libérateur et finit par faire ce que lui demande sa patronne.

« Je suis fleuriste…

— Alors ?

— Alors… ?

— Tu ne sens pas quelque chose ?

— C'est-à-dire ?

— Camille ! Tu es fleuriste ! Tu n'as aucune formation, aucun diplôme et tu es fleuriste ! Tu m'as prouvé que tu étais assez incroyable pour gérer seule une boutique ! Et, excuse-moi du peu, mais comme dirait Mme Clerc, une boutique qu'elle n'a jamais vue vide !

— Forcément, Mme Clerc vient toujours aux heures de sortie des bureaux.

— Oh Camille ! Pourquoi crois-tu que j'ouvre un second magasin ? Les chiffres sont bons. Nous formons une belle équipe ! »

Camille ne répond pas.

« Et puis tu sais, ces gens qui sortent du bureau pour venir dans notre boutique… après tout, nous n'allons pas dans leur bureau quand nous finissons de travailler, si ? »

De l'autre côté du téléphone, Adélaïde se met à rire de sa blague. Elle rit de ce rire si communicatif qui emporte tout sur son passage.

« Camille, quand j'aurai raccroché, je voudrais que tu t'arrêtes deux minutes et que tu le dises à voix haute. À personne d'autre qu'à toi-même. “Je suis fleuriste.” Pas vendeuse. Pas serveuse. Fleuriste. Allez, à demain ! »

Adélaïde a raccroché avant que Camille ne puisse ajouter quoi que ce soit. Elle s'est arrêtée au milieu du trottoir et jette une dernière fois un rapide coup d'œil autour d'elle.

« Je suis fleuriste », murmure-t-elle.

Elle n'a pas fini sa phrase qu'elle sent à nouveau son téléphone vibrer dans la poche intérieure de sa veste. Elle découvre cette fois un message de sa gérante sur lequel il est simplement écrit : « Plus fort. » Camille secoue la tête. Après quelques secondes d'hésitation, comme si elle se trouvait au bord d'un précipice avec une simple corde attachée à l'un de ses pieds, elle prend une grande inspiration avant de se lancer.

« Je suis fleuriste », dit-elle plus distinctement.

Elle se sent bête et un peu mal à l'aise de parler toute seule comme ça dans la rue. D'un autre côté, elle a une irrépressible envie de le dire une dernière fois. Juste une dernière. Elle ferme les yeux et cette fois, elle hausse le ton.

« JE SUIS FLEURISTE.

— Vous avez bien de la chance. C'est un métier formidable. »

Une femme vient de la dépasser au pas de course et continue de la regarder en s'éloignant. Camille sourit. Elle est désormais convaincue d'être exactement à la place où elle a envie d'être. Il ne reste plus qu'à persuader ses parents.

8
Marguerite

Rien n'a changé dans le quotidien de Marguerite, mais elle s'ennuie terriblement. Elle s'ennuie parce qu'elle n'a rien à attendre de ses journées ni même de ses semaines. Il n'y a pas le moindre événement autour duquel elle pourrait construire son emploi du temps ou simplement greffer une routine. Elle voudrait que le temps passe plus rapidement tout en ne sachant pas exactement dans quel but et elle se rend bien compte que dans ce souhait d'une vie plus remplie, il y a le paradoxe d'une mort qui arrive vite. Mais elle ne peut pas s'en empêcher.

Marguerite a remarqué que son téléphone ne sonne plus. Alors elle s'est mise à espérer l'appel d'entreprises qui la démarcheraient au sujet d'un double vitrage en PVC à un prix exceptionnel ou d'une éligibilité à la fibre, elle qui n'a jamais réussi à mettre les lettres ADSL dans le bon ordre.

Elle a commencé à regarder la télévision. Avant, elle se contentait simplement de l'allumer et de la laisser tourner dans le vide, telle une présence rassurante qui n'arrêterait jamais de s'exprimer, mais depuis quelques jours elle s'assoit et fixe le présentateur. Elle a parfois l'impression qu'il s'adresse à elle. Alors, de temps en temps, poliment, elle lui répond. Leur relation est sans encombre et même si quelquefois elle est obligée de lui couper la parole, cela ne semble pas beaucoup le perturber. Marguerite le trouve un brin autoritaire mais elle lui pardonne parce qu'elle serait bien incapable de faire ce qu'il fait. Tous les soirs. Et à l'heure du dîner en plus.

*

Marguerite a l'impression de se cogner au mur invisible de la solitude. Chaque joie, chaque espoir se heurte inlassablement à cette vitre dressée devant elle, cet isolement en pleine foule. Pour s'occuper, elle pense à ce que sa vie est devenue. Elle pense à ces mots qu'elle ne prononce plus. Aux fermetures dans le dos qui restent en bas. Aux plats pour « une personne » qu'elle achète chez Monoprix. Aux blagues auxquelles elle ne rit plus. Aux « un peu moins » qu'elle prononce chez le fromager. Aux « encore un peu moins » qu'elle murmure chez le boucher. Aux restes de repas qu'elle ne finit plus de manger. Au téléphone qui ne sonne plus. Aux discussions avec la télévision. À son reflet dans le miroir qu'elle utilise pour se sentir moins seule. Aux multiples miroirs qu'elle positionne pour se sentir encore moins seule.

Pour s'occuper, Marguerite s'est également mise à prendre des rendez-vous médicaux. Elle consulte pour des douleurs qui sont là depuis toujours et qui, elle le sait bien, ont pour seule explication l'usure de son corps. Elle raconte à son médecin tout ce qui lui passe par la tête en essayant de reprendre son souffle le plus rapidement possible afin de ne pas lui laisser le temps de lui couper la parole. Lorsqu'elle sort de ses consultations, elle note que les salles d'attente sont deux fois plus remplies qu'à son arrivée, mais elle s'en fiche. Elle a le sentiment d'avoir assez donné pour la société, il est temps de prendre.

Marguerite a commencé par aller chez son médecin généraliste, puis chez un kiné et même chez son dentiste. Elle a toujours détesté aller chez le dentiste mais force est de constater que, dans le classement des choses qu'elle déteste le plus au monde, « l'ennui » a fait une percée fracassante. Grâce à son rendez-vous chez son médecin généraliste, elle a réussi à obtenir une série d'examens qui va l'occuper plusieurs semaines. Mais lorsqu'elle pense à la suite, une vive angoisse la saisit.

*

Marguerite a décidé d'engager une femme de ménage. Elle n'a jamais aimé l'idée que quelqu'un vienne chez elle pour lui expliquer comment organiser son intérieur mais, une fois de plus, face à la solitude, il faut bien faire des concessions. Ce matin, en revenant des courses, elle a poussé la porte d'une agence d'aide à domicile et elle s'est retrouvée au milieu d'affiches montrant des mères débordées par les tâches ménagères et dont le titre

– « Manque de temps ? Nous pouvons vous en donner » – l'avait aussitôt mise mal à l'aise. Elle trouvait la situation cocasse, elle qui avait tellement de temps qu'elle aurait pu construire un escalier pour en polir la rampe.

Elle était sur le point de faire demi-tour quand une jeune femme lui avait proposé son aide. Marguerite avait bredouillé quelques phrases, mais rien de suffisamment clair pour communiquer avec un autre être humain. Elle n'était même pas sûre de savoir ce qu'elle faisait là. Elle se mit à imaginer une femme, un homme peut-être – elle avait l'imagination moderne – venir chez elle, passer un chiffon sur ses souvenirs. Et si il ou elle lui cassait quelque chose ? Elle a tellement d'objets, de bibelots et même de souvenirs… Il lui faudrait un doctorant en ménage pour s'en sortir. La jeune fille avait continué de la regarder avec cet inébranlable sourire aux lèvres, attendant patiemment que Marguerite dise quelque chose d'intelligible.

« Je… Vous ne vendez pas des baladeurs MP3 ? »

La conseillère avait écarquillé les yeux et, sous le poids de la surprise, sa bouche s'était légèrement entrouverte.

« Je crains que vous ne soyez pas au bon endroit, madame.

— Ah bon ? Il me semblait pourtant être entrée dans une poissonnerie. »

La jeune fille ne savait plus très bien comment réagir ni à qui elle avait affaire. Devait-elle prévenir un médecin ? La police ? Elle avait levé la tête à la recherche de son responsable et Marguerite en avait profité pour tourner les talons et quitter le magasin. Sur le chemin du retour, elle s'était juré de ne plus remettre les pieds dans cette boutique et, surtout, de n'engager personne pour faire le ménage chez elle.

9

Camille

Camille pose ses clés sur le meuble de l'entrée et lance son imperméable sur le portemanteau qui vacille et s'écroule. Elle hésite une seconde à aller le ramasser mais, à la place, elle s'affale sur son canapé en poussant un long soupir. Cette journée lui a paru interminable. Les clients s'étaient succédé dès l'ouverture de la boutique et bien avant le milieu de l'après-midi, Camille avait pensé à son lit comme on rêve d'une île déserte en pleines courses de Noël.

Son nouveau rôle de responsable lui demande plus de temps et plus d'énergie que ce qu'elle avait imaginé. Au lieu de transférer les appels à la boutique du 18e comme elle le faisait jusqu'à présent, il lui faut désormais répondre aux questions de ses interlocuteurs et prendre des décisions. Beaucoup de décisions.

Adélaïde était une femme ambitieuse et elle mettait tout en œuvre pour que sa petite boutique indépendante soit sur un pied d'égalité avec les grandes chaînes nationales. Mais si elle désirait les mêmes résultats, il fallait offrir le même service, répétait-elle régulièrement à Camille. Elle voulait que la jeune femme s'implique davantage dans son nouveau rôle, qu'elle prenne les devants sur de nouveaux projets. Peu de temps après leur discussion, Adélaïde l'avait d'ailleurs rappelée pour lui demander si elle avait bien compris les enjeux de ses nouvelles responsabilités. Si elle se sentait de devenir son alter ego, c'est-à-dire une vraie cheffe d'entreprise. Elle avait même ajouté cette phrase qui, depuis, tournait en boucle dans la tête de Camille : si tout se passait bien, elles pourraient peut-être envisager de devenir associées.

*

Quand elle rentre chez elle, Camille a pour habitude de ne jamais allumer la lumière. Elle vérifie d'abord que Julien et Caroline sont là, puis elle s'assoit dans son canapé. Elle attend quelques minutes sans bouger, seule, dans le noir. Elle a noté qu'ils rentrent souvent à la même heure, alors si au bout d'une dizaine de minutes ils ne sont toujours pas là, c'est qu'ils ne rentreront que bien plus tard.

Aujourd'hui, leur appartement, celui qui se trouve juste en face du salon de Camille, est plongé dans l'obscurité. Julien et Caroline ne sont pas chez eux. Julien et Caroline ne s'appellent pas vraiment Julien et Caroline, mais c'est comme ça que Camille les a baptisés. Elle imagine que Caroline travaille dans une agence de communication, qu'elle s'occupe de plusieurs marques de luxe et de cosmétiques car elle est toujours très belle et très bien habillée. Julien a un côté plus rock, elle l'a déjà vu sortir de « la pièce de droite » avec une guitare électrique, mais elle n'est pas sûre à cent pour cent qu'il s'agisse de la sienne car jusqu'à présent il s'est contenté de l'effleurer. Peut-être que Caroline lui interdit d'en jouer dans le salon. Ou bien s'agit-il de la guitare d'un ami, prêtée pour que Julien teste son talent de musicien.

Camille a longuement hésité entre le classer dans la catégorie des créatifs ou bien dans celle des matheux frustrés. Comme il travaille en costume, elle a opté pour la seconde solution. L'audit peut-être. Ou la finance. Cela ne l'étonnerait pas que Julien fasse un burn-out un jour ou l'autre, qu'il se rende compte que cette vie ne lui convient pas. Mais pour l'instant, ça a l'air d'aller. Camille sait que Julien et Caroline habitent un appartement type 3 car avant eux, il y avait eu deux étudiantes en colocation. Pendant longtemps, la pièce musicale de Julien avait été une chambre. Elle se demande dans combien de temps celle-ci va en redevenir une.

Cela fait du bien à Camille d'imaginer la vie des autres et d'oublier la réalité de la sienne. Quand elle les observe, elle se sent détendue. Elle ne pense plus à ce mensonge qu'elle construit depuis des années auprès de ses parents et qui l'empêche parfois de respirer. Elle ne pense pas non plus au jour où elle sera bien obligée de leur avouer la vérité.

Cette fenêtre est un écran de télévision, mais en plus vivant, en plus réel. C'est à elle et à personne d'autre de décider de ce qui peut se passer de l'autre côté de la vitre.

Aucun membre de son entourage n'est au courant de ce passe-temps un peu particulier. Elle n'en parle pas, elle a bien trop peur qu'on la prenne pour une folle. Car pour ne pas être remarquée de ses voisins, Camille n'allume quasiment jamais la lumière. Et sans doute est-ce symptomatique du problème de Camille : mettre la vie des autres dans la lumière et garder la sienne dans l'obscurité.

10

Marguerite

Il est plus de vingt heures et quelqu'un vient de sonner à la porte de Marguerite. Pourtant, elle n'attend personne et l'idée même qu'elle puisse penser cela la fait rire intérieurement. Qu'est-ce que tu vas t'imaginer comme vie, ma pauvre Marguerite ? se demande-t-elle. Évidemment elle n'attend personne. Elle tend l'oreille pour s'assurer qu'elle n'a pas rêvé, mais elle n'entend rien de particulier. De temps en temps, la sonnette de ses voisins lui donne l'impression que quelqu'un est à sa porte. Elle s'est d'ailleurs retrouvée à plusieurs reprises sur le palier face à son voisin qui, à force, doit se croire épié par la vieille d'à côté. Les vieux ne sont pas curieux, ils sont juste sourds, se dit-elle. Sourds et incompris.

La sonnette retentit à nouveau. Cette fois, elle n'a plus de doute, c'est bien chez elle. Marguerite s'avance doucement jusqu'à la porte et regarde par l'œil-de-bœuf. Un couple d'une quarantaine d'années attend patiemment sur son paillasson. Elle ouvre lentement la porte en essayant de se donner un peu de temps pour mettre une identité sur ces visages.

« Bonjour, madame Dumas, désolés de vous déranger aussi tard. Vous nous remettez ? Nous sommes les voisins du dessous !

— Oui, bien sûr ! J'ai encore toute ma tête, vous savez !

— On n'en doute pas ! Voilà, on voulait juste vous prévenir que nous avons vendu notre appartement et que nous partons.

— Ah bon...

— Oui, on quitte l'immeuble ! On était très heureux de vivre ici toutes ces années, mais la famille s'agrandit, dit-elle en passant la main sur son ventre.

— On a envie d'autre chose, ajoute-t-il en se serrant contre elle.

— Oh, c'est une très bonne nouvelle, je vous félicite.

— Merci ! On est soulagés de pouvoir passer à autre chose. Il faut dire que depuis que nous avons mis notre appartement en vente, les visites n'ont pas arrêté. Entre les curieux, les dossiers qui ne vont pas au bout et ceux qui ne sont finalement pas intéressés...

— Oui, c'est vrai, on avait tout le temps quelqu'un chez nous, c'était épuisant.

— Mais vous verrez, les nouveaux propriétaires sont très sympathiques. C'est un jeune couple avec un enfant...

— Comme nous quand nous sommes arrivés !

— Exactement ! Et dire que dans trois mois nous serons quatre ! »

Il l'embrasse sur le front et elle ferme les yeux un quart de seconde.

« Eh bien, je vous souhaite beaucoup de bonheur.

— Merci, madame Dumas ! Bonne continuation à vous ! »

Dans un même mouvement, le couple fait demi-tour et s'engage dans l'escalier. Marguerite ferme la porte et s'assoit dans son canapé en se demandant ce qu'elle va bien pouvoir continuer.

11

Camille

Le mot « Maman » clignote sur l'écran de son téléphone, mais Camille hésite à décrocher. Depuis quelques mois, ces appels sont devenus une source d'angoisse. Au bout de la quatrième sonnerie toutefois, elle laisse glisser son doigt sur l'écran et porte l'appareil à son oreille.

« Allô, ma chérie, ça va ?

— Bonjour maman, oui très bien, et toi ?

— Très bien aussi. Ton père est à côté de moi. Il a quelque chose à te dire.

— Ah bon ? Eh bien, heu... je t'écoute, papa.

— Bonjour Cam ! Pas la peine d'en faire tout un plat, hein... Je voulais juste te dire que j'ai reçu la confirmation aujourd'hui, dans huit mois, je pars à la retraite.

— Ah bon ! Déjà !

— Déjà, déjà... tu verras, ça n'arrive jamais trop tôt !

— Oui, je me doute...

— Tu ne trouves pas ça formidable ? Ce clin d'œil de la vie ?

— Qu'est-ce que tu veux dire ?

— Eh bien, huit mois... ça coïncide parfaitement avec l'obtention de ton diplôme ! C'est un peu comme si je te laissais ma place dans le monde du travail. Un relais entre son père et sa fille en quelque sorte !

— Ah, "ça"...

— C'est formidable..., répète-t-il d'un air songeur.

— Quand est-ce que tu viens nous voir ? demande la mère de Camille qui a repris le téléphone des mains de son mari.

— Je ne sais pas, maman, j'ai beaucoup de travail.

— Oui, je comprends, ce n'est pas le moment de relâcher tes efforts. Mais quand même, penses-y. Tu pourrais travailler dans ta chambre, et ton père et moi, nous pourrions nous occuper de toi !

— Je vais y réfléchir... Je dois vous laisser. On se rappelle ! »

Camille raccroche précipitamment, sans laisser le temps à ses parents de lui répondre. Elle reste un long moment au milieu du salon, incapable de bouger. Son père a toujours été un homme qui se levait le matin pour aller travailler et cette annonce lui met les idées à l'horizontale. Qu'allait-il faire à présent, s'il ne prenait plus la direction de la salle de bains pour enfoncer d'un geste brusque la prise de sa radio ? Arrêterait-il d'écouter les nouvelles du jour, celles qu'enfant elle entendait, couchée, de l'autre côté du mur ? Ces voix de journalistes qui résonnaient jusqu'à elle et ces slogans de France Info qu'elle fredonnait ensuite toute la journée ? Elle se souvient de ce son comme de celui des adultes, celui d'un monde qu'elle ne comprenait pas. Un monde qui, par opposition, la maintenait dans la douceur de son enfance. Et tout cela allait s'arrêter.

Camille n'a toujours pas allumé la lumière. Julien et Caroline sont là, en face d'elle. Ils discutent autour d'un verre de vin, appuyés l'un comme l'autre au bar qui relie le salon à la cuisine. À leur manière de célébrer leurs retrouvailles en pleine semaine, Camille décrète que c'est la première fois qu'ils vivent ensemble. Elle se dirige vers sa bibliothèque, laisse glisser son index sur le dos de plusieurs livres avant de s'arrêter au niveau d'une couverture rouge. Elle pose son doigt sur le bord supérieur et le fait basculer pour s'en saisir. Le livre est neuf, elle n'a dû l'ouvrir qu'une fois, deux fois peut-être... mais c'est bien le sien. Son nom est marqué en haut à droite sur la première page, tel un réflexe scolaire de l'enfance. Cette marque, c'est celle des bons élèves, ceux qui commencent l'année avec la volonté de posséder les livres. Elle feuillette furtivement l'ouvrage et pousse un long soupir avant de le reposer d'un geste lent sur le bord de la table. Elle attrape son manteau, enroule une écharpe autour de son cou et quitte l'appartement en laissant le Code civil dans un coin de sa vie. Un coin sombre où elle ne va jamais.

12

Marguerite

Lorsqu'elle se réveille ce matin, Marguerite ouvre les yeux d'un coup, comme si elle ne les avait pas fermés de la nuit. Au cours de cette phase de sommeil étrange où les rêves se mêlent à la réalité, elle a eu une idée. C'est si clair, si évident à présent, qu'elle se demande pourquoi elle n'y a pas pensé plus tôt.

Elle va mettre son appartement en vente.

Plus elle se répète cette phrase, plus elle sent l'excitation grandir au creux de son ventre et se propager dans tous les membres de son corps. Elle n'a pas ressenti ça depuis des années. Elle n'a rien à faire, juste à attendre que les gens viennent à elle.

Elle se lève et fonce dans la salle de bains pour faire sa toilette. Elle coiffe ses longs cheveux blancs en un haut chignon serré dans lequel elle plante quelques épingles pour le maintenir en place. Elle met un coup de laque sur sa coiffure d'un geste ample et souple, un geste qui l'a accompagnée durant toute sa vie de femme. Elle hésite une seconde à ajouter un peu de blush sur ses joues et un peu de mascara sur le bout de ses cils. Elle ne se maquille plus depuis longtemps et elle n'est pas certaine que ses produits de beauté ne soient pas complètement secs. Finalement, elle décide d'ouvrir un tiroir et d'en sortir un pinceau. Elle effleure ses joues d'un geste rapide, presque timide, mais abandonne finalement l'idée du mascara. Elle n'y voit plus assez bien pour faire ce genre de chose. Marguerite jette un regard à l'image que lui renvoie son miroir et se trouve satisfaite de ce qu'elle voit. Elle est une vieille femme, mais elle aime bien cette vieille femme qu'elle est devenue. Ses yeux topaze, sa taille encore marquée, ses longs cheveux blancs qu'elle arbore avec fierté quand beaucoup de femmes de son âge les coupent court et font une teinture... Marguerite est sans doute plus belle qu'elle ne l'a jamais été.

Elle enfile une paire de collants opaques et revêt une robe aux manches longues et en velours bleu-noir. Comme chaque jour, elle accroche sur sa poitrine la broche qu'elle a reçue pour son douzième anniversaire. Un arbre de la vie dont elle ignore s'il est précieux autrement que pour ce qu'il représente à ses yeux. Elle va fouiller dans sa boîte à bijoux et choisit un collier en or jaune orné de quelques pierres de couleur verte qu'elle passe autour de son cou. Elle se dit que tout ça est ridicule mais elle ne le pense pas une seconde : tout ça lui fait un bien fou. Elle est sur le point d'enfiler son manteau et de sortir de son appartement quand elle jette un œil à sa montre. Il n'est même pas huit heures. Elle va devoir patienter deux bonnes heures avant que l'agence immobilière située à l'angle de la rue n'ouvre ses portes.

Elle s'assoit alors dans le fauteuil près de la fenêtre, saisit un livre de voyage et s'endort profondément.

*

Marguerite se réveille deux heures plus tard, ne sachant plus exactement où elle se trouve ni pourquoi elle est habillée de la sorte. Une fraction de seconde, elle a peur que quelqu'un soit mort et qu'elle doive se rendre à un enterrement, mais à mesure qu'elle émerge de son sommeil, tout lui revient. Dormir en journée n'est pas dans ses habitudes. Se peut-il que l'excitation qu'elle a ressentie couplée à sa grande activité de mise en beauté ait libéré des endorphines ? Elle chausse ses petites bottines à talons et sort de chez elle en pressant le pas.

Marguerite pousse la porte d'une agence immobilière pour la première fois de sa vie. Jusqu'à présent, elle n'a jamais eu le souci du logement. Depuis ses neuf ans, elle vit dans le même appartement dont elle a hérité à la mort de ses parents. Alors qu'elle se sent de plus en plus intimidée dans ce lieu dont elle ne maîtrise pas les codes, elle remarque un homme et une femme, assis devant un bureau vide. Ils ont l'air d'attendre que quelqu'un prenne place en face d'eux. Ils se regardent et Marguerite aperçoit quatre mains qui s'entremêlent entre leurs deux chaises. La jeune femme s'avance et chuchote quelques mots aux creux de l'oreille de son compagnon et Marguerite imagine qu'elle lui demande s'il est sûr, si après tout, il ne serait pas plus prudent de rester locataires. Elle imagine qu'il lui parle des châteaux qu'ils devraient posséder pour héberger leur amour et Marguerite est surprise d'un tel romantisme, elle que l'amour a pourtant quittée depuis bien longtemps.

Elle est ailleurs quand un homme d'une trentaine d'années s'avance vers elle, un sourire chaleureux aux lèvres.

« Bonjour, madame, avez-vous besoin d'aide ?

— Bonjour, monsieur. Oui, je... je souhaiterais vendre mon appartement. »

Marguerite remarque que les sourcils du jeune homme font un léger mouvement de surprise. Il doit être habitué à ce que ce soit les enfants qui s'occupent de ce genre de chose, au décès de leur mère ou au moment de son placement en maison de retraite.

« Vous pouvez faire ça pour moi ? ajoute-t-elle pour le bousculer un petit peu.

— Bien sûr, madame ! Allons dans mon bureau ! »

Le jeune homme fait un mouvement de la main vers le fond de la pièce afin d'indiquer à Marguerite de passer en premier. Il lui emboîte aussitôt le pas et la suit jusqu'à un bureau ouvert sur le couloir dont les murs ressemblent à des paravents. Il tire une chaise et l'invite à s'asseoir.

« Vous désirez boire quelque chose ?

— Je veux bien un thé, merci.

— Et un thé, c'est parti ! »

Il disparaît tandis que Marguerite regarde autour d'elle. Le bureau en verre fumé est recouvert de papiers et de Post-it éparpillés dans tous les sens ; un tas de trombones démembrés, plusieurs gobelets en carton empilés les uns sur les autres et un cadre plaqué face au sol. Elle jette un regard furtif à ses pieds et remarque un ballon de basket posé sur la poubelle ainsi qu'une dizaine de cartes de visite qui jonchent le sol. Marguerite est en train d'en retirer une qui s'est collée sous la semelle de sa chaussure quand le jeune homme fait son retour dans le bureau. Il ferme les yeux une seconde, se maudissant de ne pas avoir pris le temps de le ranger la veille, mais décide d'agir comme si de rien n'était. Cela ne servirait à rien d'en rajouter. Les excuses n'effacent pas les faits.

« Je me rends compte que je ne me suis pas présenté ! En même temps, on ne peut pas tout faire dans la vie, se présenter et ranger son bureau ! »

Il n'a pas terminé sa phrase qu'il regrette déjà ce qu'il vient de dire. Chaque fois, c'est la même chose. Il ne peut pas s'empêcher de mettre en avant ce qui n'a pas particulièrement besoin de l'être et de faire ces fichues blagues au second degré. Par expérience, il sait pourtant que le second degré ne fonctionne ni avec les enfants ni avec les personnes âgées. Alors pourquoi fait-il encore ce genre d'expérimentation ? Ne pourrait-il pas se contenter de faire simplement son travail, comme tout le monde ? Cependant, il remarque un léger sourire se dessiner sur le visage de sa cliente. Marguerite le trouve plutôt sympathique, ce garçon éparpillé.

« Effectivement, une présentation nous prendra sans doute un peu moins de temps. Je suis Marguerite, dit-elle en lui tendant la main.

— Je suis Thomas », dit-il en la lui prenant.

13

Thomas

Thomas laisse partir la vieille dame en poussant un long soupir de soulagement. Le rendez-vous s'est bien terminé. Il est content de rentrer ce nouveau bien qui va se vendre très facilement au vu de ce qu'elle lui en a dit : un soixante-quatre mètres carrés, une perpendiculaire à l'avenue Parmentier, à deux pas de la station de métro Goncourt. Un appartement sous les toits en zinc, au sixième étage avec ascenseur. Marguerite lui a dit qu'il n'y a pas de vis-à-vis et qu'elle a vécu là toute sa vie. Thomas en a déduit qu'il s'agit d'un bâtiment ancien et non de l'un de ces immeubles sans charme construits à la va-vite au milieu des années soixante-dix.

Elle lui a parlé des placards et de la cave avant d'énoncer les deux chambres d'une surface tout à fait honnête, du parquet qui craque et des deux cheminées qui ne doivent plus fonctionner, même si elle n'en avait pas la moindre idée. Elle a l'air de beaucoup aimer cet appartement mais elle semble aussi très heureuse de le mettre en vente.

Les trois pièces font partie des appartements les plus recherchés sur le marché de l'immobilier parisien. C'est lorsqu'ils sont sur le point d'avoir un enfant que les jeunes couples se décident à franchir le cap de l'achat. Acquérir leur propre appartement plutôt que de continuer à payer tous les mois un loyer qui peut atteindre des sommes indécentes et se sentir chez soi pour accueillir la vie, cela semble assez logique. Après tout, les oiseaux font bien leur nid pour y déposer leurs œufs. Et puis c'est aussi à cet âge que les jeunes actifs commencent à gagner suffisamment d'argent et s'endettent pour toute une vie.

Thomas aime beaucoup son métier. Il aime rencontrer des inconnus et pénétrer dans l'intimité de leur vie pour les aider à trouver leur bonheur. Il aime voir ce mélange de peur et d'excitation, cet éclair furtif qui traverse leur visage au moment où ils signent la promesse d'achat. Thomas ne vit presque que pour cet instant, celui où, légèrement en retrait, il observe deux enfants sauter à pieds joints dans la vie d'adulte. Il devine les pensées de ces nouveaux acquéreurs qui, pour s'ancrer dans le présent et marquer ce souvenir à jamais, se répètent intérieurement cette phrase que certains n'auront pas l'occasion de prononcer : « Je suis en train d'acheter un appartement. »

14

Marguerite

Marguerite est passée chez le fromager. Jean-Michel est surpris de la voir, ce n'est pas mercredi. Il lui demande ce qui lui vaut cet honneur et Marguerite se contente de sourire. Il n'y a pas de jour pour se faire plaisir, finit-elle par dire devant son regard insistant. Il lui dit qu'elle a bien raison et lui demande ce qu'il lui sert. Comme d'habitude ? ajoute-t-il en se dirigeant vers le beaufort. Marguerite est sur le point d'acquiescer, mais elle se ravise. Non, pas comme d'habitude. Depuis combien de temps a-t-elle des habitudes ? se demande-t-elle tout à coup. Le fromager attend. Heureusement qu'il n'y a personne derrière elle car elle ne sait pas quoi prendre. Elle sait juste qu'elle ne veut pas prendre la même chose que les autres semaines car aujourd'hui est un jour particulier.

Elle a pris sa vie en main.

Marguerite est surprise de cette phrase. Elle ne pensait pas que c'était encore possible à son âge. Est-il possible de prendre en main quelque chose dont il reste si peu ? En se posant cette question, elle ne sait pas pourquoi, elle se met à penser à son tube de dentifrice qui continue de se vider même quand elle croit en être venue à bout. Il suffit de le plaquer contre le lavabo, d'y passer le dos du peigne et une fine larme sort du tube. Marguerite ne gaspille pas le dentifrice, pourquoi le ferait-elle pour sa vie ?

« Mettez-moi du gorgonzola.

— Je ne savais pas que vous aimiez le bleu.

— Oh, j'aime toutes les couleurs, vous savez. »

Jean-Michel hésite à sourire mais, comme elle reste impassible, il se saisit du fromage, coupe une fine tranche et l'emballe dans du papier thermoscellable. Marguerite sort de la boutique et remonte la rue jusqu'à son appartement, cet appartement qu'elle a mis en vente mais dont elle ne se séparera pas.

Vivante, jamais elle ne quittera cet appartement, se répète-t-elle comme si elle devait rassurer ceux qui la regardent du ciel en se demandant ce qu'elle est en train de manigancer. Non, pas d'inquiétude, elle mourra bien entre ces murs. C'est une promesse qu'elle s'est faite des dizaines et des dizaines d'années auparavant et sur laquelle elle ne reviendra pas.

15
Camille

Camille aime les fleurs de saison. Elle est attachée à ces mois d'attente durant lesquels la nature se prépare et qui rendent les retrouvailles encore plus belles. Contrairement à ce que la plupart de ses clients imaginent, il y a naturellement des fleurs toute l'année. Mais pas toutes et pas en même temps. Le mimosa en hiver, les jonquilles et les pivoines au printemps, la lavande, les campanules et le tournesol en été, les dahlias en automne. Dernièrement, elle a remarqué que la volonté d'acheter des fleurs de saison revient de plus en plus souvent dans la bouche des clients. Quand elle leur parle des fleurs d'hiver, ils sont toujours très surpris d'entendre qu'elles ne sont pas si rares. La plupart imaginent sans doute l'hiver comme un épais manteau blanc qui recouvre le sol et endort tout sur son passage.

Ces conversations lui ont donné l'idée de créer un calendrier saisonnier des fleurs, ce qu'elle a aussitôt proposé à Adélaïde. C'est sa manière de lui montrer qu'elle est impliquée dans ses nouvelles responsabilités et qu'elle met tout son cœur à faire vivre la boutique.

Camille a quelques notions de graphisme et, comme tous les enfants qui se sont beaucoup ennuyés, un réel talent pour le dessin. Elle sait utiliser certains logiciels sur son ordinateur et il ne lui a pas fallu plus d'une soirée pour envoyer un modèle à sa patronne. Adélaïde l'avait appelée si rapidement que Camille avait d'abord cru à une coïncidence.

Quand elle avait décroché, elle l'avait entendue pousser des petits cris de joie à l'autre bout du fil.

« Je viens d'ouvrir ton mail ! Je ne savais pas que tu avais ce talent, Camille ! Quel esthétisme ! Demain tu iras chez un bon imprimeur et tu en feras une cinquantaine d'exemplaires ! Les gens vont adorer, c'est sûr ! Et si tu as d'autres idées, n'hésite pas ! »

Elle avait laissé un silence et Camille l'avait entendue sourire.

« Camille ?

— Oui ?

— Tu vas voir, on va faire du bon travail toutes les deux. »

16
Marguerite

Il est presque dix-sept heures et, depuis le début de la matinée, Marguerite n'a pas quitté son sourire. Elle a l'impression de faire quelque chose de totalement interdit et cette transgression lui fait un bien fou. Son enfance, son éducation, la guerre, toutes ces choses avaient fait d'elle une personne discrète et obéissante. Depuis toujours, quand on lui demande de raconter une bêtise de sa jeunesse, elle est incapable de trouver quoi que ce soit à dire. Elle a déjà menti, gardé un secret même, mais cette fois, c'est différent. C'est plus léger et puis surtout, elle a le sentiment de n'avoir rien à perdre. La vieillesse peut avoir cet avantage : elle libère de tout.

Marguerite se sent heureuse. Heureuse comme elle ne l'a pas été depuis des années. Elle pense aussitôt à Jeanne et se sent un peu coupable d'être si vivante. Elle aurait aimé prendre le métro et se rendre dans le 17e arrondissement pour voir son amie. Elles seraient allées marcher ensemble au parc Monceau et elles auraient regardé les jardiniers s'occuper des fleurs. Il y avait toujours un jardinier en train de s'occuper des fleurs là-bas, ça ne manquaït jamais. Elles se seraient ensuite assises sur un banc et elle lui aurait raconté cette idée lumineuse qu'elle avait eue ce matin en se réveillant. Mettre en vente son appartement pour accueillir des inconnus dans sa solitude. Elle imaginait déjà la stupeur de Jeanne.

« Vendre l'appartement ?! Mais, Marguerite, tu es folle !

— Là est tout le génie, ma chère Jeanne. Cette vente n'aura jamais lieu. Elle durera indéfiniment. »

Jeanne l'aurait d'abord observée sans comprendre et puis d'un coup son visage se serait éclairé. Elle aurait tapé dans ses mains pour la féliciter et elles se seraient mises à rire si fort qu'elles auraient fait s'envoler les pigeons autour d'elles.

Marguerite pousse un long soupir.

Pourquoi s'est-elle infligé cette conversation imaginaire alors qu'elle passait une si bonne journée ? Jeanne lui manque terriblement à présent. Cela fait presque un mois, et elle ne sait pas si elle doit dire « déjà » ou « seulement ».

Marguerite décide alors de se rendre chez le fleuriste, d'acheter un bouquet et d'aller fleurir la tombe de sa Jeanne, comme s'il s'agissait d'un parc parisien.

17

Camille

Avant d'arriver à la boutique ce matin, Camille est passée chez l'imprimeur puis à la mercerie afin d'acheter quelques mètres de ruban jaune pâle pour relier les feuilles de son calendrier. Elle est contente du résultat. Le grain du papier est élégant, de bonne qualité et donne un aspect vieilli très réussi. Cette course matinale l'a mise en retard et elle n'a pas eu le temps de sortir toutes les plantes à l'extérieur du magasin. Avec un peu plus de bonne volonté, elle aurait sans doute pu y parvenir mais, secrètement, elle aime bien se sentir enfouie dans cette forêt florale. Depuis onze heures, elle s'affaire à couper des bandes de ruban égales et à nouer les feuilles entre elles. Cinquante calendriers, cela lui paraît beaucoup trop. Quand elle avait partagé cette pensée avec Adélaïde, celle-ci lui avait dit de ne pas s'inquiéter.

« Camille, t'arrive-t-il d'essayer de vendre quelque chose qui n'est pas dans la boutique ?

— Non…

— Exactement !

— Je ne suis pas sûre de comprendre le rapport…

— Dans la vie, il faut que tu mettes la barre à une hauteur qui te permet tout juste de l'effleurer quand tu es sur la pointe des pieds, les bras levés. Ni plus ni moins. Et cinquante calendriers, c'est ce nombre-là. Légèrement trop.

— ...

— Tu vas tous les vendre, j'en suis sûre. Et tu vas tous les vendre comme tu les aurais tous vendus s'il n'y en avait légèrement pas assez. Tu vois où je veux en venir ?

— Oui, je crois. »

Camille admire Adélaïde. Cette femme a une force de caractère qui peut déplacer des montagnes. Un menton volontaire, une large bouche aux lèvres charnues et de longs doigts fins qui pianotent l'air quand elle parle, elle est de ces gens dont le caractère sculpte un physique. Camille sait au fond d'elle-même que si elle a abandonné le droit et si elle est derrière ce comptoir aujourd'hui, c'est en grande partie parce qu'elle se sent bien dans l'aura de cette femme lumineuse et charismatique. Elle se sent grandir et pousser droit, comme une fleur avec un tuteur.

Camille est perdue dans ses pensées quand la clochette de l'entrée retentit. Une vieille dame vêtue d'un long manteau vert sapin et d'une écharpe moutarde vient de passer la porte. Elle lui souhaite la bienvenue avant de se replonger dans son travail manuel.

18

Marguerite

Marguerite ne connaît pas cet endroit. Elle a pour habitude d'aller chez un autre fleuriste situé plus près de chez elle, mais un petit mot sur la porte l'a informée d'une fermeture exceptionnelle. Elle a alors marché quelques minutes supplémentaires et c'est par hasard qu'elle est tombée sur cette boutique. L'atmosphère lui a tout de suite plu. Dès ses premiers pas à l'intérieur, elle a ressenti un apaisement soudain, comme si elle venait de pénétrer dans une forêt secrète et dense. Elle prend le temps de regarder autour d'elle quelques minutes, de toucher délicatement les plantes et les fleurs qui l'entourent avant de s'avancer vers la jeune fille qui se trouve derrière un joli comptoir en bois brut sculpté. Elle est sur le point de lui poser une question mais, au moment où leurs regards se croisent, Marguerite se trouble. Cette fille lui dit vaguement quelque chose. Cela ne dure qu'une seconde et Marguerite reprend ses esprits, mais elle est convaincue que cette impression de déjà-vu n'est pas un défaut de fonctionnement de son cerveau.

« Bonjour, mademoiselle. Les lys sont-ils encore beaux ou bien est-ce un peu tard ?

— Ce sont les derniers, mais le mois de septembre fut tellement agréable... Je les trouve encore très beaux. Qu'en pensez-vous ? »

La vendeuse s'est avancée vers un coin de la boutique et s'est accroupie pour attraper un bidon à lait en zinc dans lequel se trouvent plusieurs tiges.

« Oui, je suis d'accord avec vous. Je vais les prendre.

— C'est pour offrir ?

— Oui..., répondit Marguerite prise de court. C'est pour Jeanne.

— Très bien ! Je vous donne uniquement ceux qui sont encore fermés. Comme ça, Jeanne pourra en profiter plus longtemps. »

Marguerite ne relève pas. Elle ne veut pas parler cimetière ni pierre tombale. À son âge, elle trouve cela trop cliché. Elle remercie la jeune femme, quitte la boutique et s'engouffre dans la bouche de métro la plus proche.

19

Camille

Il est dix-neuf heures passées de quelques minutes quand un homme pousse la porte de la boutique. Depuis le début de la matinée, chaque fois qu'un client entre, Camille est un peu ailleurs. Elle réfléchit à la meilleure phrase d'accroche pour proposer son calendrier et elle a du mal à être concentrée sur autre chose. En temps normal, elle est plutôt bonne vendeuse, mais les choses lui paraissent bien plus simples quand il s'agit de fleurs. Il n'y a pas meilleur artisan que la nature, personne ne peut dire le contraire.

L'homme s'avance. Il cherche un bouquet à offrir à une femme. Elle peut voir dans son regard que ce n'est pas pour sa mère.

« Que pensez-vous d'en confectionner un pour le rendre plus personnel ?

— Ah oui… c'est une bonne idée.

— Je vous laisse d'abord choisir la fleur qui vous plaît le plus et ensuite, nous travaillerons autour de celle-ci. »

L'homme n'a pas l'air très à l'aise avec cette idée mais il pense déjà à cette phrase qu'il pourra dire et qui fera certainement son petit effet : « C'est moi qui l'ai fait. »

Après un tour rapide de la boutique, il annonce avoir arrêté son choix sur des roses rouges. Camille l'aurait parié. Depuis le temps qu'elle travaille ici, elle pourrait dresser un portrait psychologique de chaque client en se basant uniquement sur son choix.

L'homme est indécis et la confection du bouquet prend plus de temps qu'elle n'aurait imaginé. Elle n'est pas d'accord avec sa sélection mais ne dit rien. Elle a appris à ne pas s'impliquer. Surtout, elle a compris que la beauté a plusieurs définitions et, en fin de compte, cela est plutôt rassurant.

Quand elle lui tend le bouquet fini, l'homme sourit et cela suffit à rendre Camille heureuse. Elle se dit qu'elle ne vend pas vraiment des fleurs, mais des sourires, des sourires contagieux en plus de cela et, chaque fois qu'elle voit un client satisfait, elle ressent le même bien-être, la sensation d'avoir été utile de la meilleure des manières.

Avant de partir, il lui demande s'il peut ajouter un petit mot.

« Ça ne vous embête pas de l'écrire ? J'ai une écriture déplorable… »

Il le dicte et Camille s'exécute avec application. Elle fait de grandes boucles généreuses. *À notre passion éternelle*, relit-elle, satisfaite. Elle lui tend le bouquet et il s'en va. Au moment de franchir la porte, l'homme s'arrête et se tourne vers Camille, le regard inquiet.

« Vous faites des livraisons ?

— Oui, bien sûr.

— Parce que je suis en train de me dire que je devrais peut-être en envoyer un à ma femme aussi… »

20
Camille

Camille a fermé la boutique dès le départ du client. Elle qui se targuait d'être une fine psychologue, elle était loin d'imaginer un tel dénouement. Elle est déconcertée par la facilité avec laquelle certaines personnes anéantissent les plus belles choses de ce monde. Demain, elle enverra des fleurs à une femme de la part d'un homme qui a d'abord pensé à sa maîtresse. Un homme qui ne s'encombre pas de délicatesse : elles auront toutes les deux le même bouquet. Camille aurait voulu glisser un mot au milieu de ces fleurs et c'est justement quand cette pensée lui avait traversé l'esprit qu'elle avait préféré fermer le magasin.

En enfonçant la clé dans le petit boîtier qui dirige le rideau métallique, Camille pense aux crêpes au caramel au beurre salé que lui préparait son grand-père les jours où la pluie les empêchait d'aller à la plage. Elle voudrait se téléporter dans son enfance et mordre à nouveau dans ce puissant réconfort sucré-salé, mais elle sait bien que la magie n'existe pas. Au moment où cette pensée finit de se former dans son esprit, Camille se trouve devant la devanture d'une agence immobilière. Son regard est aussitôt happé par les affiches d'appartements exposées en vitrine et d'un coup, elle ne pense plus à rien. Ni aux femmes trompées ni aux hommes idiots. Ni aux belles fleurs mal entretenues et qui fanent trop vite ni aux roses rouges gâchées. Elle préfère imaginer d'autres vies que la sienne dans des appartements haussmanniens à plus de cinq cent mille euros. Il y a des lofts spacieux avec une décoration industrielle, des appartements bourgeois avec de hauts plafonds et des tapis persans sur un parquet qui craque et puis les innombrables studios où les douches se confondent avec les lavabos. Camille observe les annonces une à une et laisse ses yeux sauter d'un prix à l'autre en se demandant qui sont ces gens capables de débourser de telles sommes d'argent.

Soudain, de l'autre côté de la vitrine, elle croise le regard d'un homme. Elle ne sait pas s'il vient de lui sourire ou s'il ne fait que répondre au sien, ce sourire qui vient de se dessiner sur son visage depuis qu'elle se trouve face à ces appartements fascinants. Elle détourne le regard, légèrement mal à l'aise, mais quand elle regarde à nouveau dans sa direction, il est encore là. Elle est sur le point de s'en aller, mais au dernier moment, elle ne sait pas pourquoi, elle pousse la porte et entre dans l'agence.

« Bonsoir. »

Il est tard, l'agence est très calme et Camille est prise d'un doute.

« Vous n'êtes pas fermé au moins ?

— Pas du tout ! En quoi puis-je vous aider ?

— Je… cherche à acheter un appartement. »

Camille ne sait pas pourquoi elle a dit ça. Techniquement, ce n'est pas vraiment un mensonge puisqu'elle cherche à acheter un appartement depuis qu'elle a six ans. Mais elle se demande si elle n'avait pas plus d'économies à cet âge-là.

« Très bien. Quel type d'appartement recherchez-vous ?

— Un trois pièces. Minimum. »

Elle a toujours eu l'imagination ambitieuse.

« Peut-être devrions-nous nous asseoir pour en discuter ? »

Camille n'en revient pas d'avoir dit cette phrase et Thomas n'en revient pas de ne pas avoir été celui qui l'a dite.

« Bien sûr ! Excusez-moi ! Allons dans mon bureau. »

La pièce est sensiblement dans le même état de désordre que celui dans lequel il a accueilli sa première cliente ce matin. Thomas lâche un court soupir d'exaspération mais n'a pas d'autre choix que de faire entrer Camille. Il a envie de lui dire qu'il l'avait rangé, ce bureau, sur les coups de midi, juste avant de partir en visite, mais il se souvient juste à temps que cette fille n'est pas sa mère.

« Alors, vous m'avez dit vouloir acheter un appartement… dans le secteur ?

— Oui, je suis plutôt attachée au quartier.

— Je comprends, c'est un arrondissement très agréable. Vous avez sans doute un budget à ne pas dépasser. »

Il ne posait pas vraiment la question et Camille se dit que c'était bien amené.

« Je fonctionne au coup de cœur. »

Thomas hoche la tête sobrement. Camille a l'impression de jouer une partie de poker sauf que dans les mains de son partenaire, il n'y a que des cartes de Uno. Comme elle ne veut pas éveiller ses soupçons, elle ajoute :

« Dans la limite du raisonnable, bien sûr. Il serait inutile de me proposer un appartement à quinze mille euros du mètre carré… à moins qu'il soit possible de faire entrer une cuisine, un lit et une salle de bains dans vingt mètres carrés. »

Camille a un léger rire nerveux mais il ne semble pas s'en apercevoir.

« Je comprends tout à fait, madame. Les prix ont beaucoup augmenté ces dernières années, mais il reste encore de belles affaires à faire. »

Elle trouve que cet air sérieux ne lui va pas du tout. Ils doivent avoir à peu près le même âge, à deux ou trois ans près. Elle jette un œil au tas de cartes de visite éparpillées sur son bureau et essaie de lire discrètement son nom. Thomas Rousseau.

« Vous vivez dans le 11e ? lui demande-t-elle pour rompre le silence.

— Je vis dans le 20e, vers le Père-Lachaise, dit-il en lui souriant avant de reprendre ses recherches sur son ordinateur.

— Vous êtes propriétaire ?

— J'ai cette chance, oui.

— Alors cette histoire de cordonnier mal chaussé… »

Elle n'ose pas poursuivre. Il appuie sur plusieurs touches et Camille entend au loin le bruit du papier qui passe dans une imprimante.

« Voilà, j'ai sélectionné quelques biens que nous allons regarder ensemble, dit-il en se levant pour aller chercher les feuilles.

— Oh, vous savez… si ça ne vous dérange pas, j'aimerais que nous procédions différemment. »

Thomas s'arrête et la regarde, un peu décontenancé. Elle hésite à poursuivre.

— Disons que… je préfère ne pas savoir à quoi m'attendre. Et puis peut-être que sur le papier je vais m'arrêter à des détails pratiques auxquels je n'aurais pas prêté attention au cours d'une visite. Je suis très sensible au charme que dégage un lieu. »

Il fait quelques pas en reculant et retourne à sa chaise. Il prend un papier, un stylo et commence à écrire.

« Ancien ou neuf ?

— Ancien… ou très neuf.

— Rez-de-chaussée ?

— Plutôt dernier étage.

— Ascenseur ?

— Pas nécessairement.

— Un critère essentiel ? »

Camille réfléchit une seconde. Soudain, son visage s'illumine.

« Magique. »

21
Marguerite

Lors de leur première rencontre une semaine plus tôt, lorsqu'il avait abordé la question du prix de vente de l'appartement, Thomas avait senti Marguerite légèrement sur la défensive. Il n'en avait pas été étonné. Passé un certain âge, il arrive parfois que les gens perdent la notion de l'argent. Avoir connu plusieurs monnaies rendait la tâche difficile, particulièrement lorsqu'il était question de sommes importantes. Sans doute gardaient-ils en tête le prix d'achat de leur appartement en francs voire en anciens francs, ou bien éprouvaient-ils simplement le plaisir d'évoquer une devise qui leur rappelait leur jeunesse. Leur temps à eux, quand l'avenir leur appartenait.

Ce matin, Thomas a appelé Marguerite pour prendre de ses nouvelles et lui demander s'ils pouvaient se revoir. Elle ne lui a pas laissé le temps de finir sa phrase qu'elle avait déjà raccroché en lançant un enthousiaste « j'arrive » qui ne lui était jamais parvenu. Un quart d'heure plus tard, elle poussait la porte de l'agence et demandait à voir M. Rousseau.

Thomas et Marguerite discutent de tout et de rien. Ils abordent la problématique des saisons, de la difficulté de trouver de la viande de qualité et des ouvertures faciles qui ne le sont jamais. Thomas finit par lui demander si elle a pu réfléchir à la somme qu'elle souhaite percevoir de la vente de son appartement.

« Peut-être avez-vous des obligations de temps, des crédits ou des échéances à rembourser ? »

Marguerite n'a rien de tout ça, mais elle a besoin de réfléchir. Thomas est rassuré.

« C'est une très bonne chose, madame Dumas. Il n'y a rien de pire qu'un vendeur pressé pour rater une négociation. Dans ce genre de situation, le pouvoir est transféré dans l'autre camp, vous comprenez.

— Je ne suis pas le moins du monde pressée. Je préférerais même que les choses se fassent le plus lentement possible. Vous savez, à mon âge... on fatigue vite. »

Marguerite avait décidé de jouer la carte de la vieillesse. Elle se disait que si les gens lui laissaient leur place dans le métro, alors un agent immobilier pourrait bien lui laisser un peu de temps.

« Et puis, cet appartement, c'est ma vie. Sans lui, je ne sais pas où je serais aujourd'hui... »

La phrase de Marguerite reste suspendue dans les airs et Thomas trouve la situation un peu triste. Lorsqu'il reprend la parole, sa voix s'est adoucie.

« Nous discuterons du prix de vente la semaine prochaine. Quand pourrais-je passer estimer le bien ? Vous verrez, tout se passera bien. Je vous donnerai mon avis, comme s'il s'agissait de mon propre appartement.

— Jeudi ? Seize heures ?

— Très bien, je note. Je viendrai aussi avec notre photographe. Elle prendra quelques clichés pour l'annonce que nous mettrons à l'agence et sur notre site internet. »

Marguerite acquiesce.

« Je voudrais bien une tasse de thé, s'il vous plaît. »

Thomas bondit sur ses pieds comme s'il venait de se souvenir que c'était le dernier jour pour déclarer ses impôts. Marguerite profite de son absence pour réfléchir. Elle se sent tiraillée entre plusieurs possibilités. Si elle met son appartement en vente à un prix juste, cela lui apportera son lot de visiteurs, et par conséquent l'animation qu'elle recherche. Mais le risque d'obtenir des propositions d'achat auxquelles elle devra faire face l'inquiète. Si elle opte pour un prix plus élevé dans le but de réduire les potentielles offres d'achat, elle pourra en décourager certains et donc rendre le nombre de visites plus rare… mais surtout, elle redoute de se retrouver face à des personnes fortunées avec qui elle ne se sentira pas forcément à l'aise.

Thomas revient avec une tasse fumante dans chaque main.

« Vous devez me trouver bien mal élevé.

— Oh non, voyons ! C'est moi qui vous fais le coup de la vieille dame capricieuse. »

Il se met à rire et Marguerite a l'impression que ce rire vient d'ouvrir les portes d'une complicité.

« Mon petit Thomas, vous savez, j'ai bien réfléchi et je voudrais vendre mon appartement à des gens que j'aime bien. À des gens qui mériteraient de vivre à l'intérieur.

— Que vous aimez bien... ? »

Il n'est pas sûr de comprendre.

« Oui. Je ne suis pas pressée. J'attendrai les bonnes personnes.

— Mais Marguerite, les choses ne fonctionnent pas exactement de cette manière. Il ne s'agit pas d'un site de rencontres...

— Je vous ai dit que j'avais bien réfléchi », dit-elle d'un ton plus autoritaire.

Elle fouille calmement dans son sac et sort un épais livre rouge qu'elle pose sur ses genoux.

« Comme vous pouvez le voir, je suis allée acheter un Code civil... et voilà ce que j'ai trouvé : “Article 1583. Le contrat de vente est parfait dès qu'on est d'accord sur la chose et le prix, quoique la chose n'ait pas encore été livrée ni le prix payé.” Du coup, avec un peu d'ambiguïté...

— Sauf qu'en passant par une agence immobilière, vous me confiez le mandat de trouver un acquéreur aux prix, charges et conditions convenus d'un bien défini..., la coupe-t-il doucement. Je suis un garant, une preuve, un arbitre en quelque sorte. Il ne sera donc pas possible de refuser la vente si vous avez une offre d'achat au prix... »

Il hésite quelques secondes avant de reprendre.

« Je ne devrais pas vous dire ça, mais si vous vouliez un peu plus disons “d'ambiguïté”, comme vous dites, il n'aurait pas fallu passer par une agence...

— Oh non, il n'en est pas question. Je vous aime bien, et puis où voulez-vous que je mette mon annonce ? À la boulangerie ? Non, non, non, je n'ai pas envie de m'occuper de tout ça.

— Dans ce cas, je crains que ce soit compliqué.

— À la place d'un prix défini, j'aimerais que vous marquiez "prix intéressant". »

Thomas hausse un sourcil.

« Ou bien le prix au mètre carré. Ou, tenez, et pourquoi pas un titre accrocheur : "Moins de dix mille euros le mètre carré !" Et ensuite vous n'abordez le prix qu'à l'oral…

— Je vais voir ce que je peux faire, dit-il pour la rassurer.

— Formidable ! Je vous attends jeudi, alors ! »

Elle repose la tasse de thé sans en avoir bu la moindre goutte puis se lève pour partir. Elle a encore quelques questions mais elle ne voudrait pas régler tous les problèmes en une seule fois. Elle préfère que les choses n'aillent pas trop vite, car des appartements qu'elle peut prétendre vendre, Marguerite n'en a qu'un.

22
Camille

Depuis qu'elle est passée responsable, Camille n'a plus le temps d'aller courir. Avant, elle partageait les heures d'ouverture de la boutique avec sa patronne, mais depuis qu'un second *Atelier botanique* a vu le jour dans le 18e, les choses sont différentes. Elle n'est plus à mi-temps avec Adélaïde, mais à temps plein avec personne. Le vendeur qui a été embauché pour lui prêter main-forte ne s'est finalement jamais présenté et le nouveau recrutement tarde à se finaliser. « Lundi », lui avait assuré Adélaïde lors de leur dernière discussion, mais Camille avait bien compris qu'il s'agissait d'un lundi approximatif.

Ce soir encore, Camille a loupé l'heure de départ de la course au point de rendez-vous habituel boulevard Richard-Lenoir. À son arrivée, le groupe est déjà parti mais, comme elle est en tenue, elle décide de se faire son propre parcours. Souvent, les autres partent à petites foulées dans les quartiers bourgeois. Les quartiers beaux, propres et vides. Les quartiers où l'on ne doit pas ralentir sa course pour se décaler, laisser passer une vieille dame ou contourner une poussette. Bien qu'elle ne trouve pas ces circuits très agréables, la plupart du temps Camille se contente de suivre sans rien dire. Mais elle a ses préférences. D'autres préférences.

Il y a des immeubles devant lesquels elle aime bien passer, des spectacles urbains qui valent tous les détours et puis aussi, vers la place de la Bastille, il y a ce dédale de ruelles pavées si typiques qu'on croirait à un décor de film. Pour certains pourtant, c'est la scène de leur quotidien.

Camille est partie dans cette direction. Elle pense à cet immeuble aussi, rue de Lappe, où le toit a été découpé afin de permettre à l'appartement du dernier étage d'avoir une verrière qui s'ouvre et se ferme en fonction des saisons. Un toit ouvrant, comme s'il s'agissait d'une option pour une voiture. On lui en avait parlé, alors elle était allée vérifier sur Internet grâce à la vue aérienne. Elle avait remarqué qu'une forme turquoise se dessinait dans cette ouverture… Camille s'était vite rendu compte que toutes les choses dont on lui parlait, même les plus folles, étaient la plupart du temps vraies.

Rue de Charonne, il y a ces nombreux passages où il arrive souvent de croiser des équipes de tournage en journée. L'été, au milieu des pots en terre cuite d'où s'élèvent des oliviers, de la lavande et un air de Provence, se dresse de temps en temps une table autour de laquelle quelques voisins se retrouvent à l'heure de l'apéro. Cachés par le lierre qui envahit les façades, ils rient entre deux tintements de verres.

Au bout de quelques kilomètres, Camille se retrouve devant cette petite cour qui mène à une maison particulière. Elle aime ce terme « maison particulière ». Elle ne sait pas ce qu'il veut dire exactement – spécifique ? qui se distingue ? qui est à un particulier ? – ni pourquoi toutes les maisons ne sont pas particulières, mais elle aime celle-là. Particulièrement.

Elle passe devant et puis elle y pense jusqu'à la fin de son parcours. Elle visualise le portemanteau à l'entrée, immense, en bois verni. Le grand miroir Louis Philippe sur la cheminée en marbre gris qui ne fonctionne plus. Le parquet qui craque. Les chaises dépareillées autour de la table de la salle à manger. Les collections – car il y en a forcément une – sur une étagère dans un coin du couloir à l'étage. Des figurines ? De la porcelaine ? Des boules à neige ? Peut-être un peu des trois. Un piano trône dans le salon, il est ouvert mais personne n'y joue vraiment. Quelques doigts s'y baladent de temps en temps, dans un hasard souvent malheureux. Elle pense à la bibliothèque qu'elle imagine comme un cimetière dans lequel les livres reposent après un bref passage dans la lumière. La rampe d'escalier sur laquelle s'enroulent quelques écharpes et cette phrase inlassablement répétée aux enfants sur un ton d'exaspération : « Il y a un portemanteau pour suspendre vos affaires ! » Cette rampe d'escalier encore, sur laquelle on s'appuie, un pied sur la première marche, pour compter jusqu'à trois avant de se fâcher si personne ne vient manger. Elle pense au pas sur le tapis, à la porte qui grince, à l'interrupteur qui résiste. Aux bougies soufflées, aux pansements arrachés, aux jeux de société partis valser. Elle imagine toute cette vie qui court et qui va vite, le dentifrice au coin des lèvres, les pulls mis à l'envers, les cahiers laissés sur le bureau…

Camille arrive toujours devant chez elle sans s'en rendre compte. Elle monte les marches d'un pas léger, comme si chaque foulée l'avait libérée un peu plus de l'attraction terrestre et de sa réalité.

Elle s'apprête à prendre une douche quand elle remarque que son téléphone vient de clignoter. C'est un message vocal de sa sœur. Sa sœur qui l'appelle rarement et lui laisse encore moins souvent de message. Elle porte le téléphone à son oreille et écoute ce qu'elle a à lui dire.

« Salut Camille. Bon, finalement, je vais faire un petit truc pour mon anniversaire. Maman a insisté et tu sais comment elle est… heu, insistante. "Quarante ans, c'est pas rien." Je sais bien que c'est pas rien, c'est justement pour ça que je ne voulais pas le fêter. Mais bon, je suppose qu'on doit toujours quelque chose à ses parents. Surtout quand il est question d'âge. C'est sans doute l'anniversaire de leur parentalité, on peut pas y échapper. Bref. Du coup, je t'attends samedi 12 à la maison ! C'est dans un mois, comme ça tu as le temps de t'organiser ! »

Camille repose lentement son téléphone sur la table. Si ces dix kilomètres de course lui avaient permis de partir un temps sur la Lune, il ne faisait aucun doute que la gravité venait de la rattraper.

23
Thomas

Thomas a toujours été désordonné. « Il s'étale », disait sa mère quand il était enfant. Prendre de la place, occuper l'espace, c'est quelque chose qui le rassure. Longtemps il s'était dit que s'il y avait de tout partout, cela lui prendrait plus de temps pour ramasser ses affaires. Plus de temps pour se faire arracher d'un lieu. Plus longtemps, peut-être, mais cela finissait toujours par arriver. La vie était trop longue pour ne pas réussir à ramasser ses affaires.

Thomas avait beaucoup déménagé. Tellement déménagé, même, qu'il ne savait jamais dans quel décor fixer ses souvenirs d'enfance. Il prétendait se rappeler la cheminée d'une maison, l'escalier d'une autre, mais en réalité, ce qu'il avait en tête, c'était toutes ces photographies qu'il avait observées pendant des heures.

Il avait été traîné de maison en maison et, à chaque déménagement, il avait eu l'impression que sa chambre rétrécissait. Tout ça, c'était la faute de son père. Ce père aux idées farfelues qui se jetait à corps perdu dans chacune d'elles et finissait toujours par le payer de quelques mètres carrés supplémentaires... Thomas avait mis du temps à le comprendre. Il n'était pas sûr pour autant d'y parvenir aujourd'hui.

Toute sa vie, son père lui avait répété qu'un jour il achèterait une aire d'autoroute sur le chemin des vacances pour avoir l'impression de partir chaque matin. Il lui disait aimer ce moment si particulier de la pause après quelques heures de conduite, cet îlot d'espoir sur ce bonheur à venir. Il aimait ce café pris avec vue sur une station essence et qui avait le goût d'une destination. Thomas, lui, avait développé une phobie des aires d'autoroute et, plus généralement, de toutes sortes de départs. À dix ans, il avait pris sa décision : dès qu'il le pourrait, il s'achèterait une maison.

Sa mère, elle, ne disait rien. Elle pleurait parfois la vie qu'elle n'avait pas eue et d'autres fois celle qu'elle avait. Elle aimait cet homme par intermittence, un peu comme on se laisse convaincre par un vendeur d'acheter un objet dont on n'a pas vraiment besoin mais qui, le temps d'une démonstration, nous paraît formidable. Son mari était un excellent vendeur qui ne se lassait pas de la convaincre. À chaque déménagement, ses nouvelles promesses. Elle acceptait ces folies à la condition de ne jamais déménager en cours d'année scolaire. C'était une exigence à laquelle elle s'était toujours tenue et Thomas soupçonnait son père d'être motivé par cette contrainte. Car tous les ans, au mois de juillet, toute la famille changeait de maison et tout recommençait de zéro. Thomas faisait visiter sa maison à ses copains chaque fois qu'il en avait une nouvelle ou bien chaque fois qu'il en avait de nouveaux et, l'un dans l'autre, il avait eu l'impression d'avoir fait visiter sa maison toute son enfance. À dix-huit ans, la phrase qu'il avait le plus prononcée était incontestablement celle qui annonçait que « derrière cette porte se trouvent les toilettes ».

Thomas se souvient parfaitement de la première fois où il a menti. Il était en classe de cinquième et il venait d'arriver dans un nouveau collège. Encore. C'était la première heure de cours et le professeur principal l'avait fait se lever pour se présenter devant toute la classe. Thomas détestait cet exercice. Il détestait la façon dont les adultes rendaient la vie des enfants si compliquée. Pourquoi aucun d'eux ne se doutait que ce qu'il voulait, lui, c'était se fondre dans la masse et disparaître ? Surtout, ne pas se faire remarquer. Chaque fois c'était la même chose. Alors il avait pris l'habitude de se lever de sa chaise sans rien dire et d'avancer la tête basse en traînant des pieds jusqu'au tableau. Thomas avait toujours raconté la vérité : un père qui voulait produire du vin, élever des chevaux, retaper une vieille ferme pour en faire une maison d'hôtes, ouvrir une pizzeria… Mais ce jour-là, quand il releva la tête pour commencer à parler, il croisa le regard d'Émilie. Il lui fallut alors plusieurs secondes pour ouvrir la bouche tant il y avait de mots qui s'y bousculaient. Il crut avoir un haut-le-cœur car son cœur s'était élevé et s'était mis à battre dans sa gorge, au milieu de tous ces mots qu'il tentait de ravaler. Alors il avait pris une grande inspiration et puis il avait dit que son père était ingénieur et qu'ils déménageaient en fonction de ses différentes missions. Une vie normale. La vie dont il rêvait. À partir de ce jour, à chaque déménagement, il répéta ce mensonge en se promettant qu'une fois adulte, personne ne l'obligerait à mentir.

*

Thomas vient de pousser une porte dans un appartement qu'il est en train de faire visiter à un couple de sexagénaires et il s'apprête à dire cette phrase qu'il a tant de fois prononcée et qui lui procure aujourd'hui un sentiment de revanche salutaire. Il patiente quelques secondes supplémentaires, heureux de savoir ce qui est sur le point de se produire. Il aime cette stabilité et il est satisfait de s'offrir enfin la vie qu'il a tant souhaitée enfant. Car derrière cette porte qui n'est pas la sienne se trouvent les toilettes.

La visite est terminée et Thomas prend son téléphone pour composer le numéro de Camille. Après trois sonneries, elle décroche.

« Bonjour, madame, je suis Thomas Rousseau de l'agence immobilière. J'ai un appartement à vous faire visiter. Avez-vous la possibilité de vous libérer en journée, disons jeudi prochain ?

— Oui. Quinze heures par exemple ?

— Jeudi quinze heures, c'est noté. Je vous envoie un message juste après avoir raccroché pour vous indiquer l'adresse. »

Camille pose délicatement son téléphone sur le petit comptoir en bois. Ses dents mordent sa lèvre inférieure et son pouce fait tourner un stylo entre son index et son majeur. Elle ne sait pas très bien ce qu'elle est en train de faire, mais l'idée de visiter un appartement inconnu, sans la moindre ambition de l'acheter, lui procure le plus grand des plaisirs : un plaisir coupable.

24

Camille

Lucas est arrivé la veille. Pendant trois jours, Adélaïde avait formé le jeune homme au sein de son magasin afin de ne pas ajouter une charge de travail supplémentaire à Camille. Elle est consciente de lui avoir demandé beaucoup d'efforts depuis l'ouverture de la seconde boutique, même si son employée ne s'en est jamais plainte. Pas une seule fois. C'est d'ailleurs une des choses qu'Adélaïde apprécie particulièrement chez cette fille. Elle a la peau dure. Parfois elle n'est pas d'accord, d'autres fois elle est insatisfaite, mais ce n'est jamais à cause d'une charge de travail trop importante. Camille est fine et pas très grande, mais elle semble pouvoir porter absolument tout. Avec elle, c'est comme si tout pesait le même poids et faisait la même taille. Et puis elle est débrouillarde. Débrouillarde, vive d'esprit, gaie et créative. Elle serait capable de faire entrer un carré dans un rond et Adélaïde remercie le ciel chaque jour d'avoir mis une telle fille sur sa route. Elle est convaincue que ses bouquets ont quelque chose en plus, une touche personnelle comme le trait de crayon d'un artiste ou le style d'un écrivain. Malgré cela, elle a le sentiment qu'un détail la retient de s'épanouir complètement. Peut-être de la confiance, se dit-elle. Sans doute même. La confiance tout comme la richesse sont terriblement mal réparties sur cette Terre. Alors elle essaie de lui tendre la main, de l'encourager, de lui montrer que c'est elle et elle seule qui peut se donner du mou au niveau des rênes. Car Adelaïde ne tient rien.

Lucas vient d'obtenir son CAP. Il sera aux côtés de Camille les après-midi et tiendra la boutique seul de quatorze heures trente à dix-sept heures pour commencer. Par la suite, quand il aura la confiance de Camille et d'Adélaïde, il pourra faire des journées complètes. Les deux femmes sont soulagées de cette charge de travail qui se déplace d'un coup sur les épaules d'une troisième personne.

Une cliente entre dans la boutique et Camille ne bouge pas. Elle lève les yeux et voit que Lucas la regarde, légèrement paniqué. Elle fait un petit mouvement du menton pour l'encourager à se lancer mais comme le jeune homme reste figé, Camille s'avance.

« Bonjour, madame. Si vous avez besoin d'aide, n'hésitez pas à nous demander.

— J'ai envie de me faire plaisir... J'ai eu quarante-cinq ans hier.

— Bon anniversaire », s'exclame Lucas, tel un réflexe provoqué sans doute par la gêne.

Il rougit aussitôt.

« M-merci, dit-elle, prise de court. C'est gentil... ça fait quarante-cinq ans que j'espère recevoir des fleurs et c'est terrible de se dire que les gens qui vous entourent ne vous aiment pas assez pour apprendre à vous connaître.

— Vous savez, parfois les plus grandes joies viennent de nous-mêmes. »

Camille qui s'apprêtait à répondre se tait et fait un pas sur le côté pour laisser un peu d'espace à Lucas. Elle n'est pas sûre de ce qu'il va se passer, mais elle a trouvé sa réponse très juste. Il semble être un garçon timide mais appliqué. Quand il arrive en début d'après-midi, il observe les plantes du magasin une à une en prenant dans ses mains certaines feuilles qu'il examine avec une grande minutie. Il effleure, marche sur la pointe des pieds, parle à voix basse. Camille a remarqué qu'au premier contact, il pouvait être maladroit, comme si les mots lui échappaient dans la hâte de devoir en prononcer, mais il parvient toujours à rattraper la situation.

Lucas semble de plus en plus à l'aise alors Camille disparaît en arrière-boutique. Elle va pouvoir en profiter pour mettre un peu d'ordre dans le stock et faire le point sur les commandes. Quand elle réapparaît une vingtaine de minutes plus tard, Lucas est en train d'encaisser l'achat d'un nouveau client. Celui-ci passe la porte avec un sourire satisfait et Lucas se tourne vers Camille.

« J'ai vendu trois calendriers des saisons.

— Trois ?!

— Oui, dit-il simplement en haussant les épaules, avant de caresser une feuille d'agave. Ce n'est pas très compliqué, ils sont très beaux, ces calendriers. »

Camille en prend un entre ses mains et se met à le feuilleter. C'est vrai qu'ils sont plutôt réussis, se dit-elle tout à coup. Elle lève les yeux et observe Lucas. Il est en train de s'occuper avec délicatesse d'une plante malade. Camille pense alors à ses parents qui tentent de guérir les humains et elle se dit que c'est ce qu'elle fait elle aussi. Elle soigne les humains avec des fleurs. Elle songe à tous ces hommes venus racheter leurs erreurs à coups de bouquets de roses et à ces cœurs brisés dont les pivoines parviennent souvent à recoller les morceaux. Elle pense à tous ces mots qui ne sont pas dits et dont les fleurs se font les messagères et elle trouve tout à coup sa mission sur cette Terre tout aussi vitale qu'un prescripteur de médicaments.

« Tu as toujours voulu être fleuriste ? »

Le visage de Lucas s'empourpre légèrement.

« Oui... enfin, disons que j'ai toujours su que je travaillerais avec mes mains. Il faut que je touche, que je sente, que j'arrange. Je ne sais réfléchir qu'à travers elles. »

Il s'arrête une seconde et hésite à poursuivre.

« J'ai failli être ébéniste. Ça me plaisait. Pas autant que fleuriste, mais on peut dire que ça me plaisait. Et c'est vrai que ç'aurait été plus simple.

— Plus simple... ? » demande Camille en fronçant les sourcils.

Cette fois Lucas devient carrément écarlate, mais il poursuit.

« Disons que mon père aurait préféré que son fils, déjà un peu trop efféminé à son goût, travaille le bois plutôt que les fleurs.

— Oh ! laisse échapper Camille. Je n'avais pas remarqué… enfin je veux dire… tu ne me sembles pas…

— Pas si efféminé, oui. On peut toujours modifier l'image que l'on renvoie, mais ça ne changera pas la personne que l'on est vraiment à l'intérieur. »

Camille ne dit rien et Lucas se tourne à nouveau vers sa plante malade. Elle sait bien que comparer les soucis des uns et des autres revient à additionner des pommes et des clous, mais elle ne peut s'empêcher de se sentir ridicule. Lucas a choisi son métier alors que les obstacles à franchir lui paraissent bien plus difficiles à surmonter que les siens.

Elle pense alors à son grand-père dont la perte de l'œil droit lui infligeait de temps en temps des migraines atroces. Un jour qu'elle l'avait vu souffrir d'une douleur particulièrement intense, elle n'avait pu retenir cette phrase : « Pauvre papy… » Il s'était redressé d'un air fier et lui avait dit que chaque fois qu'il avait eu envie de se plaindre, il avait noué un bandeau autour de sa tête pour ne plus y voir du tout. Il pouvait rester ainsi des heures, à ne rien pouvoir faire, à se cogner à l'angle de ses meubles à chacun de ses déplacements. Il se rendait aveugle pour célébrer sa demi-vue. « Mon malheur serait le bonheur d'un plus malheureux que moi », lui disait-il, le doigt tendu vers le ciel comme s'il s'agissait d'une mise en garde.

Camille n'avait pas à prétendre être une autre personne pour être heureuse. Il fallait juste qu'elle soit elle-même. Alors pourquoi cela lui semblait-il si difficile ?

25
Marguerite

Marguerite met une goutte de parfum sur chacun des deux rideaux du salon avant de les secouer quelques secondes pour que l'odeur se propage dans la pièce. Elle a enfilé une robe qui avait dû glisser le long d'un cintre et qu'elle a retrouvée en boule au fond de son placard. Comme elle ne mettait plus que des pantalons depuis des années, elle n'avait pas remarqué cette disparition de sa garde-robe jusqu'à ce qu'elle se mette à ranger son appartement de fond en comble pour préparer les visites. Comment avait-elle pu l'oublier ? Elle se souvient parfaitement du jour où elle avait eu cette robe pourtant. Elle devait avoir une soixantaine d'années. Elle était si jeune… Elle avait tout de suite été attirée par son col en dentelle délicate et, sans s'en rendre compte, elle avait ralenti le pas pour l'admirer plus longuement à travers la vitrine. « Tu as vu quelque chose qui te plaît ? » lui avait demandé son mari. Elle avait secoué la tête et repris sa marche comme si de rien n'était. Le lendemain, Richard lui avait tendu un paquet.

La sonnette retentit et la tire subitement de ses pensées. L'appartement est parfaitement rangé et Marguerite se tient dans l'entrebâillement de la porte, balançant lentement le poids de son corps de la pointe de ses pieds à ses talons. Elle sent l'excitation se mêler à l'appréhension. Les grilles de l'ascenseur s'ouvrent et Thomas en sort, précédé d'une femme qui porte une sacoche d'appareil photo.

« Très bel immeuble ! dit Thomas en saluant Marguerite. Voici Pénélope. Elle va prendre quelques photos de votre appartement, comme je vous l'avais dit. Elle a photographié Catherine Deneuve, donc tout ce qui est monument, elle sait faire !

— Ah oui, Catherine Deneuve tout de même...

— Elle a aussi photographié des sacs-poubelle pour un projet d'études si ça peut vous rassurer, dit-il plus discrètement.

— Je...

— Vous me faites visiter ?

— Oui, bien sûr ! Je vous en prie, entrez. »

*

Thomas se tient sur le pas de la porte, prêt à partir.

« Vous avez un très bel appartement, Marguerite.

— Vous trouvez ?

— Bien sûr... ! Vous n'aurez pas de difficulté à le vendre, vous savez. »

Elle sent son estomac se tordre.

« C'est que, comme je vous l'ai dit, je ne suis pas très pressée. Déménager, c'est mourir un peu. »

C'est au tour de Thomas de sentir son ventre se nouer. Cette phrase, il l'avait prononcée des dizaines et des dizaines de fois, dont une, notamment, quand son père avait décidé de partir vivre en Alsace pour se lancer dans la production de vin parce qu'il avait goûté un riesling et qu'il avait trouvé ça magnifique. Son père a toujours eu le palais voyageur. Thomas, qui était alors amoureux pour la première fois de sa vie de manière réciproque, éprouva une tristesse infinie à l'idée de quitter cette fille. Il avait pleuré sur son lit des larmes brûlantes, de celles qui avaient attendu le premier chagrin d'amour pour déferler, et sa mère était venue s'asseoir à côté de lui pour le consoler. Elle avait dit ces phrases d'adultes qui ne comprennent pas que l'enfance est une réalité qui n'autorise pas l'avenir et Thomas avait hurlé que son père voulait le tuer, car déménager, c'était mourir. Sa mère avait passé sa main dans ses cheveux mais rien ne pouvait l'apaiser. Il avait crié de plus belle. « Il n'y en aura pas d'autres, tu comprends ? C'est elle ! Elle, tu m'entends ? » Cette fille dont, aujourd'hui, il avait oublié le prénom.

« Nous allons prendre tout notre temps, Marguerite. Et... »

Il vérifie que Pénélope soit suffisamment loin pour ne pas l'entendre.

« Et nous choisirons vos futurs propriétaires. Je vous le promets. »

Une lueur d'espoir s'allume dans les yeux de Marguerite et Thomas se demande pourquoi il a dit une chose pareille. Mais à cet instant précis, cela lui importe peu. Cette vieille dame le touche et il a envie qu'elle laisse son appartement à des gens bien. Parce que c'est ce qu'il voulait toujours de toute façon et que c'était aussi pour cette raison qu'il avait choisi ce métier.

26
Camille

Camille vient d'arriver à l'adresse indiquée par Thomas. C'est un immeuble blanc au toit en zinc, mais pas une architecture haussmannienne. Un bâtiment qui se fond dans le décor, discret. Elle n'a pas le temps de réfléchir davantage que Thomas est déjà là. Il compose le code, pousse une grande porte en fer et l'invite à passer devant.

« C'est au troisième étage, dit-il en appuyant sur le bouton de l'ascenseur. Vous verrez, l'appartement a beaucoup de charme. Les propriétaires m'ont confié les clés hier, je n'ai pas encore mis l'annonce en ligne. Je me suis dit que ce serait une bonne première visite pour nous. Un moyen de mieux vous connaître ! »

Thomas tourne la clé dans la serrure et la porte s'ouvre. L'appartement est plongé dans l'obscurité et, par réflexe, Camille bloque sa respiration. Elle ne veut pas sentir ce lieu avant de l'avoir vu. Thomas la précède et se dirige vers les fenêtres pour tirer les lourds rideaux de velours bleu canard. La pièce s'éclaire progressivement. Camille remarque d'abord le parquet moderne, mais plutôt de bon goût, la grande mappemonde sur le mur de droite, les cactus et l'oranger dans des pots multicolores près de la fenêtre, le tapis mexicain sous une table basse rectangulaire en Formica jaune poussin, les fleurs séchées dans un vase blanc de forme géométrique. Ce n'est qu'à cet instant qu'elle décide de laisser l'air entrer dans ses poumons.

Elle respire. Ça sent la fleur d'oranger et le poivre blanc.

Sur le mur de droite, elle découvre des photos d'époques différentes, aux cadres de style hétéroclite. Elle reconnaît le parc Güell de Barcelone, un de ces villages italiens colorés à flanc de falaise, le Mont-Saint-Michel au milieu du sable... Sur le sol, il y a quelques cagettes en bois posées contre le mur dans lesquelles des livres sont rangés. Il s'agit essentiellement de guides de voyages et de livres de cuisine. Camille se retient d'en prendre un pour le feuilleter dans le canapé qui a l'air si confortable.

Elle marche lentement dans l'appartement et observe chaque détail. Elle imagine la famille qui doit habiter ici. Une femme longiligne aux jupes colorées, un homme mal coiffé aux écharpes couleur rouille et un petit garçon blond aux lunettes en cul-de-bouteille. Elle a oublié où elle est et ce qu'elle fait là. Thomas la laisse faire en silence. Il s'est mis dans un coin de la pièce et ne bouge plus. Il a envie de disparaître pour la regarder, parce qu'il s'est mis à la trouver belle au moment où une lumière s'est allumée au fond de ses yeux. Soudain, leurs regards se croisent et Thomas se redresse.

« La pièce principale fait dix-huit mètres carrés. Belle exposition sud-est, le soleil est là du matin jusqu'en début d'après-midi. À droite, la porte mène à la cuisine. Le mur n'est pas porteur, il est possible de faire une ouverture pour faire un passe-plat ou même, pourquoi pas, le faire tomber complètement. »

Camille le suit et remarque tout de suite la toile cirée sur la table de la cuisine. Ce détail lui rappelle aussitôt les vacances chez son grand-père et une brève émotion l'envahit. Au milieu trône un panier rempli d'herbes aromatiques, d'ail, d'oignons, d'un citron et d'épices en tout genre. Camille a déjà remarqué que c'est dans les cuisines que perdurent les origines lointaines. Les nuances des saveurs transmises de génération en génération qui s'atténuent petit à petit, mais persistent tout de même. L'Arménie peut-être.

« Si vous avez des questions, n'hésitez pas.

— Vous avez déjà visité l'Arménie ?

— Non…

— Cet appartement me donne envie de partir là-bas. »

Thomas est troublé. Il ne sait pas s'il doit continuer la visite ou bien sortir et aller acheter un billet d'avion pour Erevan. Camille hoche la tête et Thomas comprend qu'il peut poursuivre. Un petit couloir mène aux deux chambres. Camille pousse la première porte et sourit. Au circuit de voitures, au ballon de foot et à la cape de Superman, elle devine une chambre de petit garçon.

« Nous voilà dans la plus petite des deux chambres. Elle fait dix mètres carrés. Comme vous pouvez le voir, il y a de la place pour un lit et un tipi. Ce qui n'est pas un argument négligeable.

— Effectivement ! »

L'autre chambre est un peu plus grande. Le lit est recouvert d'une couette moelleuse et de nombreux plaids de couleurs chaudes : beige, ocre et bordeaux. Sur le mur, un miroir en forme de soleil est accroché et, sur l'une des tables de chevet, Camille aperçoit une photo du couple. Elle jette un regard distrait, tiraillée entre une réelle curiosité et la liberté de l'imagination. Quand elle quittera la pièce, elle ne se souviendra ni de la couleur de leurs yeux ni de la forme de leur nez. Elle ne retiendra que l'amour dans leur regard.

Après la visite de la salle de bains, Camille et Thomas se sont retrouvés dans le salon.

« Alors ? Qu'en pensez-vous ?

— C'est un appartement très chaleureux, avec beaucoup de vie, beaucoup d'amour aussi. On a envie que cette famille nous adopte », dit-elle en riant.

Thomas aurait voulu enfermer ce rire dans une boîte pour pouvoir le réécouter plus tard. Quand il se sentirait moins bien. C'est-à-dire à tous les moments qui suivront celui-ci.

« Ce sont des gens qui ont beaucoup de goût », finit-il par dire et il s'en veut aussitôt de justifier l'amour par une histoire de goût.

La visite touche à sa fin et Thomas voudrait pouvoir la faire durer davantage, mais il ne voit pas comment étirer ce moment. Il pense à une pâte à pizza que l'on étend encore et encore et qui se troue parfois, quand on a voulu aller trop loin.

Alors pour ne pas trouer ce moment, Thomas ne dit plus rien.

« C'est ma première visite et je dois reconnaître que je ne pourrai jamais me décider sans avoir vu d'autres appartements.

— Je comprends.

— C'est dommage parce qu'il me plaît beaucoup...

— Il est toujours difficile d'épouser son premier amour. »

Camille le fixe avec une certaine intensité et Thomas se demande pourquoi il a dit une chose pareille.

« C'est exactement ça. »

Il sourit et réhabilite cette phrase dans la liste de ses citations qu'il imagine un jour faire figurer dans sa biographie.

« Vous me contacterez à nouveau ? Pour d'autres visites ?

— Bien sûr ! »

Elle lui tend la main, Thomas la serre et elle quitte l'appartement. Il la regarde partir, troublé par ce sentiment d'absence créé par le départ de cette fille qu'il connaît à peine.

27

Marguerite

Pour la dixième fois de la journée, Marguerite passe une peau de chamois sur la table en bois verni de son salon. Depuis deux jours, la poussière est devenue son obsession. Elle allume et éteint la lumière toutes les deux minutes pour être sûre que la luminosité ne lui joue pas de tours. Dans les rayons de soleil qui percent les vitres, elle voit ces minuscules particules danser sournoisement sous son nez. Elle se souvient alors de cette phrase que lui avait dite un jour sa mère, tandis qu'elle faisait le ménage. On ne verrait pas les rayons de soleil sans un peu de poussière. Sa mère avait le chic pour voir le beau partout.

Marguerite reprend son époussetage. Dans moins de trente minutes, les premiers visiteurs sonneront à sa porte et pénétreront chez elle pour visiter son appartement. Elle veut que tout soit parfait.

La dernière fois qu'elle avait vu Thomas, elle avait réussi à lui glisser une énième demande :

elle ne voulait pas plus d'une visite par jour. Et par une visite, elle entendait un visiteur ou un couple de visiteurs. Il avait accepté sans rechigner. Ce garçon a vraiment un cœur d'or, pense-t-elle en ôtant une trace de doigt de l'écran de télévision.

On sonne à la porte et bien qu'elle sache parfaitement l'imminence de ce qui va se passer, Marguerite sursaute. Elle passe sa main dans ses cheveux pour vérifier que tout est en place et puis elle ouvre. Ses yeux glissent rapidement sur Thomas pour aller chercher derrière lui la silhouette de ceux qui envisagent de vivre chez elle. Elle découvre un couple d'une trentaine d'années, plutôt trente-cinq ans, grands, beaux, chics. Souriant et rayonnant dans leurs élégants habits noirs. Elle regarde Thomas qui lui sourit aussi mais d'un sourire qui, lui, semble s'excuser. Elle fronce les sourcils.

« Bonjour, Marguerite. Je vous présente Mme et M. Moreau. »

La femme s'avance d'un pas rapide et tend la main à Marguerite.

« Enchantée, madame. Merci de nous permettre de visiter votre appartement.

— Je vous en prie... »

Une bouffée de parfum puissant attrape Marguerite par le nez et la fait légèrement vaciller. Thomas cherche aussitôt à capter son regard pour s'assurer qu'elle va bien et qu'elle n'est pas prise d'un malaise. Elle acquiesce brièvement et avance son bras vers le salon pour indiquer la direction à suivre. La visite peut commencer.

Marguerite se sent mal à l'aise dès la première seconde, mais elle ne met les mots sur cette sensation qu'à la visite de la deuxième chambre. Mme et M. Moreau se trouvent tous les deux côte à côte à l'entrée de cette pièce, et en une seconde Marguerite comprend que ses yeux à elle disent « bureau » quand les siens à lui crient « chambre d'enfant ».

Marguerite n'a pas imaginé une seconde que l'on ne puisse pas s'aimer dans son appartement. Elle avait toujours vu l'amour comme une évidence parce qu'elle avait eu cette chance, même quand la haine triomphait. Malgré les années de souffrance jusqu'à la Libération, l'amour avait continué de grandir entre ces murs et les avait même poussés quand la place était venue à manquer. Un amour indestructible, ce genre d'amour qui peut sauver des vies.

Mais Marguerite en est sûre, ces deux-là n'auront pas cette chance. Un jour ou l'autre, ils se sépareront. Elle sent ce décalage d'un millième de seconde dans leurs gestes, leurs regards, leurs expressions, leurs rires même. Et plus le temps allait passer, plus ce décalage allait grandir jusqu'au jour où cette femme rirait avec un quart d'heure de retard... à l'histoire racontée par un autre homme.

Mme Moreau a fait quelques remarques. Sur le manque de rangements, sur l'électroménager qui n'est pas tout jeune, sur le balcon qui n'existe pas. Marguerite a hoché la tête passivement ; la vie lui avait appris à ne pas être susceptible. Mais ces rangements qui manquent, c'est son quotidien peu rempli qui n'en nécessite pas davantage, le vieillissement de ses appareils, c'est surtout le sien, et l'absence de balcon, une perspective de la vie à laquelle elle n'avait jamais eu droit.

À la fin de la visite, Marguerite a bon espoir que le couple ne fera pas de proposition. Du moins, elle l'espère. Thomas salue Marguerite et quitte son appartement en compagnie de Mme et M. Moreau. Cinq minutes plus tard, l'interphone retentit à nouveau.

« Marguerite, vous m'ouvrez ? »

*

Thomas a le regard d'un enfant qui a terminé quatrième à une épreuve sportive. À côté du podium. Il est déçu et triste mais, surtout, il est triste d'avoir déçu.

« Alors ? demande-t-il en sachant d'avance ce que Marguerite va dire.

— Vous savez, ces animaux qui dégagent une odeur forte pour faire fuir une menace...

— Vous y allez fort, Marguerite, dit-il en riant franchement.

— Pas du tout ! Vous savez que cette odeur n'est nauséabonde que pour ceux qui sont un danger potentiel ? Les autres n'en sont pas dérangés. Nous ne sommes pas tous faits pour nous accorder, vous savez. »

Marguerite fait une pause. Elle repense à ce parfum qui enveloppait cette femme et qui était si entêtant qu'elle se demande à présent s'il ne s'agissait pas d'une diversion pour endormir tous les autres sens.

« C'est important, les odeurs, Thomas... réfléchissez-y la prochaine fois que vous rencontrerez quelqu'un. »

Thomas ne dit rien, il hoche la tête.

« En tout cas, moi, ce couple, je ne l'ai pas senti », finit par conclure Marguerite.

28
Thomas

Le couple n'a pas fait de proposition et Thomas est rassuré. Quand il les avait quittés devant l'immeuble de Marguerite, ils avaient dit qu'ils allaient réfléchir. Tous ses clients prononcent cette phrase, sans exception. Il n'y a pas un couple qui ne réfléchit pas quand il s'agit de s'endetter pour vingt ans. Parfois ils réfléchissent et ils achètent. Parfois ils réfléchissent et ils n'achètent pas.

De retour à son bureau, Thomas songe à ce qu'il se serait passé si Mme et M. Moreau avaient fait une proposition au prix. Celui que Marguerite croyait qu'il était possible de ne pas vraiment donner sous prétexte d'avoir acheté un Code civil. Il aurait pu les faire changer d'avis évidemment… Mais il se dit qu'il serait plus prudent de préparer cette discussion en amont. Alors il prend un papier et un crayon et commence à faire une liste des inconvénients de l'appartement de Marguerite. Ces défauts qu'il pourrait énoncer nonchalamment et semer le doute dans une décision d'achat. Il y a les rangements effectivement, celui de la salle de bains en particulier. Cela ne découragerait pas un couple qui aurait un coup de cœur mais Thomas le note tout de même. L'absence de baignoire pour une famille avec un enfant en bas âge..., ajoute-t-il, peu convaincu. Il a du mal à trouver autre chose. Il est sur le point de faire une boule de papier de cette feuille et de la jeter dans la poubelle, mais il se ravise. Derrière ces lignes, il y a une promesse faite à Marguerite. Marguerite qui le touche pour une raison qu'il ignore, mais peut-être est-ce simplement parce qu'elle lui rappelle sa grand-mère...

Il se souvient parfaitement du jour de l'enterrement, quand son père s'était penché vers sa mère et lui avait chuchoté que ce n'était pas ce qui lui aurait plu, ces fleurs tristes sur son cercueil. Sa mère avait haussé les épaules.

« Là où elle est...

— C'était sa dernière volonté ! » s'était énervé son père.

Sa mère l'avait fusillé du regard. « Les dernières volontés, il fallait que tu les honores tant qu'elle était encore en vie ! »

Ce jour-là, Thomas avait eu envie de courir chez le fleuriste pour acheter toutes les fleurs que sa grand-mère aurait méritées, mais il avait neuf ans, alors il n'avait rien fait. Aujourd'hui, il n'est plus question de sa grand-mère, mais il a le sentiment de pouvoir faire quelque chose. On répare souvent ses erreurs sur d'autres personnes. Il espère juste que, de son vivant, sa grand-mère a eu la chance d'être réparée à la place d'une autre, elle aussi.

Thomas reprend sa feuille et se met à noter de nouvelles phrases. Un bar bruyant en bas de la rue, une isolation peu optimale, une copropriété difficile... Rien de tout cela n'est vrai, bien sûr, mais, il le sait depuis longtemps, la vérité n'est jamais le plus important.

29
Camille

Il est à peine plus de huit heures et Camille est déjà derrière son comptoir. Le rideau métallique de la boutique est légèrement relevé pour signaler sa présence au livreur, mais pas trop non plus afin qu'aucun client n'ait l'idée de se glisser à l'intérieur. Chaque fois qu'elle entend le bruit d'un moteur ralentir dans la rue, son cœur fait un bond dans sa poitrine. Elle se précipite alors vers le rideau pour jeter un coup d'œil à travers les croisillons. Ce geste lui rappelle son enfance, quand elle faisait le guet en attendant que sa sœur rentre de soirée. Au moindre son inhabituel, elle se redressait dans son lit et passait ses doigts entre les lames du store vénitien de sa chambre pour observer la rue. Elle ne pouvait pas s'endormir tant qu'elle n'avait pas entendu le bruit de la clé dans la serrure de la porte d'entrée, ce bruit qu'elle attendait comme le plus grand des soulagements. Elle avait tant aimé sa sœur, pense-t-elle soudain.

Cette livraison, Camille l'attend avec la même impatience qu'une petite fille inquiète au fond de son lit. Elle est très excitée à l'idée de découvrir ce qu'elle contient, mais une part d'elle redoute que tout cela ne soit qu'une pulsion à laquelle elle aurait mieux fait de ne pas céder. Camille avait pris cette décision sans en parler à Adélaïde. Non pas qu'elle ait voulu la lui cacher, mais ces derniers jours, il avait été impossible de joindre sa patronne. Elle lui avait laissé plusieurs messages sans réponse et trois jours après son dernier coup de téléphone, elle attendait toujours qu'elle la rappelle d'ici cinq minutes. Camille s'était résignée à décider toute seule.

Elle avait pris une feuille de papier et dessus, en lettres majuscules, elle avait écrit une phrase qu'elle avait relue plusieurs fois avant de prendre une grande inspiration pour appeler un fournisseur. Son interlocuteur l'informa que si elle le souhaitait, sa commande pouvait être glissée dans la livraison qui arriverait dès le lendemain. Mais il fallait confirmer tout de suite. Camille avait paniqué. Deux, trois, quatre ? Sans réfléchir, elle avait commandé cinq grands bocaux en verre et autant de ficus ginseng et de fittonia. Elle était sur le point de raccrocher quand son regard tomba sur les calendriers des saisons.

« Attendez... »

Camille ferma les yeux quelques secondes, se mit sur la pointe des pieds et leva en l'air le bras qui ne tenait pas le téléphone.

« Mettez-en plutôt quinze. »

Cette idée lui était venue le jour où elle avait visité cet appartement semblable à un voyage en terre inconnue et dont elle avait parcouru chaque mètre carré comme on foule le sol d'un nouveau pays. Ce qu'elle avait ressenti, l'atmosphère qui se dégageait de chaque objet, avait continué de vivre en elle toute la journée. Le soir, alors qu'elle courait le long du canal, elle avait repensé aux détails, aux couleurs, à la personnalité de chacune des pièces et elle s'était alors sentie trop classique, presque terne. Elle avait profité de chaque foulée pour se replonger dans cette décoration si originale, parcourir mentalement une seconde fois toutes les pièces de l'appartement et tout à coup, sans raison particulière, un détail avait surgi de son inconscient. Elle s'était souvenue d'un terrarium près de la fenêtre.

Alors que ses jambes avalaient les kilomètres, Camille avait continué de laisser sa pensée parcourir les méandres de son cerveau. Elle pensait à cette discussion qu'elle avait eue avec Adélaïde quelques semaines plus tôt, juste avant qu'elle ne lui propose de prendre les rênes de la boutique, et chacun de ses mots lui revenait en tête à mesure que ses pas frappaient le bitume.

« Il y a trois leviers pour augmenter le chiffre d'affaires, Camille. Juste trois. Le nombre de clients, le prix de vente et le nombre de ventes. Concernant le nombre de clients, soit on compte sur la démographie, mais ça risque d'être un peu long, soit on attire de nouveaux clients. Mais ne nous voilons pas la face, personne ne traverse Paris pour acheter des fleurs à un endroit plutôt qu'à un autre. Passons donc au prix. Si nous augmentons trop, c'est le nombre de clients qui va réduire. Et si nous augmentons trop peu, eh bien, c'est le même problème que la démographie. Rien de significatif. Reste alors le nombre de ventes. Autrement dit, faire acheter plus. Mais là aussi il y a des limites : les clients ne vont pas transformer leur appartement en serre. Du coup, que nous reste-t-il ?

— Heu... rien ?

— Exactement. La diversification.

— La diversification ?

— Vendre d'autres produits. Par exemple, des livres sur les fleurs. »

« Ou des terrariums », chuchota Camille en prenant la direction de sa rue. Elle allongeait sa foulée en même temps que sa pensée. Quand elle toucha le bois de sa porte d'entrée, elle était à bout de souffle, mais elle avait des idées plein la tête.

Il est presque neuf heures et le livreur n'est toujours pas là. Camille prend un rouleau d'adhésif et plaque contre la vitrine une des affiches qu'elle a fait imprimer la veille.

Atelier terrarium.
Tous les premiers samedis du mois.
Inscription au comptoir de la boutique.

Au même moment, un petit camion s'arrête devant le magasin et un homme en salopette vert kaki en descend. Elle relève rapidement le rideau et lui ouvre la porte pour qu'il puisse décharger sa livraison. En quelques minutes à peine, tout est sorti. Il lui tend un bon à signer et s'apprête à partir quand il plie ses genoux pour ramasser quelque chose par terre. Une feuille qui a dû glisser de la palette. Il y jette un œil puis se met à rire.

« Vous aviez peur d'oublier ? » dit-il en tendant la feuille de papier à la jeune femme.

Camille s'en saisit et sent aussitôt une bouffée de chaleur lui monter au visage. Dessus, en majuscules, se trouvent les mots écrits la veille pour lui donner du courage au moment de la commande : JE SUIS RESPONSABLE DE CETTE BOUTIQUE.

30

Camille

Plus tard dans la journée, un homme entre dans la boutique. Camille ne le reconnaît pas tout de suite. Il n'y a pas le décor autour de lui, celui dans lequel elle est habituée à le voir évoluer. L'homme avance lentement dans l'étroite et courte allée qui mène au comptoir et son regard passe frénétiquement d'un pot de fleurs à un autre.

« Je peux vous aider, monsieur ?

— Je cherche une fleur... mais je ne connais pas son nom. »

Camille sourit. Les hommes cherchent toujours une fleur. Mais il y a tellement de possibilités que bien souvent, ils finissent par abandonner leurs ambitions de départ et repartent avec une solution de facilité. Camille a parfois l'impression que son travail consiste à faire en sorte que les hommes ne repartent pas avec un bouquet de roses. Son travail ou ses convictions personnelles.

Elle n'a rien contre les roses, bien au contraire, mais depuis la nuit des temps cette fleur est censée représenter l'amour comme s'il n'y avait qu'une seule forme d'amour possible. Les gens s'aiment-ils tous de la même manière ?

« Vous savez à quoi elle ressemble ?

— Non... Elle m'a dit une fois qu'elle adorait ces fleurs, mais je ne me souviens plus du nom. Elles sont... belles », dit-il dans un demi-sourire.

Il y a tellement de messages derrière une fleur. Les gens ont-ils conscience que leurs choix ne leur appartiennent pas ? Qu'ils sont dictés par l'histoire, la culture et même de temps en temps par un seul homme. Les fleurs, ce comble de l'esthétisme, sont en réalité rarement choisies selon nos propres goûts.

« C'est pour une occasion ?

— Pas vraiment. C'est juste comme ça. Pour ma copine.

— La meilleure des occasions, alors », dit-elle en souriant.

Camille se met légèrement en retrait et le laisse faire un tour dans la boutique. Elle remarque que son regard s'est perdu au milieu des roses, mais elle continue de l'observer sans rien dire. Il se décale et s'avance d'un pas hésitant vers un saut de plusieurs tiges de fleurs aux couleurs poudrées.

« Celles-ci sont belles. Qu'est-ce que c'est ?

— Ce sont des chrysanthèmes. »

Il a un léger mouvement de recul.

« Je ne suis pas sûr de réussir ma surprise si je rentre avec un bouquet de chrysanthèmes ! dit-il en riant.

— C'est une fleur magnifique, pourtant », répond-elle sans réfléchir.

Il paraît surpris par cette réponse précipitée. Camille poursuit.

« Sans la Première Guerre mondiale, les chrysanthèmes auraient sans doute continué à fleurir les intérieurs plutôt que les tombes. Mais pour le premier anniversaire de l'Armistice, le 11 novembre 1919, Georges Clemenceau appela les Français à fleurir les sépultures des soldats tombés au front. Naturellement, le chrysanthème, qui est une fleur d'automne et qui résiste bien au froid, a alors été choisi. Au fil des ans, le 11 Novembre a glissé jusqu'à la fête des Morts, le 2 novembre.

— Je ne savais pas...

— En Australie, par exemple, les chrysanthèmes sont offerts aux mamans pour la fête des Mères. »

L'homme réfléchit. Il regarde Camille, les fleurs, puis Camille à nouveau.

« Vous pouvez être le premier à rompre la tradition », dit-elle en riant.

Il grimace.

« On est toujours tiraillé entre ce que l'on veut vraiment et ce que les autres attendent de nous, pas vrai ? »

31
Camille

Camille enroule les fleurs rose pâle dans un papier kraft et les tend au client. Le bouquet est rond et généreux. Les fleurs semblent être le parfait mélange entre des pivoines et des hortensias. À moins d'être connaisseur, Camille se dit que personne ne pourrait se douter de quelles fleurs il s'agit.

« Vous payez comment ?

— Par carte, s'il vous plaît. Ah non, en liquide plutôt. »

Camille repose le terminal de paiement légèrement déçue. Elle aurait pu connaître son nom.

« Vous allez lui dire ?

— Lui dire ?

— Que ce sont des chrysanthèmes.

— Peut-être. Mais pas tout de suite. »

Le jeune homme la remercie et s'éloigne du comptoir. Il est sur le point de pousser la porte et de quitter la boutique, mais au dernier moment, il pivote sur lui-même.

« Si je me fais assassiner… faites en sorte qu'elle ne choisisse pas des chrysanthèmes !

— Je lui proposerai des tournesols ! »

L'homme franchit la porte en riant.

Il est sympa, pense Camille. Elle le regarde traverser la rue, son bouquet dans la main. Avant de se replonger dans son travail, Camille se demande combien de temps va mettre Caroline pour se rendre compte qu'il s'agit de chrysanthèmes, et si Julien va effectivement se faire tuer.

32

Thomas

Thomas marche en direction d'un appartement situé à un kilomètre de l'agence. Il va passer une partie de sa matinée sur place, à accueillir de potentiels locataires. Auparavant, il a été contraint de faire le tri parmi tous les dossiers reçus pour ne garder que les profils dits « sérieux ». L'immobilier à Paris est devenu une guerre dans laquelle il lui est difficile de rester professionnel. Il entend partout que la ville perd chaque année plusieurs milliers d'habitants, mais il a du mal à le croire tant les files s'allongent à chaque nouveau rendez-vous. Il a l'impression qu'il n'a jamais été aussi difficile de se loger. Difficile et terriblement injuste. Il faut être en CDI, avoir un salaire trois fois supérieur au montant du loyer et, idéalement, être en couple. Et même après cela, il est préférable d'avoir un garant. Il arrive à Thomas d'avoir honte de ce système auquel il adhère par le simple fait de ne pas le remettre en question. L'honnêteté des gens ne se mesure pas au montant de leur salaire pourtant. Il lui est déjà arrivé de mettre un dossier au-dessus de la pile pour donner un coup de pouce à des clients en difficulté, mais il sait bien qu'il s'agit d'un pari risqué qui pourrait lui coûter son poste. Alors il ne s'y risque pas trop. D'autant que les apparences sont bien souvent trompeuses.

Thomas déteste s'occuper des locations.

Au moins avec les ventes, il délègue le problème aux banques.

Il prend son téléphone et compose le numéro d'une potentielle acheteuse.

Camille décroche son portable au bout de la troisième sonnerie. Elle se trouve derrière son comptoir et, par réflexe, elle a failli répondre avec l'habituel monologue qu'elle utilise sur la ligne de la boutique. « *L'Atelier botanique*, Camille, bonjour. » Elle s'est arrêtée avant, fort heureusement, car elle a reconnu la voix de Thomas Rousseau, l'agent immobilier.

« J'ai un appartement à vous faire visiter.

— Ah !

— Je ne voulais pas vous laisser trop longtemps dans le chagrin de votre premier amour.

— Comment ça ? demande-t-elle, déboussolée.

— L'appartement que nous avons visité ensemble… Vous aviez dit que vous ne pourriez pas vous engager après n'en avoir visité qu'un seul. »

Camille se met à rire.

« Ah oui, bien sûr ! Je me souviens !

— Vous êtes libre aujourd'hui ?

— Quinze heures, c'est bon pour vous ?

— Parfait, je vous envoie l'adresse. À tout à l'heure. »

Thomas raccroche et se rend compte qu'à l'idée de revoir cette fille, il se sent heureux.

33
Camille

La porte de l'ascenseur se referme et, le plus discrètement possible, Thomas prend une grande inspiration. Depuis sa dernière conversation avec Marguerite, il n'a plus qu'une idée en tête : sentir Camille. Connaître son odeur et en éprouver une sensation. L'ascenseur est exigu et les cheveux de la jeune femme tremblent à chacune de ses respirations. Il répète l'action plusieurs fois, mais il lui faut attendre le quatrième étage pour traduire ce que son nez essaie de lui dire. Camille sent la fleur. Pas une odeur de synthèse, non. Ce qu'il respire, Thomas en est sûr, n'est pas artificiel. Camille sent la fleur que l'on cueille dans un pré au printemps et que l'on porte à son nez en faisant tourner la tige entre son pouce et son index. Des images et des souvenirs commencent à envahir son esprit, il pourrait s'évader sur-le-champ, mettre ses mains dans la terre, caresser du bout des doigts l'extrémité de l'herbe… mais les portes s'ouvrent sur le cinquième étage et il revient aussitôt à la réalité. Thomas cherche la clé dans son trousseau, l'enfonce dans la serrure et invite Camille à le suivre.

L'appartement est très différent de celui qu'elle a visité quelques jours auparavant. Elle devine un couple plus conventionnel, sans doute plus âgé aussi, car elle a l'impression que les objets ont plus de valeur. Les murs sont blancs, les cadres sont droits, les rideaux sont lisses. Aucun objet ne traîne sur le meuble de l'entrée, hormis des enveloppes parfaitement alignées. Elle remarque une lampe avec un abat-jour blanc posé sur une base de granit parfaitement lisse et elle imagine que toute la folie dont est capable ce couple se trouve dans cet objet atypique. Thomas la guide jusqu'à la cuisine puis jusqu'aux chambres. Camille a du mal à se projeter. Quelle vie aurait-elle si elle vivait dans ce type d'appartement ? Aurait-elle des porte-couteaux et un aspirateur de table ?

Thomas observe les réactions de Camille. Il ne l'imagine pas du tout dans cet appartement et sans doute, inconsciemment, est-ce pour cette raison qu'il lui a proposé de le visiter. Il vante d'une voix monocorde les mérites d'un thermostat parfaitement au point, du double vitrage qui ne laisse passer aucun bruit, de la neutralité de la décoration qui offre beaucoup de possibilités. À cette phrase, il constate que Camille hoche la tête en signe d'approbation. Il sent un pincement au creux de son estomac. Et si cet argument avait suffi à lui donner envie d'acheter cet appartement ? Après tout, c'est un très beau bien. Camille aurait de bonnes raisons de vouloir en devenir la propriétaire. Il s'imagine en train de lui faire signer les papiers de la vente, de lui serrer la main avec un sourire commercial et puis de la laisser partir pour ne plus jamais la revoir. Ils n'auraient alors plus aucune raison de se recroiser. Sauf s'il se mettait à l'attendre tous les soirs au pied de son immeuble étant donné qu'il connaîtrait son adresse. Thomas secoue la tête pour chasser toutes ces pensées encombrantes.

Il est sur le point de parler de la chaudière qui vient d'être changée mais, à la place, il laisse échapper une tout autre phrase.

« Par contre la copropriété n'est pas simple... »

Camille détache son regard d'un grand tableau blanc sur lequel se trouve une forme grise qu'elle tentait d'identifier depuis quelques secondes et se tourne vers lui.

« Ah bon ?

— Oui, enfin, rien de grave, essaie-t-il de rattraper. C'est le cas de toutes les copropriétés en fin de compte. »

Camille l'observe une longue seconde avant de se tourner à nouveau vers le tableau blanc. Thomas reste figé dans un coin de la pièce. Il aurait voulu disparaître, faire en sorte que cette scène ne soit jamais arrivée. Qu'allait-il devenir s'il permettait aux vieilles dames de ne pas vendre et empêchait les jeunes filles d'acheter ? « La partie variable de ton salaire, c'est ce qui te fait vivre », se rappelle-t-il intérieurement d'une voix autoritaire. Ce n'est pas avec son fixe qu'il allait pouvoir rembourser son emprunt, payer les courses et régler les factures. Son fixe ne payait rien, il ne faisait rien d'autre que de la figuration.

Camille le ramène à la réalité en s'avançant d'un pas décidé vers lui. Il se redresse pour se donner un peu de contenance et se sent légèrement mal à l'aise de cette soudaine proximité. Il a l'impression qu'elle a fait un pas de trop et pénétré dans sa zone personnelle.

« C'est bourdon ici, non ?

— C'est... c'est sobre.

— Sobre d'accord, mais sobre bourdon quand même. Non ? »

Elle sourit comme si elle venait de lui proposer de fumer en cachette derrière le préau.

« On dirait la salle d'attente d'un cabinet médical. Et même celle de mes parents me paraît plus gaie.

— Vos parents sont médecins. C'est bien, médecin. C'est utile. Et stable », bafouille-t-il.

Camille plonge ses yeux dans ceux de Thomas et penche la tête sur le côté.

« J'aurais préféré qu'ils soient... je sais pas... Peintres ou architectes.

— J'ai un oncle architecte. Il met un pantalon rouge pour se rappeler qu'il est un créatif à la base. Parce qu'en réalité, il trace des traits droits et fait des calculs de coût toute la journée.

— Pizzaïolos alors. J'aurais voulu grandir dans une pizzeria, mettre mes mains dans la pâte, manger des champignons crus et avoir de la farine dans les cheveux.

— Mon père a racheté une pizzeria une fois. Au bout de six mois, il avait pris tellement de poids que ma mère l'a obligé à la revendre. Pour une fois qu'une de ses lubies tenait à peu près la route...

C'est très rentable, une pizzeria, faut pas croire. C'est pour ça qu'il y en a autant, d'ailleurs. »

Il hausse les épaules.

« Je suppose qu'un prince se plaint d'être le fils du roi », finit-il par dire.

34

Adélaïde

Au premier abord, Adélaïde paraît plutôt dure. Il y a dans le fond de ses yeux cette pointe de gravité, cette peine profonde que seuls ceux qui ont vécu une douleur similaire peuvent comprendre. Elle a le regard des gens qui ont eu à faire le deuil de leur propre vie.

Elle n'a pas eu à affronter la bataille d'une malade face à un cancer, mais Adélaïde n'en est pas moins une survivante. Elle a mené le combat de ceux qui ont failli se perdre, se fondre dans une vie qui n'est pas la leur, une vie qui se joue à rien. Un choix, une décision, un enlisement progressif, un accord donné par une absence de désaccord.

Adélaïde avait longtemps été ce que les autres attendaient d'elle : la femme de son mari, la fille de ses parents, la mère de ses deux fils, la salariée d'une entreprise… Elle avait beaucoup appartenu. Elle rendait ses dossiers dans les délais. Elle ne négociait pas son salaire. Elle ne doublait pas dans les files d'attente. Elle payait son parcmètre. Elle arrivait à l'heure aux rendez-vous. Elle allait au cinéma voir le dernier film dont tout le monde parlait et elle en parlait à son tour en empruntant un vocabulaire qui n'était pas le sien, mais celui de ceux qui s'étaient fait un avis.

De manière générale d'ailleurs, elle n'avait pas vraiment d'avis. Il lui était arrivé de dire l'inverse de ce qu'elle pensait parce qu'elle trouvait cela plus simple. Il lui était arrivé aussi de se faire couper la parole par son mari au cours de dîners entre amis et d'abandonner sa phrase en l'état. Adélaïde avait une collection infinie de phrases en suspens mais cette finalité ne semblait manquer à personne. Pas même à elle.

Depuis toute petite, la vie lui avait confectionné une place dans la société et elle avait été soufflée de remarquer avec quelle violence son corps s'était encastré dans cette forme sur mesure. Elle reproduisait le rôle de sa mère à la perfection, les courses, le ménage, la cuisine, la liste de courses pendant le ménage et l'organisation des vacances pendant les courses. Le tout en plus de son travail bien évidemment. Son mari n'était pas méchant, mais il n'était pas le révolutionnaire d'une norme qui lui allait bien. Adélaïde posait le plat sur la table, elle servait tout le monde et personne ne prenait la peine de lui dire que c'était bon. La plupart du temps, lorsqu'elle obtenait un commentaire, c'était pour un plat moins réussi que d'habitude. Elle avait souvent pensé qu'un serveur de restaurant subissait un meilleur traitement. Et en plus, il était payé.

Mais un jour. Un détail, infime. Pas une goutte qui fait déborder le vase. Plutôt le bouchon d'une baignoire qui saute.

Quelqu'un lui avait tenu la porte.

Elle était encore loin, alors, pour ne pas le faire attendre, elle avait allongé le pas. Elle s'était précipitée même, en tenant son sac sur son épaule pour éviter qu'il ne glisse le long de son bras. L'homme l'avait regardée, amusé. « Je peux vous accorder cinq secondes de mon temps, vous savez », lui avait-il dit. Juste cette phrase. Elle avait eu l'impression qu'un inconnu était prêt à lui offrir davantage que l'ensemble de ses proches réunis.

Elle était rentrée chez elle et s'était installée dans le canapé pour fixer la petite boîte noire dans laquelle se jouait le film que son mari avait décidé de regarder. Et puis elle s'était levée.

*

Un rayon de soleil vient de franchir la barrière de nuages et rebondit sur la table en aluminium. Adélaïde ferme les yeux et lève son visage vers le ciel pour accueillir cette vitamine D. Les rares jours où elle ne travaille pas, elle aime se lever tôt et s'installer à la terrasse d'un café pour lire un livre. Elle commande un thé noir et un croissant qu'elle effeuille couche après couche dans un rituel qui remonte à l'enfance. Si elle ne lit pas, elle écrit, cela dépend. Elle a appris à poser sur le papier ses émotions, celles qu'elle a si longtemps gardées pour elle-même. Désormais, elle les neutralise dans un carnet.

Pendant ces quelques heures qu'elle vole aux autres, elle met un point d'honneur à ne pas penser au travail ni à quoi que ce soit d'autre. Elle est son unique priorité.

Sur les coups de midi, il arrive qu'un homme la rejoigne pour déjeuner. Rarement deux fois le même. Elle les rencontre dans la rue, dans des bars, dans des musées, dans des files d'attente. Ils ont son âge, le double ou la moitié. Peu lui importe, depuis qu'elle a ouvert les yeux, elle voit le beau partout. Elle est séduite par une paire de lunettes, une fossette, un geste, une voix, une phrase. Elle embrasse la vie. Avant, elle passait toujours inaperçue. Il lui était arrivé que des professeurs l'appellent Adèle jusqu'au mois de juin sans qu'elle osât les reprendre. Maintenant, elle se fait remarquer.

Adélaïde se souvient de la première fois où un autre homme que son mari a posé sa main sur son genou. Ses doigts étaient remontés le long de sa cuisse et elle avait senti son estomac se nouer dans un délice suranné. Elle avait fait l'amour en silence, interdite par la découverte de ce sentiment qu'elle ne maîtrisait pas, émue par la ferveur que mettait cet inconnu à tenter de la faire jouir.

Les jours où elle ne travaille pas, Adélaïde achète un ticket de Loto. C'est la seule chose qui lui reste de sa vie d'avant, ce bout de papier qu'elle échange contre un rond de nickel. Ces deux euros pour quelques heures de rêve et d'espérance. Le temps d'une journée, elle est peut-être riche et cette probabilité l'enchante. Elle n'a plus autant envie de gagner qu'avant, mais elle a tout de même gardé ce rituel. Une manière de se rappeler que cette vie avait réellement existé et qu'elle n'était pas si loin. Dans cette autre vie justement, une collègue de travail lui avait dit cette phrase à laquelle elle pensait encore aujourd'hui : cent pour cent des gagnants avaient auparavant joué.

Adélaïde n'a jamais autant joué que depuis qu'elle est seule.

Depuis qu'elle a quitté son mari, la relation avec ses fils s'est beaucoup dégradée. Pendant près d'un an d'abord, ils avaient cessé de lui parler. Ses deux fils, ses jumeaux qui avaient failli la tuer à la naissance, avaient continué de l'assassiner une fois devenus adultes. Et puis il y a eu l'enterrement de leur grand-mère, la mère d'Adélaïde et, doucement, des liens se sont retissés. La mort rapproche les vivants. Mais quelque chose s'est brisé. Il lui a fallu du temps pour admettre que la phrase « on ne choisit pas sa famille » pouvait aussi être prononcée par une mère. Adélaïde observe Camille en train de s'appliquer à écrire les horaires de la boutique sur une grande ardoise.

35
Camille

Dans la pénombre de son appartement, Camille s'est glissée au creux de son canapé. Un canapé immense, disproportionné même comparé à la taille de son salon, mais qu'elle a choisi justement pour cette raison. Ce canapé, ce sont les bras qui ne l'enlacent plus. Elle se sent si petite quand elle se réfugie dedans. Il suffirait d'un rien pour qu'elle s'enfouisse dans l'une des fentes et qu'elle se perde au milieu des pièces, des cartes de jeu et de quelques miettes. Ce canapé, c'est l'affection d'une famille dans laquelle elle n'ose plus se réfugier.

Camille s'est servi un verre de vin et, comme chaque fois, cet acte lui procure un bonheur immense. Elle a toujours considéré le verre de vin en solitaire comme l'ultime affirmation de soi, d'une indépendance extrême et d'une féminité absolues. Elle garde la première gorgée en bouche quelques instants et la fait tourner plusieurs fois comme si elle voulait colorer chaque grain de son palais de cette robe bordeaux. C'est un vin du domaine de la Solitude, un 2015, et Camille l'a choisi autant pour son nom que pour son prix qui laissait présager un moment d'égoïsme exquis. Elle aime bien passer ses samedis soir seule. Elle y voit une forme d'interdit, comme se coucher à vingt-trois heures trente un 31 décembre ou quitter une salle d'examen une heure après le début de l'épreuve.

Caroline et Julien sont chez eux, en face d'elle, en train de s'affairer en cuisine. La table est dressée et Camille peut distinguer cinq verres s'élever au-dessus des assiettes. Depuis leur installation, ils ont dû organiser deux dîners, peut-être trois, mais Camille n'a assisté à aucun d'entre eux. Soit elle était partie avant qu'ils ne commencent, soit elle était rentrée au moment où les invités enfilaient leur manteau. Cette fois elle va pouvoir visionner l'intégralité du repas. Elle se demande quel rôle va tenir Julien par rapport à Caroline et vice versa.

Les chrysanthèmes sont là, dans un vase en verre transparent. Julien est donc allé au bout de sa démarche et lui a offert son bouquet. Camille n'a pas assisté à la scène, mais elle suppose que si les fleurs ne sont pas à la poubelle, c'est qu'elles ont dû être acceptées pour ce qu'elles sont : de belles fleurs.

Ou alors il ne lui a pas dit la vérité, se dit-elle en reprenant une gorgée de vin.

Camille jubile à l'idée de jouer au jeu des conversations, ce jeu qu'elle fait parfois en terrasse quand elle se trouve assez loin d'un couple pour pouvoir poser sa voix sur les mouvements de leurs lèvres et imaginer les mots qu'ils échangent. D'habitude, elle fait ce jeu accompagnée d'une amie mais cette fois, ce ne sera qu'avec un peu d'alcool et cela fonctionne tout aussi bien. Elle garde le regard fixé sur ce qui se passe de l'autre côté de la rue, dans cet appartement en vis-à-vis de chez elle dont elle connaît le moindre recoin. Soudain, elle devine que l'on vient de sonner car Julien et Caroline ont levé la tête au même moment, comme s'ils avaient reçu une légère décharge électrique. D'un pas décidé, ils se dirigent vers la porte et Camille observe avec attention les convives entrer les uns après les autres. En réalité, son regard est focalisé sur leurs mains ; elle a toujours trouvé que leurs mouvements expriment davantage que la parole. Qu'elles sont plus spontanées et donc plus aptes à dire la vérité. Camille ne les quitte pas des yeux. Elle reste concentrée sur la manière dont Caroline et Julien s'apprêtent à saluer leurs convives, car cela révélerait beaucoup des liens qui les unissent. Collègues de travail, amis d'enfance, frères et sœurs ?

Amis, conclut-elle, assez sûre d'elle.

Elle est impatiente de collecter les autres indices qui affineront ses suppositions mais, pour l'instant, ils sont tous les trois dos à elle. Toutefois, elle a distingué deux hommes et une femme et elle se demande s'il y a un couple dans ce trio. Ils sont arrivés en même temps, mais peut-être étaient-ils simplement ponctuels et le hasard les a fait se retrouver devant l'interphone ?

Ils ont ôté leur manteau à présent et s'avancent vers le canapé. Mais plutôt que de s'asseoir, l'un des deux hommes s'est détaché du groupe pour venir se poster devant la fenêtre, mains dans les poches. Il observe longuement la vue comme un homme sur le point de prendre la mer. Bien qu'elle se sache complètement invisible en l'absence d'une source de lumière dans son appartement, Camille ne peut s'empêcher de s'enfoncer dans son canapé tant cet homme lui semble proche. Mais dans ce mouvement de recul, Camille se fige soudainement. Ce garçon qui lui fait face, elle le reconnaît. Les cheveux châtains coiffés en bataille, un front plat et un nez dans le prolongement de celui-ci. Ce nez un peu tordu et dont elle se souvient parfaitement comme l'on se souvient toujours des imperfections. Cette mâchoire carrée qui lui donne un air dur et qui contraste avec ses yeux gris. Ses yeux gris qu'elle ne peut pas vraiment distinguer à travers ces deux vitres qui les séparent mais dont elle connaît la couleur puisqu'elle y a plongé dedans la veille, quand il lui a parlé des reproches que l'enfant, devenu adulte, fait toujours à ses parents.

Cet homme qui se tient devant elle, c'est Thomas Rousseau. L'agent immobilier qui l'accompagne dans les visites de biens qu'elle ne prévoit absolument pas d'acheter. Elle a du mal à y croire. Elle plisse les yeux de toutes ses forces, mais cela ne sert à rien. Elle est trop près pour ne pas bien voir. C'est bien lui. Thomas. Un ami de Julien et Caroline. Dans l'appartement juste en face du sien. C'est drôle toutes ces vies qui peuvent se lier si simplement et se délier de la même manière. Peut-être que d'autres destins ont échoué à un étage près, se dit-elle. Finalement, on ne voit toujours que les succès.

Camille boit une gorgée de vin, se lève et s'approche lentement de la vitre. Elle sait que de là où Thomas se trouve, il peut deviner le contour de sa silhouette et en déduire sans doute qu'elle est une femme. Mais elle espère au fond d'elle que, même avec sa main qu'elle vient de poser contre la vitre, elle sera toujours trop loin pour que ses yeux à lui percent l'obscurité de son appartement et devinent les traits de son visage. À la légère pulsion vers l'avant qu'il vient de donner à son corps, Camille comprend qu'il a remarqué sa présence. Elle en est sûre, il s'est penché pour mieux la voir. Lentement, il sort la main de sa poche et hésite quelques secondes avant de la plaquer contre la vitre dans une sorte de symétrie inversée. Tout à coup, elle ressent une vague de chaleur partir de sa gorge, descendre dans ses poumons, saccader au passage sa respiration et atteindre le bas de son ventre. Demain, elle regrettera sûrement ce qu'elle vient de faire. Demain, Caroline et Julien prendront sans doute la décision d'installer des rideaux à leurs fenêtres. Mais demain lui semble tout à coup tellement loin.

Elle imagine que l'installation des rideaux est déjà un projet qui figure en tête d'une liste aimantée sur le frigidaire dont ils repoussent l'échéance tant qu'ils n'y voient pas une réelle utilité. Mais si Thomas leur annonce qu'un ermite reclus dans le noir de son appartement vit en face de chez eux, il ne fait aucun doute qu'ils mettront fin à cette procrastination. Elle ne pourra alors plus suivre le feuilleton de leur quotidien.

Mais pour l'instant, tout cela se trouve très loin dans un coin de sa tête.

Camille n'arrive pas à bouger. Les quelques mètres entre elle et Thomas ont l'air d'avoir disparu. Elle sait que cette danse que leurs corps semblent entamer n'est qu'une illusion. Elle sait qu'elle est en train de danser seule parce qu'il n'est pas possible de se faire guider par un partenaire qui n'a pas été invité. Soudain, elle voit Thomas sursauter et se tourner brusquement vers le salon. Quelqu'un vient sûrement de l'appeler. Camille retrouve ses esprits et profite de ce lien coupé pour enfiler son manteau et sortir de chez elle.

36

Thomas

Thomas n'a pas fait un bon mois. Même si ce n'est pas une surprise, il ne peut s'empêcher de s'en vouloir. Entre le temps consacré à Marguerite et celui un peu trop dévolu à Camille, il est passé à côté de plusieurs opportunités. Quelques locations, mais surtout des ventes qui représentent au final beaucoup d'argent. Thierry en avait profité. C'est toujours lui, ce collègue aux dents qui rayent le parquet, qui profite de la faiblesse des autres de toute façon. Le mois prochain, il retroussera nonchalamment ses manches pour afficher à la vue de tout le monde une nouvelle montre qui lui aura coûté une petite fortune.

Une montre.

Thomas ne comprend pas que l'on puisse mettre autant d'argent dans un objet qui donne l'heure. Il a l'impression d'être face à une mise en abîme dans laquelle les hommes n'arrêtent pas de sombrer. L'argent gagné par du temps dépensé à gagner de l'argent pour connaître la valeur du temps.

Thomas chasse ces pensées de son esprit. Il ne peut s'en vouloir qu'à lui-même. Il n'a pas été bon. Point.

Ce qui l'agace vraiment, c'est qu'il va devoir faire attention à ses dépenses et il déteste ça. Ce sentiment de passer sa vie au travail et de ne pas vivre convenablement pour autant. Cela fait longtemps que ça ne lui est pas arrivé. Bien sûr, sa vie, son confort, c'est une chose. Mais le plus embêtant se trouve ailleurs. Dans l'Atlantique plus précisément. Depuis deux ans, chaque mois, il aide son père à rembourser l'achat d'un parc à huîtres situé en Charente-Maritime, près de La Rochelle. La première année, la production n'avait pas été terrible, mais il avait tout de même réussi à rentrer dans ses frais. La deuxième année en revanche, une épidémie avait détruit quatre-vingts pour cent des naissains, ce qui voulait dire que la récolte de l'année trois avait été catastrophique. « Je n'ai pas eu de chance quand même », avait dit son père dans un haussement d'épaules qui traduisait l'acceptation d'une fatalité. Ce mouvement, presque imperceptible, provoquait à chaque fois le craquement d'une allumette à l'intérieur du corps de Thomas. Il devait prendre une grande inspiration pour éteindre ce début d'incendie.

« Pas de chance. »

Thomas n'a jamais vu l'absence de quelque chose faire autant de dégâts dans la vie d'une personne. Pas chanceux, son père l'était peut-être, mais égoïste, cela ne faisait aucun doute.

Quoi qu'il en soit, Thomas paye chaque mois et l'idée de ne pas réussir à le faire est une source d'angoisse permanente. Car en plus de l'équilibre financier de ses parents, c'est leur mariage que Thomas essaie de maintenir en vie. Son père n'avait pas voulu mettre sa femme au courant de l'ampleur du désastre car ce n'était pas la première fois qu'il lui promettait que ce serait la dernière. Avec ce projet d'ostréiculture, elle l'avait mis en garde pourtant. « Maintenant que les enfants sont partis, je n'hésiterai pas à en faire autant. » Alors, à demi-mot, il lui avait dit une demi-vérité : il avait revendu le parc à huîtres.

Ce qu'il n'avait pas précisé, évidemment, c'était que dans cette transaction, il avait perdu plus de la moitié de sa mise de départ.

Il est à peine plus de sept heures du matin, mais Thomas n'a pas fermé l'œil de la nuit. Plutôt que de tourner en rond dans son appartement, il a préféré venir à l'agence et chercher des solutions à ses problèmes. Il enfouit son visage dans ses mains et fait rouler sa peau jusqu'à sa mâchoire. Il passe ses doigts sur ses sourcils, masse ses tempes, pince ses lèvres avec le plat de ses deux mains, tire la peau de son menton. S'il ne fait rien, il court à la catastrophe. D'un bond, il se lève, saisit son téléphone et appelle Marguerite pour lui demander quand ils peuvent organiser une nouvelle visite. Dès qu'il raccroche, il appelle Camille et lui pose la même question. Il note le rendez-vous dans son agenda et sent aussitôt un poids se retirer de sa poitrine. Il est convaincu qu'il tient là la solution à tous les problèmes. Pour l'une, un superbe appartement, pour l'autre, une future propriétaire parfaite et pour lui, le pourcentage d'une vente sur son compte bancaire.

La transaction va se faire et il pourra virer à son père la somme d'argent qu'il doit à la banque pour que tout rentre dans l'ordre. Tout va rentrer dans l'ordre, se répète-t-il une seconde fois pour éloigner le spectre de son angoisse. Il ne voit pas comment son plan pourrait ne pas fonctionner.

37
Marguerite

En se regardant dans le miroir ce matin, Marguerite se rend compte qu'elle ne porte plus que des robes. Pourtant, elle a longtemps cru que la coquetterie n'était plus de son âge. Année après année, le regard des hommes s'était mis à passer sur elle de plus en plus vite jusqu'à ne plus s'arrêter. À présent, il se contentait de la contourner, filant sur elle comme un train devant le pré d'une vache.

Marguerite a souffert de cette invisibilité qui s'est peu à peu installée au creux de sa vie. Au début, ce n'était pas sa propre transparence qui la marquait. Non, ce qui la surprenait, c'était de ne plus voir de femmes de son âge autour d'elle. À la télévision, par exemple, les actrices avaient toujours dix ans de moins que le rôle qu'elles étaient censées jouer et les présentatrices semblaient avoir une date de péremption plus courte qu'un pot de mayonnaise entamé. Les magazines, quant à eux, étaient remplis de jeunes femmes dans leur vingtaine et les rares quinquagénaires qui passaient la barrière de papier avaient le visage aussi lisse que la porte d'un réfrigérateur. Les modèles disparaissaient. Alors, face à toute cette jeunesse, Marguerite s'était mise à fuir la seule image de vieillesse à laquelle elle avait encore accès. Son propre reflet dans le miroir.

Le jour de ses soixante ans, elle avait pris la décision d'arrêter de dissimuler ses cheveux blancs. Pendant les longs mois de repousse, elle avait fait l'expérience de la coupe de cheveux bicolores et du regard désapprobateur de ceux qu'elle croisait dans la rue. Mais elle avait tenu bon. En fin de compte, elle avait presque regretté ces remarques quand celles-ci avaient disparu, car elle savait que cela signifiait qu'elle était désormais assez vieille pour qu'on l'excuse de l'être de manière visible.

La robe que Marguerite porte aujourd'hui est une nouvelle acquisition. Cela faisait si longtemps qu'elle n'avait pas acheté de nouveaux vêtements que lorsqu'elle s'est retrouvée devant le portant de la boutique, elle ne se souvenait plus de sa taille. La vendeuse lui a donné un chiffre et elle s'est rappelé que c'était la pointure de son mari, mais pas celle de son corps du temps où elle achetait encore des robes. Toutefois, dans cette cabine d'essayage trop éclairée, elle a consenti à enfiler la taille que la vendeuse lui tendait et fut bien obligée d'admettre que c'était la bonne.

Marguerite a toujours détesté les chiffres et elle a l'impression qu'il lui a fallu vieillir pour en connaître la raison. Ces numéros qui donnent un âge, un poids, un tour de taille, une teinte de peau, un coloris de cheveux… Ces chiffres ne sont pas négociables.

Elle est rentrée chez elle, a accroché le cintre à une poignée de porte et puis a attendu plusieurs jours avant d'oser retirer l'étiquette. Dans la boutique, elle avait essayé plusieurs robes avant d'opter pour un vert émeraude qui mettait en valeur ses yeux clairs et sa peau blanche. Elle avait également essayé une noire, mais elle avait été surprise de constater à quel point, à son âge, cette couleur pouvait induire l'idée du deuil plutôt que celle de l'élégance.

L'appartement est propre, le soleil s'est déposé sur les lamelles du parquet et Marguerite feuillette un magazine dans sa robe vert émeraude. Elle s'est réveillée tôt ce matin avec la sonnerie de son téléphone fixe. Heureusement, elle a le sommeil léger car il faut bien reconnaître qu'elle n'a plus l'ouïe très fine. Elle est presque sur le point de s'assoupir quand l'interphone retentit.

38

Camille & Marguerite

Plus tôt ce matin, quand le nom de Thomas Rousseau s'est affiché sur son téléphone, le cœur de Camille avait failli louper un battement. Elle s'était aussitôt imaginé que cet appel aux aurores était le résultat du jeu d'ombres chinoises auquel elle s'était prêtée deux jours plus tôt à travers la fenêtre de son appartement. Elle avait décroché d'une voix hésitante mais, assez vite, elle avait compris qu'il était juste matinal. Très matinal.

L'appartement qu'elle est sur le point de visiter est situé à une centaine de mètres de chez elle. Elle trouve doublement grisante l'idée d'entrer dans un logement qu'elle a si longtemps effleuré du regard sans jamais vraiment prendre la peine de le remarquer. Elle repense à ces amourettes de collège, quand ses copains de classe étaient devenus un jour, sans savoir comment, des garçons.

Thomas arrive et elle ressent un léger vertige au moment où elle l'aperçoit. Elle a l'impression de lui avoir volé un morceau d'intimité, de savoir quelque chose qu'il ignore et que leur rapport s'en trouve déséquilibré. Quand il parvient à son niveau, elle remarque qu'il a les traits tirés et l'air légèrement ailleurs. Il lui serre la main et elle trouve sa peau douce mais son geste, lui, paraît rugueux.

Dans l'ascenseur, de lourdes secondes de silence s'écoulent. Camille les trouve si pesantes, elle a l'impression qu'elles pourraient faire le même bruit qu'une fuite d'eau sur la paroi d'un évier en pleine nuit. Elle baisse la tête pour ne pas croiser son regard.

« Excusez-moi, Camille, je ne suis pas très bavard. Le bien que nous allons visiter est très beau, très agréable.

— La copropriété est sympa ? » tente-t-elle pour détendre l'atmosphère.

Thomas sourit.

« Copropriété formidable. Chaudière formidable. Double vitrage ? Formidable aussi ! »

Camille sourit. Il reprend.

« La propriétaire s'appelle Marguerite, elle a quatre-vingt-six ans et elle a toujours vécu ici. Elle est très attachée à son appartement. Elle veut être présente à chacune des visites, mais ne se sent pas la force d'en faire plus d'une par jour. C'est pourquoi l'appartement est encore disponible, mais cela ne devrait pas durer longtemps. »

Il hésite à lui parler de son exigence de n'accepter que des gens qu'elle juge mériter vivre chez elle mais l'ascenseur stoppe et ils aperçoivent Marguerite en train de les attendre dans l'entrebâillement de la porte. Alors, il murmure simplement que cette dame qui se trouve devant eux est formidable et qu'il l'aime beaucoup.

*

Dès qu'elle pose le pied sur le parquet de l'appartement, Camille éprouve une sensation étrange. Elle avance doucement, en essayant de se faire la plus discrète possible. Elle ne sait pas exactement ce qui la pousse à ne pas déposer son talon sur le plancher, mais elle serait sur un lac de glace qu'elle ne marcherait pas différemment.

*

Marguerite observe la jeune fille en silence. Sa manière légère de se déplacer entre les meubles, ses gestes qui semblent caresser l'air, sa curiosité tout en retenue... Pour la première fois depuis que les visites ont commencé, Marguerite n'a pas l'impression que cette présence la dépossède de son appartement. C'est peut-être ce sentiment d'avoir déjà croisé cette jeune fille qui la lui rend familière. Elle se sent aussitôt agacée par cette sensation. Ces derniers temps, cela lui arrive de plus en plus souvent. Elle croit reconnaître quelqu'un alors que la seule chose qui lui saute au visage, c'est cette jeunesse au fond des yeux qu'elle ne trouve plus dans les siens. Pour les jeunes, tous les vieux se ressemblent. L'inverse est en train de lui arriver.

« Thomas m'a dit que vous avez toujours vécu ici. »

Camille rougit de cette proximité involontaire qu'elle vient d'avoir en employant directement le prénom de cet agent immobilier qu'elle connaît à peine, mais elle se redresse pour ne rien laisser transparaître. Thomas aussi est troublé, mais elle ne le sait pas car il est dans son dos.

« Oui, c'est exact. J'évite à mes souvenirs de s'éparpiller dans d'autres décors.

— C'est un très beau décor », répond Camille en souriant.

Thomas a du mal à se joindre à la conversation. Il a la tête ailleurs. Il essaie de calculer si la vente de cet appartement lui permettrait le remboursement de son échéance à temps ou s'il ferait mieux de se concentrer sur une transaction plus facile. Quand il lève la tête, il remarque que les deux femmes le regardent. Il se demande si elles ont dit quelque chose, s'il doit répondre à une question. Alors sur un ton mécanique, il dit la première chose qui lui passe par la tête.

« Magnifique PMC. C'est une perle rare. »

Il n'a pas le temps de finir sa phrase qu'il s'en veut déjà. Il n'a pas fait ce métier pour ça. Parler en sigles et en « K-euros », ou dire des banalités comme « perle rare », « opportunité à saisir », « coup de cœur assuré ». Il refuse d'être ce type de personne, de réduire quatre-vingts années de vie à trois lettres snobs qui n'ont aucun sens pour quelqu'un qui a aimé, ri, pleuré dans chaque mètre carré de son appartement. Marguerite le regarde sans comprendre. Elle semble dépassée et ses yeux qui attendent une explication lui broient l'estomac.

« PMC ? » répète-t-elle.

Thomas n'a pas envie de lui dire ce qui se cache derrière ces trois lettres, mais il n'a pas vraiment le choix.

« Parquet. Moulure. Cheminée. »

Marguerite ouvre la bouche mais aucun son n'en sort. Elle sait que son appartement n'est qu'un bien commercial pour un agent immobilier mais, venant de ce garçon qu'elle apprécie, ce manque de tact la blesse un peu. Son visage se ferme sensiblement et Camille s'en aperçoit aussitôt. Un silence pesant les fige tous les trois. Pour tenter de le rompre, la jeune femme s'avance vers l'imposant piano droit qui longe le mur et jette un œil aux quelques cadres qui l'ornent.

« Qui est cet homme sur votre piano ? » demande-t-elle en saisissant à deux mains une photo.

Un léger sourire détend les traits de Marguerite.

« Richard. C'est un PMC aussi. »

Cette fois, c'est à Camille de ne pas comprendre. Elle fronce légèrement les sourcils et se tourne vers Thomas qui se contente de hausser les épaules. Marguerite reprend alors le plus sérieusement du monde :

« Un PMC. Un Petit Mari Chéri. »

Les deux femmes se regardent un instant puis le rire de l'une finit par entraîner celui de l'autre. Thomas se sent encore plus honteux de ce qu'il vient de se produire. Il fait un pas sur le côté et passe une main dans ses cheveux. Marguerite s'avance vers lui et le prend par le bras.

« Allez, Thomas, ce n'est pas grave. Je sais bien que ce n'est pas ce que vous avez voulu dire. »

Camille décide de s'éloigner quelques instants pour ne pas les déranger et se dirige vers la fenêtre. Elle observe la vue et ne sait pas dans quelle direction regarder tant il y a de choses à voir. Son regard se perd quelque part, au milieu de cet océan de toits en zinc et elle se dit que c'est cela, regarder à perte de vue. Quand elle retrouve ses esprits, elle remarque qu'il y a des fleurs à côté d'elle dans un beau vase en porcelaine. Par réflexe, elle effleure les pétales des lys du bout des doigts en faisant attention de ne pas libérer ce pollen couleur brique qui tache tant.

C'est à ce moment que Marguerite écarte son regard de Thomas pour contempler Camille. Une pensée lui traverse alors l'esprit. Si elle devait vendre son appartement, elle aurait envie que ce soit à cette jeune fille. Elle n'a pas besoin d'en savoir plus, l'essentiel est là. Dans ces petits détails, dans ces mots qui vous enroulent pour vous déposer sur le sable quand vous êtes sur le point de vous noyer. C'est une telle évidence qu'elle en oublierait presque que cet appartement, elle ne prévoit pas de le vendre.

Camille tourne la tête, comme si elle avait senti le poids de ces yeux posés sur sa nuque et leurs regards se croisent. Elle sourit avec douceur et tout à coup Marguerite se dit que ce qu'elle voit dans les yeux de Camille, ce n'est pas sa jeunesse. Ce qu'elle voit, c'est le souvenir d'une fleuriste chez qui elle a acheté un bouquet de lys pour fleurir la tombe de son amie Jeanne trois semaines plus tôt.

39
Thomas

Il est plus de vingt et une heures et Thomas est encore à l'agence. Son bureau est le seul à être encore éclairé. Il range les papiers qui s'entassent, fait le point sur les dossiers qui pourraient se concrétiser rapidement et écrit une courte liste de ce qu'il devra faire demain à la première heure. Il a toujours cette boule au ventre, cette sombre angoisse qui lui a fait retourner le calendrier qui trône habituellement sur son bureau. Il a peur, mais il a aussi toujours été celui qui lève les bras quand les autres préfèrent les baisser, alors il se dit qu'il va y arriver. Son père l'a appelé un peu plus tôt dans la journée. Il s'inquiétait de ne pas voir l'argent apparaître sur son compte. Avait-il des problèmes ? Il pouvait le lui dire, il comprendrait s'il ne pouvait plus l'aider. Après tout, il s'était mis dans cette situation tout seul et ce n'était pas à lui, son fils, de réparer les erreurs qu'il avait pu faire. Un enfant ne devrait jamais avoir à rattraper ses parents dans leur chute. Il avait entendu la voix de son père se briser légèrement, alors il lui avait dit qu'il n'y avait aucun problème. Il aurait un peu de retard mais tout rentrerait dans l'ordre. En disant cela, il a ajouté un domino à la suite de tous ceux que son père avait déjà posés avant lui. Si le sien oscillait, alors la chaîne risquait de s'effondrer jusqu'au premier mensonge. Celui qui protégeait sa mère de la vérité.

Son téléphone sonne et le tire de ses pensées. Thomas répond sans prendre le temps de déchiffrer le numéro qui s'affiche à l'écran.

« Bonsoir, Thomas, je ne vous dérange pas ?

— Non, pas du tout, Marguerite. En quoi puis-je vous aider ?

— Je me demandais, Camille… que savez-vous sur elle ? »

Thomas est pris de court par la question de Marguerite.

« Heu, pas grand-chose… C'est une nouvelle cliente de l'agence. Dans un premier temps, nous ne posons pas beaucoup de questions.

— Qu'a-t-elle dit sur mon appartement ?

— Elle le trouve très beau, vraiment. Mais vous savez, elle n'en est qu'à ses premières visites. Je me demande si elle est prête à franchir le cap de l'achat si tôt dans son processus de recherche. Je sens encore une retenue dans sa démarche. Enfin, ce que je vous dis là n'est que mon simple avis.

— J'aimerais une contre-visite. »

Thomas éclate de rire.

« Marguerite, ce n'est pas vous qui décidez de ce genre de chose !

— Ah bon ? C'est dommage. J'aurais aimé la revoir. »

Thomas ne sait pas quoi répondre. Il a eu envie de dire que lui aussi, mais il trouve cette pulsion complètement absurde et déplacée.

« Pourriez-vous vous renseigner sur elle et m'en dire un peu plus ? Merci bien, mon petit ! »

Il n'a pas le temps de réagir que Marguerite a déjà raccroché. Il reste plusieurs secondes ainsi, le téléphone collé contre son oreille, sans aucune tonalité pour lui tenir compagnie. Aucune tonalité. Est-ce que ce bruit-là allait disparaître en même temps que les lignes fixes ? Est-ce que la solitude de ceux qui restent en ligne aurait alors pour unique bande-son l'immensité du silence ? Thomas se sent terriblement seul tout à coup. Il finit par poser le téléphone sur son bureau et se remet à classer des papiers en ne sachant plus vraiment avec quelle logique il avait commencé à le faire. Il hésite à appeler Arthur et Clémence pour leur proposer d'aller boire un verre.

Il reprend son téléphone, compte quatre sonneries puis raccroche. Arthur n'a pas répondu. Thomas retourne dans son répertoire, cherche le nom de Clémence cette fois, mais plutôt que de l'appeler elle aussi, il préfère écrire un court message qui n'engage à rien. Un autre appel lui semble trop insistant. Il n'a pas envie d'être cette personne qui appelle sur un second téléphone quand on ne décroche pas le premier. Alors, à la place, il écrit un message.

Il imagine Clémence lui dire dans quelques jours : « Je n'avais pas vu ton message », et c'est un mensonge facile qui le rassure. Donner aux autres la possibilité de mentir pour ne pas les obliger à nous blesser, c'est une forme d'amitié, pense-t-il.

Un verre d'ici trente minutes ?

Le message est envoyé.

40

Camille & Thomas

Camille vient d'arriver chez elle. Elle pose ses courses dans la cuisine et enlève son manteau. Quand elle a fini de tout ranger, elle s'affale sur son canapé. Elle se demande s'il est déjà arrivé à quelqu'un de ne jamais se relever. Au même moment, elle entend son téléphone vibrer sur le bois du meuble de l'entrée et le bruit métallique des clés auxquelles il se frotte la pousse à se lever.

Thomas Rousseau.

Un verre d'ici trente minutes ?

Elle relit plusieurs fois le message, se demande si son téléphone est capable de faire des erreurs, comme associer des mauvais noms à des messages, par exemple.

*

Quand il voit le nom de Camille s'afficher, son cerveau a ce drôle de réflexe de répéter cette phrase toute faite qu'il trouve pourtant un brin ridicule. « Quand on parle du loup… » Il attrape son téléphone et se demande ce qu'elle peut bien vouloir lui demander qui ne puisse attendre le lendemain. Une contre-visite peut-être, pense-t-il en souriant.

D'accord. On se retrouve où ?

Thomas se redresse précipitamment. Il met plusieurs secondes à comprendre la question. Se retrouver où ? Pour quoi faire ? Se pourrait-il que Marguerite l'ait appelée ? Comment aurait-elle fait ? Ce n'est pas possible, elle n'a pas son numéro. C'est là qu'il aperçoit son message à lui, juste au-dessus de celui qu'il vient de recevoir. Ce message qui propose un verre à Camille plutôt qu'à Clémence et Arthur. Tout à coup, il comprend ce qu'il s'est passé. La discussion avec Marguerite au sujet de Camille, son cerveau qui va chercher le dernier prénom qu'il a en tête, les deux prénoms côte à côte dans son répertoire... Camille plutôt que Clémence.

La fatigue, le stress, le désordre sur son bureau. Dans sa vie aussi. Il a tout mélangé. Il pourrait se sentir terriblement mal à l'aise, mais la réponse de Camille a balayé cette étape. Elle ne lui a pas laissé le temps de se rendre compte de son erreur et de se trouver ridicule. Il se dit que la situation l'oblige à répondre quelque chose. Qu'il ne peut pas lui dire qu'il s'agit d'un malentendu maintenant qu'elle l'a pris au sérieux et qu'elle a accepté. Il est obligé de répondre.

Obligé.

Il se ment un peu pour se rassurer.

Mais au fond, il est plutôt content de cet acte manqué.

41

Camille & Thomas

Camille arrive, le cherche du regard, le trouve, sourit. Thomas remarque dans son sourire une pointe d'appréhension et cela le rassure. Il se dit qu'elle doit voir la même chose quelque part dans ses yeux et que reconnaître une part de soi dans l'autre, c'est le fondement de toute humanité.

Elle s'assoit, il la regarde s'asseoir. Il lève la main pour appeler un serveur et elle regarde sa main se lever. Elle hésite déjà sur ce qu'elle va prendre. Elle se demande si elle va donner le ton de la soirée ou si elle va le laisser faire. Un verre de vin, une bière, un cocktail. Un Coca. Une tisane. Elle rit intérieurement en pensant à la tisane. Il y a un message dans chacun de ces choix. De l'élégance et de la retenue, de la décontraction et de la camaraderie, de la fête et de l'insouciance. Une porte ouverte, fermée ou entrouverte. Des petits matins ou des débuts de soirée. Des lundis ou des jeudis soir. Il y a des intentions dans tous les mots, dans tous les gestes et dans toutes les heures. Des intentions dans les intonations aussi. Dans toutes les quantités et dans toutes les durées. Elle se dit que tout se joue à rien. Une seconde, même. Il suffit de soutenir un regard une seconde supplémentaire et on ne dit déjà plus les mêmes choses. Alors, quand le serveur arrive, Camille commande un verre de vin blanc.

« Sec ? demande le serveur.

— Non, doux, s'il vous plaît.

— Et vous, monsieur ? »

Elle se demande s'il va dire « la même chose » sans savoir quelle conclusion elle en tirerait. Elle se dit juste que le nombre de « même chose » en deuxième commande doit atteindre un score impressionnant. Quatre-vingts, quatre-vingt-cinq pour cent peut-être ?

« Un rouge, s'il vous plaît. »

Quatre-vingts.

La discussion s'oriente vite sur Marguerite et son appartement. C'est ce qui les lie après tout. Camille lui dit à quel point elle trouve cette femme formidable, même en ne sachant rien sur elle. Alors ils se mettent à lui inventer des vies, se posent des questions sur son mari, ses enfants. Camille pense à la voisine de son grand-père, quand elle avait dix ans, à cette maison qui dissimulait de nombreuses cachettes et dont elle n'aura jamais pu percer le secret. Elle avait eu l'impression de retrouver cette sensation quand elle avait franchi la porte d'entrée de l'appartement de Marguerite. Même si elle ne le pense pas vraiment, elle dit à Thomas qu'elle est sûre que cette femme a un secret. C'est une manière d'alimenter la conversation, d'allumer l'éclat de mystère au fond de ses yeux. Thomas en profite pour lui proposer de revoir l'appartement et Camille accepte de bon cœur en reprenant une gorgée de vin.

« Vous savez pourquoi elle vend ? »

Thomas se rend compte qu'il ne le sait pas. Il ne lui a pas posé la question. Elle vend, c'est tout. Il ne sait rien d'elle, mais son verre de vin est presque vide et il n'en sait pas plus sur Camille.

« Tu fais quoi dans la vie ? »

Sa question est sortie comme si elle butait contre sa bouche depuis un moment, et c'est peut-être un peu vrai. Dans cet élan, il l'a tutoyée. Il a remarqué qu'elle s'était légèrement redressée sur sa chaise et que son sourire s'était un peu figé. Camille repense à la dernière fois qu'un homme lui a posé cette question et à cette furtive humiliation qu'elle avait ressentie à l'époque. « Fleuriste ? Génial ! Mais sinon, tu fais quoi comme études ? » Ses parents, son entourage, elle évolue dans un milieu où fleuriste ne peut être qu'un à-côté. Pas un vrai métier. Au bout de quelques secondes, elle se décide enfin à répondre.

« Je suis avocate.

— Ah, super !

— Oui… c'est bien. »

Elle se souvient de la première fois où elle a menti à ses parents. Quand elle n'avait pas réussi à leur dire qu'elle n'avait pas validé sa première année. Quelques jours plus tard, elle avait eu une angine et elle avait été persuadée du lien entre ces deux événements. Le mensonge, en fin de compte, c'était elle qui l'avait eu difficile à avaler. Mais ce qui l'inquiète aujourd'hui, c'est que plus le temps passe, plus il lui semble facile de mentir. Elle se construit une seconde identité, une seconde Camille qu'elle connaît parfaitement. Elle a les réponses aux questions qu'on lui pose et auxquelles elle répond mécaniquement, froidement même. Elle fait même parfois du zèle en inventant des dossiers sur lesquels elle travaille ou des anecdotes qui font rire.

Souvent, elle se dit qu'un mensonge de plus ou de moins ne ferait pas de différence, au point où elle en est.

Au point où elle en est.

C'est sans doute cette phrase qui lui fait le plus peur. Cette phrase qui fait perdre tout leur argent à ceux qui jouent au casino, perdre pied à ceux qui boivent, perdre la garde des enfants à ceux qui trompent leur femme. C'est la phrase qui perd les gens, mais Camille a l'impression de n'être nulle part. Ni vraiment fleuriste ni plus du tout avocate. Alors se perdre, finalement, ne lui semble pas vraiment être un problème.

Mais ce soir, dans le reflet gris des yeux de ce garçon, elle trouve ses mensonges bien tristes. Elle n'a pas oublié qu'il est agent immobilier et qu'il prend du temps pour lui faire visiter des appartements qu'elle n'achètera jamais. Elle s'en veut tout à coup, mais surtout, elle en veut à ses parents. À eux, à leur serment d'Hippocrate, leur sermon d'hypocrites surtout. Elle ne veut pas être médecin, elle ne l'a jamais voulu, pourtant elle se sent redevable de perpétuer leur lignée. Elle leur en veut de lui avoir inculqué que fleuriste était moins bien que médecin ou avocat. Qu'il existe un système de valeurs ancestral et que rien, rien ne viendra le modifier.

Thomas voit une ombre passer sur le visage de Camille. Il fait signe au serveur.

« Nous allons prendre un cocktail », lui dit-il en souriant.

Elle hoche la tête et se dit que s'il commande deux mojitos, elle lui dira la vérité. Elle sent aussitôt une boule se former en travers de sa gorge et elle a du mal à avaler sa salive. Elle sait que c'est ce qu'il va commander. C'est ce que commandent sept personnes sur dix. Peut-être même huit, quand le choix se porte sur les cocktails.

Le serveur arrive.

« Qu'est-ce que je vous sers ?

— On va prendre... »

Thomas ne comprend pas ce qu'il s'est passé. Ce qu'il a pu dire ou faire pour que Camille s'éteigne. Il la fixe à la recherche d'un indice. Il a l'impression de revoir le regard de sa mère quand elle taisait sa colère. Cette colère de vivre une vie qu'elle n'avait pas choisie.

« On va prendre... deux Mai Tai. »

Camille lève la tête et il croit déceler à nouveau une flamme danser à l'intérieur de ses yeux. Il la reconnaît, cette flamme. C'est la même que celle qu'il avait vue lorsqu'il lui avait fait visiter le premier appartement. Il se sent d'abord soulagé, mais ce sentiment n'a pas le temps de s'installer qu'il est immédiatement chassé par un autre. La peur. Il ne connaît pas cette fille, pourtant il se sent déjà dépendant de la flamme qui vit à l'intérieur d'elle. Il ne sait pas s'il pourra réussir à garder ce petit feu allumé. Lui faudra-t-il retenir son souffle pour rester à ses côtés ?

Camille respire à nouveau. C'est lâche, mais peu importe. Pour l'instant c'est tout ce qui compte. Elle a l'impression d'être une condamnée à mort à qui on a donné un sursis. Elle a envie de rire. Elle a envie de l'embrasser. Elle a envie de se précipiter dans ce moment présent et de se cogner dans la douceur des prémices d'un sentiment. Elle se dit que s'il prend son verre de la main droite, c'est ce qu'elle fera, l'embrasser. Elle a déjà remarqué qu'il était gaucher, elle préfère miser sur l'exceptionnel.

Quand le serveur arrive et dépose les deux verres sur la table, Camille sourit. Plus le temps passe et plus Thomas la trouve belle. Il se demande si tout ce qu'il ressent va continuer dans de telles proportions. Il n'est que vingt-deux heures, que pensera-t-il dans une heure, deux jours, une vie ? Il a l'alcool euphorisant tout à coup. Il attrape les deux verres en même temps et les tend à Camille pour qu'elle en choisisse un. Elle se sent prise de court, elle n'avait pas prévu ce cas de figure. Ses yeux passent d'un verre à l'autre dans une brève frénésie. C'est à elle de décider dans laquelle des deux mains de Thomas elle laissera un verre.

Au bout d'une seconde qui paraît interminable, Camille avance sa main et son auriculaire gauche vient effleurer la paume de la main droite de Thomas.

Elle se sent légère tout à coup. La vie lui paraît simple et, pour la première fois depuis longtemps, elle se dit que le bonheur est à portée de main.

42

Camille & Thomas

Il est très tard ou peut-être très tôt, Camille ne sait pas vraiment. Ils étaient sur le point de se quitter quand Thomas lui a demandé si elle voulait voir quelque chose d'extraordinaire. Elle n'avait pas eu le temps de répondre que déjà il levait la main pour héler un taxi.

La voiture se faufile au milieu de la nuit et Camille n'a aucune idée de l'endroit vers lequel ils se dirigent. Elle n'a pas entendu l'adresse que Thomas a glissée à l'oreille du chauffeur quand ils se sont installés sur la banquette arrière du véhicule et, après tout, ne pas savoir lui plaît assez.

Cela fait quinze minutes qu'ils roulent quand la voiture s'arrête devant un bel immeuble classique de style haussmannien. Thomas a composé rapidement le code à cinq chiffres avant de pousser une porte en fer noir, ornée d'une imposante poignée dorée. Camille le suit. Sans ralentir, elle marche dans ses pas à travers une petite cour obscure, guidée par cette luminosité grise propre aux nuits citadines. Alors qu'elle pense qu'ils font fausse route, qu'ils se dirigent tout droit vers une impasse, Thomas bifurque au dernier moment sur sa droite, vers une petite porte en bois qu'il ouvre d'une simple impulsion du doigt.

« Prépare-toi, il y a sept étages », dit-il à voix basse.

Thomas passe devant et Camille lui laisse un peu d'avance avant de lui emboîter le pas. Elle ne pose aucune question. Elle est heureuse d'être là, dans cette frontière floue entre ce qui est autorisé et ce qui ne l'est pas.

À bout de souffle, ils parviennent au dernier étage et Thomas se tourne alors vers elle.

« Il reste une dernière étape », lance-t-il en se dirigeant vers le mur situé derrière Camille.

Elle met plusieurs secondes à remarquer l'échelle de service accolée au mur mais Thomas ne lui laisse pas le temps de réagir : il la soulève déjà pour la délivrer des crochets métalliques qui la maintenaient et la place quelques mètres plus loin, à la verticale.

« On y est presque. »

En disant cela, il pointe du doigt une trappe qui se trouve au-dessus de leur tête. Une fois de plus, Thomas passe en premier. Concentrée sur ses pieds pour ne pas louper un barreau, Camille ne lève la tête qu'une fois ses mains posées sur le zinc froid qui recouvre les toits de Paris.

Assis à près de trente mètres du sol, Thomas fixe un horizon encore imperceptible. Camille tente de le rejoindre, avance une jambe puis l'autre le long de cette surface lisse dont seuls de fins rebords semblent constituer un point d'appui. Un air frais vient lui caresser les joues et une douce paralysie matinale fige son visage. Il ne s'agit pas d'un air du quotidien, pense alors Camille. C'est un air privilégié, accessible seulement à ceux qui peuvent s'élever de plusieurs mètres au-dessus de l'agitation de la ville.

Ils ne sont assis que depuis quelques secondes quand Thomas murmure :

« Juste à temps. »

Une fine ligne d'un rouge flamboyant vient rompre la limite entre le ciel et la terre, donnant vie à quelques nuages jusque-là dissimulés dans l'anonymat de la nuit.

« On a l'impression d'être immortel, tu ne trouves pas ? »

Camille ne répond pas. Elle se sent tout à coup intensément libre, habitée par ce sentiment de toute-puissance que le monde se trouve à ses pieds.

« Tu viens souvent ici ?

— Pas vraiment. Je préfère garder ce moment exceptionnel.

— Comme les musiques préférées qu'on se retient d'écouter.

— Exactement. »

Thomas sourit et continue de fixer la ligne d'horizon. Le soleil accélère son ascension et d'ici quelques minutes, toutes les couleurs auront trouvé leur place dans cette fresque parisienne.

« On redescend sur terre ? La vue va commencer à devenir moins belle. J'aime bien garder cette image-là en tête. »

Camille et Thomas sont à nouveau dans la cour. Ils n'ont pas dormi de la nuit et, dans quelques heures, ils devront tous deux reprendre le chemin de leurs emplois respectifs.

Thomas s'approche doucement de Camille. Il avance sa main vers son visage et, du bout des doigts, replace une mèche de cheveux derrière son oreille. Camille retient sa respiration. Elle a l'impression que son corps entier est en plein balbutiement. Elle cligne des yeux mais déjà Thomas a fait un pas en arrière. Il sourit, dit qu'ils vont finir par être en retard et c'est terminé. Il fait jour à présent et les rayons du soleil viennent s'abattre sur la façade des immeubles.

43
Camille

« Ce sont des choses que tu fais souvent ? »

Adélaïde penche la tête sur le côté et plisse les yeux. Camille se demande comment la conversation a pu prendre cette tournure personnelle en si peu de temps. Quand sa patronne lui a proposé de se retrouver après le travail pour « apprendre à se connaître », l'expression lui avait semblé bizarre. Faut-il apprendre les autres afin de pouvoir un jour les réciter par cœur ?

« Comme quoi ?

— Te mettre dans des situations compliquées.

— Les choses se sont un peu accélérées ces derniers temps, avoue-t-elle en grimaçant. Tout a commencé avec ce client qui est venu à la boutique. Pour acheter des fleurs, évidemment. Sauf qu'elles n'étaient pas pour sa femme, mais pour sa maîtresse. Mais ça, je ne l'ai su qu'à la fin, quand il a voulu prendre le même bouquet… Un pour chacune ! »

Camille attend qu'Adélaïde réagisse mais elle n'en fait rien. À la place, elle fronce simplement les sourcils.

« Tu… trouves ça normal ? Si les hommes avaient trois mains, alors ils auraient trois femmes ?

— Certains, oui. »

Camille secoue la tête.

« Mais enfin, Camille, des hommes qui achètent des fleurs pour une autre femme que la leur, des bouquets qui disent “Pardon de ne pas quitter ma femme”… nous en vendons tous les jours. D'ailleurs, la première fleur cueillie sur Terre était sans doute pour l'une d'entre elles.

— Je sais bien, dit-elle sans vraiment le penser. Mais c'était exactement le même bouquet quand même… »

Un léger sourire étire les lèvres d'Adélaïde. Elle avance son buste, plante ses deux coudes sur la table et vient déposer son visage au creux de l'une de ses mains. Camille baisse légèrement le regard et hésite à poursuivre.

« Je me suis rendu compte que si je faisais passer les autres avant moi, c'était parce que je n'aimais pas assez ma vie. Tu sais, c'est comme ces gens nostalgiques de leur passé. Sous leurs airs mélancoliques, ils ne se rendent pas compte que si leur passé leur manque, c'est que leur présent les déçoit. »

Adélaïde n'a pas envie de ressembler à une donneuse de leçons. Elle voudrait juste que Camille ne reproduise pas les mêmes erreurs qu'elle, mais elle sait depuis longtemps que rien n'empêche les gens de vivre leur vie. Cette vie qu'ils ont décidée même si leur décision revient à n'en prendre aucune. Elle sort un bout de papier et le pose sur la table.

« Qu'est-ce que c'est ?

— Tu ferais quoi si tu étais riche ?

— Riche comment ?

— Je ne sais pas... Disons que tu as deux millions. »

Camille réfléchit. Elle est sur le point de répondre quelque chose quand Adélaïde la stoppe avant même qu'elle n'ait le temps d'ouvrir la bouche.

« Attends. Avant que tu te lances... Si tu ne sais plus quoi dire après “Acheter un appartement”, alors ça ne sert à rien que tu sois millionnaire. Voilà. Je voulais juste que ce soit clair entre nous. »

Camille se sent bête parce qu'acheter un appartement, c'est évidemment la première chose qui lui est venue en tête. Elle n'a pas la moindre idée de ce qu'elle ferait après ça. Elle prend une gorgée de vin pour se donner du temps et des idées.

« Si j'étais riche, j'irais chez le coiffeur pour un simple shampoing. Je crois que rien ne me rend plus heureuse que le moment précis où je renverse ma tête dans le bac à shampoing et que je sens l'eau chaude couler le long de mes cheveux. »

Adélaïde hoche la tête.

« C'est bien, tu commences par un caprice. C'est le début de la richesse, c'est normal. Bon, certains achètent des voitures de sport, toi c'est du shampoing. Pourquoi pas. Mais après ?

— Il me faut un peu de temps pour réfléchir ! Bon... je peux quand même acheter un appartement ?

— Accepté ! Tu te sens mieux ?

— Ça va..., répond Camille, méfiante.

— C'est suffisant ?

— Disons que ne plus payer son loyer, ça donne un peu d'air.

— Tu sais, si tu es riche, payer ton loyer n'est plus un problème. Avec une telle somme, tes intérêts t'offrent une rente mensuelle qui dépasse largement ton salaire actuel. »

Elle n'avait pas pensé à ça. Elle prend une nouvelle gorgée de vin et tout en tordant sa bouche de gauche à droite, Camille se met à réfléchir. Tout à coup, elle attrape le sac qui se trouve à ses pieds et sort un petit carnet.

« Qu'est-ce que tu fais ?

— Je dépense mes deux millions », dit-elle en tournant une nouvelle page sur laquelle elle commence à noter sa liste.

Mais son stylo ne touche pas beaucoup le papier. Adélaïde la regarde sans rien dire. Elle attend patiemment que Camille se rende compte à quel point sa vie ne changerait pas énormément.

« Il y a les voyages, bien sûr… »

Camille note et se remet à mâchouiller son stylo. Adélaïde finit son vin blanc, repose le verre sur la table et lui tend le bout de papier qu'elle avait sorti de son sac. Camille prend le ticket de Loto du bout des doigts.

« Le tirage est passé ? demande-t-elle.

— Aucune idée. Je dois y aller, je suis attendue. Continue ta liste ! Pour l'instant, je ne vois pas beaucoup de choses que ta vie actuelle ne puisse te permettre. »

44
Thomas

L'agence n'est pas encore ouverte mais Thierry passe sa tête à travers la porte du bureau et apostrophe Thomas d'une voix forte :

« Salut, là-dedans ! Ça va ? »

Thomas lève à peine les yeux de son dossier pour le saluer. Il n'a pas l'habitude de faire semblant, surtout quand il s'agit de ce collègue qu'il ne supporte pas.

« Tu sais, le T3 de la vieille, rue Deguerry… ça avance ? Non, parce que j'ai un petit couple qui serait par-fait. »

Thierry est ce genre de personne qui découpe les adjectifs en syllabes en appuyant exagérément sur la première. Il dit *gé*-nial, *in*-croyable, *su*-perbe. Il dit beaucoup, sans cesse, tout le temps. Il dit plus fort, plus vite et plus souvent que les autres. Thierry est un enfant dans le corps d'un adulte. Pas un enfant sage et agréable. Non, plutôt un enfant qui se roule par terre quand on lui dit non.

« Je gère ce bien, Thierry, merci.

— Ça n'a pas l'air », répond-il en riant.

Sans doute Thierry croit-il que l'utilisation d'un ton rieur empêche à ses interlocuteurs de remarquer son caractère exécrable. Thomas relève la tête, plante ses yeux dans les siens pour répondre d'un ton catégorique :

« Je m'en occupe.

— Comme tu veux ! »

Il tourne les talons et prend la direction de son bureau. Thomas le regarde partir. Il se demande ce qui le retient de se lever, de saisir ce type par le col pour lui en filer une. Il visualise la scène dans sa tête et cette vision l'apaise. Dans le monde parallèle de son imagination, Thierry a enfin eu ce qu'il mérite.

Thomas décroche le téléphone et appelle Marguerite pour lui dire que Camille viendra voir son appartement une seconde fois.

« On est bien d'accord, Marguerite, il ne s'agit pas d'une contre-visite, insiste-t-il. C'est juste... c'est juste que vous me l'avez demandé. »

Bien qu'il ne doive de comptes à personne, Thomas imagine que ce rendez-vous pourrait très bien éloigner Thierry de ses dossiers. Sur le papier, tout porte à croire qu'il s'agit d'une contre-visite.

« Vous êtes un trésor, mon petit Thomas. »

Il est sur le point de raccrocher quand Marguerite lui pose une question :

« Au fait... vous avez pu savoir quel est son métier ?

— Oui. Elle est avocate.

— Ah, très bien, d'accord.

— Marguerite, pourquoi vendez-vous votre appartement ? »

Un silence s'installe. Marguerite prend une courte inspiration avant de répondre :

« Parce que je ne veux pas mourir seule. »

45

Camille & Marguerite

Au cours de ces quelques secondes qui la soulèvent du sol jusqu'au sixième étage, Camille se demande ce qu'elle fait là. Elle avait eu envie de revoir cet appartement mais à présent, il lui semble que cette envie n'avait pas besoin d'être réalisée. Parfois, les choses disparaissent lorsqu'elles se mettent à exister.

Marguerite lui ouvre la porte et Camille a l'impression d'être accueillie comme une invitée. Elle remarque le thé fumant posé sur la table basse au milieu du salon, et quelques gâteaux secs sur une jolie assiette en porcelaine.

« Vous avez un très bel appartement. »

Marguerite la remercie et lui propose de retirer son manteau pour se sentir plus à son aise, ce qu'elle fait en silence. Camille éprouve la même sensation que celle ressentie lors de sa première visite et elle aimerait comprendre pourquoi. Elle regarde autour d'elle, les murs, les tableaux, les cadres et leurs photos ; le piano bien sûr, à la fois discret et imposant. Elle a du mal à donner un âge ou même un thème à la décoration. Les murs blancs du salon font ressortir la cheminée en marbre noir sur laquelle est posé un grand miroir à dorure. Un vase cristallin dans lequel trône une unique rose, presque beige, s'y reflète à l'intérieur. Un peu plus loin, un bouquet de fleurs séchées attire son regard. Des plumeaux, du lagurus, de l'acrolinium. Camille n'arrive pas à savoir si elle trouve cela très chic ou complètement dépassé. Près du canapé aux angles droits et en velours bleu pétrole se trouve un fauteuil en rotin sur lequel sont posés deux coussins dont la housse pourrait avoir été taillée dans de vieux rideaux. Il y a des objets un peu partout qui ralentissent la progression du regard dans la pièce. Un cadran d'horloge sur le buste d'un éléphant, trois grandes matriochkas colorées sur une étagère, un chapeau d'homme sur un tas de livres, une vieille quille de bowling à même le sol. Camille remarque un tapis sous la table ronde au milieu de la pièce. Elle repense à la trappe en bois qu'elle avait vue chez la voisine de son grand-père et se dit qu'il ne peut pas y avoir de cave secrète dans un appartement situé au sixième étage. Un léger sourire étire ses lèvres.

Marguerite la regarde dans chacun de ses mouvements. Elle se demande ce que cache cette fille. Pourquoi elle prétend être avocate alors qu'elle est fleuriste ? A-t-elle vraiment l'intention d'acheter un appartement ? Et si tel est le cas, peut-elle vraiment s'en offrir un comme le sien, toute seule ? Dès les premières secondes de leur rencontre, Marguerite avait ressenti une forme de dissonance chez Camille. Un corps qui parle une autre langue, des yeux qui semblent exprimer une contradiction.

Pourtant, elle n'a aucun doute. Cette jeune femme dégage beaucoup de sincérité. Alors pourquoi ?

Dans son parcours, le regard de Camille est allé se perdre dans un espace qu'elle avait déjà longuement observé : les cadres sur le piano.

« Vous aimez les vieilles photos ? demande Marguerite pour rompre le silence.

— Oui... Mais elles me rendent très mélancolique. Surtout les photos où les gens sourient. C'est un souvenir protégé de tous les drames qui vont se produire. »

Marguerite ne dit rien. Elle se saisit de la théière et sert deux tasses d'un geste fluide. Un geste qui ne laisse pas deviner qu'à ces mots son cœur s'est serré au creux de sa poitrine. Elle avance doucement la sous-tasse vers Camille puis s'assoit sur le bord du canapé.

« Vous êtes une jeune fille étonnante. »

Camille redresse la tête et croise le regard de Marguerite mais, au même moment, la sonnette retentit. Marguerite fronce les sourcils. Elle n'attend personne. Délicatement, elle pose sa tasse sur la table et se lève pour rejoindre l'entrée. Avec la même lenteur, elle porte le combiné à son oreille.

« Oui ? Ah ! Bien sûr, bien sûr. Je vous ouvre. »

Camille prend une gorgée de thé. Elle n'ose pas tourner la tête vers la porte de peur de paraître curieuse. Alors elle attend de profil, prisonnière d'un angle particulier, comme si un peintre l'avait figée dans cette position pour l'éternité. Elle entend les portes de l'ascenseur s'ouvrir, les pas sur le seuil et elle aurait pu rester dans les limites de son cadre encore longtemps si elle n'avait pas entendu cette voix. Quand elle se décide enfin à tourner la tête, Thomas est là, bloqué dans l'encadrement de la porte, et elle se dit que lui aussi ressemble à un tableau.

Il ne sait pas pourquoi il est là. Une minute plus tôt, il était assis devant son écran d'ordinateur en train de faire tourner un stylo entre ses doigts, la minute d'après, il sonnait à l'interphone de Marguerite. Il a remarqué qu'elle n'avait pas retiré le nom de son mari du petit rectangle de papier couleur crème qui affiche toujours « M. Richard Dumas » et, durant toute la montée de l'ascenseur, il s'est focalisé sur ce détail pour ne penser à rien d'autre.

Depuis cette soirée passée ensemble, il n'arrête pas de songer à Camille. À ce moment où il avait passé ses doigts le long de sa joue, dans un geste prudent, comme lorsqu'on touche une chose précieuse. Il avait effleuré sa chaleur et avait hésité à l'embrasser, mais elle avait cligné des yeux comme pour estomper un moment de gêne et il n'avait plus osé le faire. À la place, il lui avait dit que Marguerite l'attendrait chez elle pour quinze heures, disons jeudi, sans réellement savoir si elle serait d'accord. Il avait eu besoin de lui donner un rendez-vous, même si ce n'était pas avec lui.

Depuis le début de l'après-midi, il a été incapable de travailler. Mille fois il a fait et refait ce geste dans sa tête, ce doigt sur sa joue, en se demandant s'il avait créé en elle le même trouble qu'il avait ressenti en lui. Si ce matin, en se réveillant, elle avait éprouvé le même manque, celui du souvenir de ce qui aurait pu exister.

À présent, il se trouve devant elle. Il entend ses propres pensées bredouiller dans sa tête, il a peur que le murmure franchisse son crâne et qu'elle devine ce trouble. Il ne sait pas quoi dire, il ne sait pas ce qu'il fait là, alors pour venir à bout de ce silence, il dit la première chose qui lui passe par la tête.

« Marguerite, j'aurais besoin de votre carte d'identité. »

Elle lève un sourcil et affiche un air dubitatif. Thomas s'empresse d'ajouter une précision pour paraître plus crédible.

« Pour... votre dossier. Je vais faire une photocopie. Je vous la rapporterai. »

Elle part chercher son sac en trottinant et quand elle revient, elle voit la manière dont Camille regarde Thomas et celle avec laquelle Thomas regarde Camille. Comment ils se regardent ou plutôt combien ils se regardent, car tout à coup cela lui semble beaucoup. Elle fait semblant de chercher dans son sac quelques secondes supplémentaires pour ne pas rompre ce moment, mais elle se sent vite ridicule alors elle fait volontairement tomber son porte-monnaie. Dans un mouvement unique, Camille et Thomas tournent la tête vers elle et Marguerite a l'impression d'assister à un atterrissage.

*

Au moment où elle le raccompagne à la porte, Marguerite glisse discrètement à Thomas :

« Je croyais que ce n'était pas officiellement une contre-visite. »

Thomas recule d'un pas pour mieux observer Marguerite. Il remarque que sa bouche a la même forme que d'habitude, mais que son sourire se trouve ailleurs, quelque part au coin de ses yeux. Il prend la carte d'identité qu'elle lui tend et disparaît sans oser regarder Camille.

46
Thomas

Thomas est retourné à l'agence et a fait une photocopie de la carte d'identité de Marguerite. Quand il observe le rai de lumière filer sous la vitre de la machine, il se demande pourquoi il exécute cette tâche inutile. Peut-être parce qu'il avait dit que c'était ce qu'il ferait et que dans tout ce brouillard de choses qu'il n'arrivait plus à faire, il se rattachait aux détails. C'était déjà ce qu'il faisait quand il était petit. Se rattacher aux détails. Quand il changeait de maison, il repérait tout de suite où se trouvait la boulangerie, l'arrêt de bus, le terrain de foot. Il marchait dans le quartier en laissant ses parents se débrouiller avec les cartons. Après tout, ce n'était pas à lui de les déballer, il n'avait jamais demandé à déménager.

Thomas se met à naviguer sur des sites internet de vente d'appartements entre particuliers dans l'idée de démarcher des propriétaires qui ont déposé une annonce de leur bien. Il les appelle pour leur proposer les services d'une agence immobilière en échange d'un pourcentage sur leur prix de vente. Il n'aime pas faire ce genre de chose. Il sait que souvent, de manière insidieuse, il utilise des arguments anxiogènes comme levier de persuasion.

« Vous savez, nous nous assurerons que l'acquéreur est solvable. »

« Nous sommes une garantie face à tous les problèmes qui peuvent survenir au cours d'une vente. »

« Nous gérons une grande partie de la paperasse. Il est si facile de se perdre dans l'administratif ! »

Il a l'impression de toquer chez des gens et de mettre son pied dans l'entrebâillement de la porte pour les convaincre d'acheter quelque chose qu'ils n'ont pas demandé. Un abus de faiblesse en quelque sorte.

Alors qu'il est en train de mettre à jour son dossier de prospection, il jette un coup d'œil à la photocopie de la carte d'identité de Marguerite qui est venue rejoindre le tas de papiers devant lui. Tiens, son troisième prénom est un nom d'homme, remarque-t-il. Marguerite, Nourit, Jacob. Au même moment, son téléphone sonne et il voit le mot « Maman » s'afficher sur l'écran.

« Allô ? »

Ce sont ses sanglots qu'il entend en premier. Les sanglots et puis son souffle court, qu'elle reprend rapidement comme si elle venait de sortir d'une longue apnée. Thomas se fige. Sa mère n'a toujours pas prononcé la moindre phrase, mais il sait que quelque chose de grave est arrivé. Si les mots blessent, alors les silences tuent et à chaque seconde qui ne lui en apprend pas davantage, Thomas se sent mourir d'inquiétude. Il la questionne brutalement.

« Maman, qu'est-ce qu'il se passe ? Dis quelque chose !

— Mon chéri, c'est terrible. Ton père… il a eu un accident de voiture. Il est à l'hôpital. »

47

Marguerite & Camille

« J'avais neuf ans quand je suis arrivée dans cet appartement. »

Marguerite a mis fin au silence.

« Quand je dis que je suis née ici, c'est une façon de parler. »

Camille hoche la tête. Elle se souvient que Thomas lui avait dit que Marguerite avait quatre-vingt-six ans. Elle fait un calcul rapide dans sa tête. Elle aime bien remettre les gens dans leur époque, essayer d'imaginer les chansons qui passaient à la radio, les actrices qui faisaient la une des journaux ou encore la personne qui gouvernait le pays. 1942.

« Ah oui, pendant la guerre. »

Marguerite semble surprise, mais elle acquiesce sans un mot et prend une nouvelle gorgée de thé.

« Je suis contente que vous soyez là. J'avais une amie, mais elle est décédée il y a un mois.

— Oh, je suis désolée. »

Marguerite hausse les épaules.

« Vous habitez dans le quartier ?

— Oui, pas très loin à vrai dire. Je passe devant chez vous pratiquement tous les jours pour aller travailler. »

Camille arrête sa phrase comme si elle venait de dire quelque chose d'interdit. Marguerite lève les yeux de sa tasse, mais se contente de souffler sur son thé en faisant mine de n'avoir rien remarqué.

« Peut-être nous sommes-nous déjà croisées alors.

— Peut-être. »

Camille ne se sent plus très à l'aise à présent. Elle a envie de s'en aller, mais elle ne sait pas vraiment comment s'y prendre. Elle s'apprête à dire quelque chose, mais au même moment Marguerite se lève et se dirige vers une petite commode dans un angle de la pièce. Elle revient quelques secondes plus tard avec une boîte qu'elle pose sur ses genoux.

« Vous voyez, toute ma vie tient dans cette petite boîte en métal », dit-elle en effleurant doucement le couvercle du bout des doigts.

Camille se redresse dans le canapé et avance légèrement son cou pour voir d'un peu plus près à quoi peut ressembler une boîte qui contient toute une vie. Elle remarque qu'à plusieurs endroits elle est cabossée et recouverte de rouille, mais elle parvient tout de même à déchiffrer les inscriptions qui se trouvent sur le couvercle : *Bonbons au miel*. Elle observe Marguerite de longues secondes avant que celle-ci ne se décide à parler.

« Je suis née en 1933. Jusqu'à ce que la guerre éclate, j'ai eu une enfance heureuse. Courte, mais heureuse. »

48

Marguerite

Marguerite est née l'année où Hitler a pris le pouvoir. Mais à l'époque, elle n'en avait pas la moindre idée. Enfant, elle aimait l'école et les livres et elle attendait avec impatience l'apprentissage de l'écriture. Pour son sixième anniversaire, elle avait reçu un cahier coloré dans lequel elle écrivait les lettres de l'alphabet les unes après les autres avec l'espoir de parvenir à constituer un mot. Elle serrait bien les lettres entre elles pour ne pas user trop son carnet et elle recommençait, inlassablement. Quand elle se sentait satisfaite, elle tendait le carnet à sa mère et lui demandait « Et là, maman, j'ai écrit quelque chose ? » Sa mère secouait la tête en souriant. « Non, ma chérie, mais bientôt tu apprendras. » Apprendre. Marguerite trouvait ce mot magique. Elle avait l'impression qu'apprendre, c'était mélanger les lettres pour les mettre dans le bon ordre.

Sa mère appelait son père « mon ciel breton » parce que son humeur pouvait changer d'une minute à l'autre. Elle s'en amusait, elle le trouvait touchant, cet homme qui s'assombrissait pour des raisons obscures et dont le regard se cachait derrière d'épais sourcils bruns. Sa femme, assurément, était son soleil. Quand Marguerite s'inquiétait des silences de son père, sa mère la prenait dans ses bras et lui murmurait que le soleil tout seul ne pouvait pas faire d'arc-en-ciel.

Marguerite se demande parfois ce qu'ils seraient devenus s'ils avaient eu la possibilité de vieillir, s'ils avaient atteint l'âge qu'elle a aujourd'hui.

Marguerite se souvient des pas de danse de sa mère quand le voisin d'en face se mettait à jouer du piano fenêtres ouvertes, du bruit de la rue qui s'élevait pour traverser les vitres de l'appartement, des autres enfants qui jouaient et du bruit de leur joie qu'aucun mur ne pouvait arrêter. Et puis la guerre est arrivée et Marguerite se souvient des silences. De sa respiration qu'elle retenait à chaque bombardement, des interdictions de parler, du couvre-feu et de sa peur permanente d'être séparée de ses parents.

Quand la guerre fut terminée, Marguerite ne voulut plus en parler. Elle voulait que cette période de sa vie disparaisse, qu'elle s'efface à tout jamais de sa mémoire. Pour cela, elle se mit à lire beaucoup de livres. Elle avait le sentiment de ne réussir à s'évader qu'à travers ces histoires, de ne se sentir bien qu'au fil d'autres vies que la sienne. Quand elle ne lisait pas, Marguerite allait à l'école et faisait en sorte d'être la meilleure élève de sa classe car sa mère lui avait toujours dit que c'était important. Et elle ne voulait pas décevoir sa mère.

Mais la guerre avait redistribué les cartes et être la meilleure élève semblait bien dérisoire face aux drames du monde.

À dix-huit ans, Marguerite trouva du travail dans une imprimerie et débuta en tant qu'opératrice de ligne. Son travail consistait à ce que l'impression de livres, de brochures ou d'affiches se déroule correctement. Elle aimait voir sous ses yeux défiler cette matérialisation d'idées et de culture. Ces centaines de feuilles qui passaient chaque jour devant elle, elle aurait préféré les lire ou même les écrire, mais elle se contenta de ce poste. En tant que femme, à cette époque, il était difficile d'espérer beaucoup mieux de toute façon.

Un jour, un jeune homme d'une vingtaine d'années était venu à l'imprimerie vérifier le bon à tirer d'une affiche publicitaire. Leurs regards s'étaient croisés de longues secondes et bien qu'elle le trouvât bel homme, elle préféra le chasser rapidement de ses pensées. Elle était la seule femme de l'imprimerie et ce n'était pas la première fois qu'un regard masculin s'attardait sur elle une seconde supplémentaire. Un mois plus tard, cependant, il revint. Et puis le mois suivant et celui d'après encore. Au cinquième mois, il s'approcha de Marguerite, lui tendit une feuille de papier et disparut. Quand elle lut l'affiche qu'elle tenait entre les mains, elle crut d'abord à une blague. Il s'agissait d'une publicité pour des pastilles au miel, « ce bonbon délicieux qui guérit de tous les maux ». Elle était sur le point de la jeter à la poubelle, convaincue qu'il s'était moqué d'elle, quand elle remarqua qu'en bas de la page figurait l'adresse d'une pharmacie. Elle rangea la feuille dans sa chaussure et reprit le travail.

Le soir en rentrant chez elle, Marguerite fit un détour et passa tête baissée sur le trottoir en face de cette immense pharmacie. Le lendemain, elle s'efforça de marcher plus lentement, mais ne put se résoudre à traverser la rue. Au bout d'une semaine et au prix de mille efforts, elle se décida enfin à y entrer. Un homme d'une cinquantaine d'années se trouvait derrière le comptoir. Quand il remarqua sa présence, il leva la tête et lui demanda ce qu'elle désirait. Marguerite regrettait de s'être mise dans une situation aussi désagréable, elle se sentait ridicule. Ne sachant pas quoi dire, elle demanda des pastilles au miel. À ces mots, un jeune homme sortit brusquement de l'arrière-boutique et dit qu'il allait s'occuper de cette cliente. L'homme devant elle parut surpris, mais finit par obtempérer.

Quand il lui tendit les pastilles, Richard lui glissa que la semaine prochaine le Synthol serait à moitié prix…

Marguerite se rendait à la pharmacie toutes les semaines pour voir Richard le temps d'un symptôme pour lequel elle repartait une fois sur deux avec des pastilles au miel. Petit à petit, Richard et elle commencèrent à se voir en dehors de ces courts créneaux mielleux. Ils allaient au cinéma voir des films américains, à des bals ou s'asseyaient simplement sur un banc public. Marguerite se sentait à nouveau heureuse et il lui semblait que c'était la première fois depuis la fin de la guerre. C'était comme une nouvelle vie qui commençait.

Et puis un drame eut lieu quelques mois avant leur mariage et Marguerite n'eut pas à déménager ses affaires. C'est Richard qui vint à elle muni de valises remplies de bonbons au miel.

49

Camille & Marguerite

À présent, Camille n'a plus envie de partir. Elle écoute cette femme lui raconter comment elle a passé sa vie à combattre ses problèmes avec des bonbons au miel et elle pourrait rester là des heures si elle n'avait pas à retourner à la boutique. C'est plus fort qu'elle, se plonger dans la vie des autres a toujours été son activité préférée. Toutes les vies plutôt que la sienne.

« Dans cette boîte, il ne reste qu'un seul bonbon. Et cela doit faire plus de cinquante ans qu'il est là. D'abord entouré des autres et puis de plus en plus seul. Et je n'arrive pas à savoir si je dois manger ou non ce bonbon. »

Camille ne dit rien, elle attend la suite.

« Vous savez, la production a été arrêtée en 1979. L'usine a fermé et les bonbons ont disparu. C'est terrible, n'est-ce pas ? De ne pas maîtriser l'existence ou non du bonbon qui, tout au long de votre vie, a soigné tous vos maux. Chaque jour depuis des années, je me dis qu'il faudrait que je le mange. Qu'il aurait encore la saveur de mes souvenirs. Mais chaque fois je me dis que le manger, c'est le perdre pour toujours. Vous pensez que c'est quoi, le plus important ? »

Camille n'est pas sûre de comprendre la question de Marguerite.

« Le plus important… ?

— Oui, le plus important d'après vous, c'est ce que l'on voit ou bien ce que l'on ressent ? »

50

Thomas

Thomas a pris le premier train pour Chartres.

En quittant son bureau, il avait hésité quelques secondes, hagard, sur le trottoir. Il ne savait plus à quelle gare il devait se rendre. Pas parce qu'il avait oublié dans quelle direction partent les trains, mais simplement parce qu'il ne se souvenait plus à quel endroit vivaient ses parents. Au milieu de son inquiétude, cette seconde d'égarement l'avait agacé. Comment était-il possible de perdre ses proches à ce point ? Il avait finalement pris la ligne cinq jusqu'à Austerlitz puis, après un rapide coup d'œil au tableau d'affichage, il avait couru jusqu'à la voie numéro trois où le train était déjà à quai. Le chef de gare avait sifflé, Thomas avait allongé sa foulée et sauté dans la voiture la plus proche.

En arrivant à l'hôpital, devant la porte de la chambre de son père, il trouve sa mère assise à même le sol, les genoux repliés contre sa poitrine. Elle a les traits tirés, les yeux rougis et de larges cercles noirs presque violacés entourent ses yeux. L'accident a eu lieu la veille, mais Thomas se demande depuis quand elle n'a pas dormi.

Il l'embrasse sur le front et se laisse glisser le long du mur pour s'asseoir à ses côtés. Elle ne semble remarquer sa présence qu'au moment où il pose sa main sur l'un de ses genoux. Elle lève alors les yeux vers lui et, tout à coup, il ne sait plus très bien s'il la trouve très vieille ou bien très jeune.

« Les infirmières sont à l'intérieur en train de lui faire des soins. Elles ne devraient plus en avoir pour longtemps. »

Il prend sa main froide au creux de la sienne et la serre fort pour la réchauffer.

« Qu'est-ce qu'il s'est passé, maman ?

— Il a perdu le contrôle. »

Thomas attend la suite de la phrase qui ne vient pas. Il se demande si sa mère a volontairement choisi ces mots-là. Si elle se rend compte que pour être complète, sa phrase devrait continuer encore sur quelques mots. Perdre le contrôle. De son véhicule.

À moins que non.

« Il rentrait d'un rendez-vous. Avec la banque, je crois, pour régler les derniers points de la transaction de l'huîtrière. Et… le virage, tu sais, celui juste après le croisement qui mène à la maison… Il est allé tout droit. Il allait trop vite et sa voiture est rentrée de plein fouet dans la maison d'en face. Par chance, c'est une vieille maison abandonnée dans laquelle plus personne ne vit ! Tu imagines ? Mon Dieu… Non, il vaut mieux pas. »

Au même moment, la porte de la chambre s'ouvre et une infirmière apparaît.

« C'est bon, vous pouvez y aller. Un médecin ne va pas tarder à passer vous voir. »

Sur un lit situé au fond de la pièce, Thomas voit son père tourner la tête dans leur direction. À la seconde où Thomas croise son regard, il sait que le mauvais pressentiment qu'il avait eu en écoutant le récit de sa mère n'en était pas vraiment un.

« Ah, tu es là. »

Il essaie de se redresser, mais une grimace lui fend le visage et il s'immobilise immédiatement, aussi impuissant qu'un coquillage.

« Tu n'aurais pas dû te déplacer… ce n'est pas grand-chose, tu sais.

— Pas grand-chose ! s'exclame sa mère. Fracture de la colonne vertébrale ! Les docteurs ont dit qu'à un centimètre près, c'était la moelle épinière qui était touchée. Et la moelle épinière, je te rappelle que c'est la paralysie ! Tu as eu beaucoup de chance ! »

Il baisse les yeux.

« Tu pourrais aller me chercher des bonbons à la menthe, ma chérie ? J'ai la gorge sèche, j'ai l'impression d'avoir avalé une taupe. »

Elle lève un sourcil et pousse un court soupir. En temps normal, elle n'y serait pas allée. Elle lui aurait dit qu'il avait deux jambes, comme tout le monde, deux jambes qui l'amènent bien assez efficacement chez Claude boire des coups pour que, là, elles refusent de l'accompagner jusqu'au distributeur de pastilles à la menthe. Mais le temps normal lui semble bien loin tout à coup. C'était hier encore, mais il avait suffi d'une seconde pour que ce ne soit plus jamais. Elle a envie de pleurer, alors pour éviter de craquer devant son fils, elle tourne les talons et quitte la chambre. Thomas attend que la porte soit bien refermée derrière elle pour s'avancer au centre de la pièce.

« Maman a raison, tu aurais pu être paralysé.

— J'aurais pu, oui... Le conditionnel passé, ça a toujours été le temps que je maîtrise le mieux. J'aurais pu, mais je n'ai jamais.

— Cette fois, c'est pas plus mal, non ? »

Thomas n'ose pas regarder son père dans les yeux. S'agit-il vraiment d'un accident ? Il n'a pas envie de savoir la vérité. Un long silence s'installe pendant lequel son père tourne la tête vers la fenêtre. Thomas hésite à s'approcher de son lit, à lui prendre la main, à lui dire ces mots que l'on ne dit que lorsqu'on est au bord d'une falaise. Mais derrière lui la porte vient de s'ouvrir. Sa mère est déjà de retour, les bras chargés de bonbons en tout genre. Elle semble avoir acheté tout ce qui, de près ou de loin, pouvait ressembler à des pastilles ou à de la menthe. Quand Thomas fait un pas vers elle pour la décharger de toutes ces boîtes, il entend cette phrase que son père vient de murmurer dans un souffle, en direction de la fenêtre.

« J'ai failli mourir. J'ai failli. Encore. »

*

Thomas s'est souvent demandé si ses parents s'aimaient encore. Il les avait toujours vus se disputer, se chercher, se provoquer. Même leur tendresse connaissait les signes de l'usure. Un dos qui se cambre quand une main l'effleure, une tête qui ne se tourne pas quand des lèvres s'en approchent... Mais à cet instant précis, c'est comme si tous les mauvais souvenirs n'avaient jamais existé. Sa mère regarde son père avec un regard tendre et, dans chacun de ses rires, il y a des pleurs. Elle rit et elle pleure en même temps, car elle sait qu'à cet instant, ce qui est et ce qui aurait pu être sont si proches qu'ils pourraient se mélanger.

Elle a sa main posée sur l'avant-bras de son mari et quand elle se tourne pour chercher quelque chose, attraper son sac, prendre la télécommande, remettre le drap correctement sous le matelas, elle change de main sans perdre le contact avec l'épiderme de cet homme. Elle a besoin de sentir ce corps chaud et ce pouls qui bat régulièrement au creux de son poignet.

Ses parents s'aiment-ils ? En observant sa mère, Thomas n'a plus le moindre doute. Car il faut beaucoup aimer pour être aussi aveugle.

51
Camille

En face de chez elle, il y a un immeuble avec une plaque dorée sur laquelle le soleil se reflète de temps en temps quand il fait beau. Camille passe devant pratiquement tous les jours, mais elle n'a jamais lu ce qui est écrit dessus. Elle suppose qu'il s'agit d'un cabinet médical.

Ce matin pourtant, elle ne saurait pas dire pourquoi, son regard s'est attardé sur cette plaque et a déchiffré son inscription. Elle se rend alors compte qu'il n'est absolument pas question d'un cabinet médical, mais d'un atelier de théâtre qui n'a lieu que tous les premiers jeudis du mois, de vingt-deux heures à minuit. Elle relit plusieurs fois la plaque et tente de jeter un œil à travers la fenêtre, mais une vitre sans tain l'empêche de voir. Elle trouve étrange qu'une plaque dorée puisse servir de support à un cours de théâtre qui ne dure pas plus de deux heures, une fois par mois. Elle se dit aussi que rien ne l'empêche d'avoir, elle aussi, une plaque dorée en bas de son immeuble, pour indiquer simplement qu'elle vit là. Elle remarque que la plupart du temps, ces plaques sont réservées soit aux médecins, soit aux avocats et elle trouve cette coïncidence ironique. Le métier auquel elle était destinée et celui qu'elle avait tenté d'exercer étaient tous deux des métiers à plaques. Il fallait un peu de fierté, tout de même, pour graver sa profession dans le métal et l'exposer aux yeux de tous. Pourquoi tous les métiers n'ont-ils pas leur propre plaque dorée ?

Camille continue sa route. Lorsqu'elle passe devant l'agence immobilière de Thomas, elle sent ses pas ralentir légèrement. Elle n'a pas eu de ses nouvelles depuis sa courte apparition dans l'entrée de l'appartement de Marguerite et cette pensée lui procure une sorte de lourdeur à gauche, au niveau du cœur.

Elle s'arrête et se met face à la vitrine pour observer les différentes annonces qui s'y trouvent. Elle n'en lit qu'une seule avant de laisser glisser son regard par-delà les affiches, à la recherche de la silhouette de Thomas. Elle reste ainsi quelques minutes, puis ses yeux changent à nouveau de plan pour revenir à la surface de la vitre. C'est là, dans ce reflet flou, qu'elle s'aperçoit qu'une ombre se trouve à ses côtés. Elle se fige.

« Toujours à la recherche de l'appartement magique ? »

Était-il là depuis assez longtemps pour avoir remarqué qu'elle n'était pas vraiment en train de regarder une annonce ? Quand elle se tourne pour lui faire face, elle se demande si elle possède suffisamment de sang dans son corps pour rougir toutes les extrémités de sa gêne.

« Oui, toujours.

— C'était bien, avec Marguerite ? Vous n'avez pas profité de mon absence pour finaliser la transaction, j'espère... ! dit-il en riant.

— Tu fais quelque chose demain soir ? »

Camille est la première surprise par ce qu'elle vient de prononcer. Sa phrase est sortie comme une urgence et elle se dit que son visage doit afficher à peu près le même air qu'un participant de *Questions pour un champion* qui aurait buzzé trop vite.

« Je dîne chez des amis... mais ça me ferait plaisir que tu m'accompagnes.

— Oh non, c'est gênant !

— Pas du tout ! Demain vingt heures, je passe te chercher à ton travail.

— Je préfère te retrouver à leur adresse si ça ne te dérange pas.

— Alors vingt heures, au croisement de la rue Tesson. À demain ! »

52
Marguerite

Peut-on passer une vie sans avoir dit la vérité ? Cette pensée traverse Marguerite lorsqu'elle passe devant la boutique de fleurs dans laquelle elle a acheté un bouquet de lys trois semaines plus tôt. Elle a enroulé un foulard autour de ses cheveux et mis une paire de lunettes de soleil sur son nez. Par chance, il pleut et personne ne lève les yeux de ses chaussures. Elle n'a donc pas l'air trop ridicule. Elle ne sait pas vraiment pourquoi elle est là, mais elle a eu envie de vérifier. Peut-être que Camille a une sœur. Ou un sosie. Ou tout simplement que c'est elle qui s'est mélangé les idées. Après tout cela lui arrive de temps en temps. Elle retrouve parfois dans son réfrigérateur, des objets qui n'ont rien à faire là.

Marguerite s'est mise à quelques mètres de la boutique et elle attend patiemment l'ouverture. Elle a acheté un magazine qu'elle tient fermement dans sa main droite et qu'elle pourra ouvrir à tout moment, si quelqu'un s'approche un peu trop près. Elle a pensé à tout comme si elle avait fait ça toute sa vie. Et c'est peut-être vrai finalement.

À neuf heures cinquante-cinq, elle aperçoit une jeune femme arriver, s'approcher du rideau métallique et s'agenouiller pour insérer une clé dans un boîtier. Marguerite ne bouge pas. Elle n'a plus une très bonne vue, mais cela ne fait aucun doute, il s'agit bien de Camille. Elle reconnaît la manière délicate avec laquelle elle exécute chacun de ses mouvements, ses épaules droites et ses cheveux châtains légèrement ondulés.

Marguerite reste de longues minutes sans bouger après que Camille a passé la porte de la boutique. Elle ne peut s'empêcher d'imaginer que tout cela n'est pas dû au hasard, que lorsqu'on croise plusieurs fois le chemin d'une personne, il y a forcément une raison. Elle oublie que tous ces questionnements et cet intérêt soudain pour une inconnue ne sont dus qu'à l'énergie de l'ennui. Une forme de désespoir qui pourrait tout aussi bien la pousser à collectionner les boules à neige ou les boîtes d'allumettes.

Marguerite pousse la porte d'un café et s'installe pour boire une tasse de thé. Sur le ticket de l'addition, elle écrit en majuscules le mot « POURQUOI » et commence à réfléchir aux raisons qui peuvent pousser Camille à prétendre qu'elle est avocate alors qu'il est désormais certain qu'elle est fleuriste. Pour elle, mentir relève forcément d'une question vitale.

53
Camille

Le premier atelier de création d'un terrarium a lieu dans quelques jours. Camille a feuilleté plusieurs livres sur le sujet afin d'en maîtriser les techniques, mais elle a fini par tous les refermer en se disant qu'elle ferait confiance à son instinct. Elle a toujours eu la main verte. Cela peut paraître évident pour une fleuriste, mais il ne s'agit pas d'une simple prédisposition. Camille a toujours eu la sensation de *comprendre* les plantes. Aussi fou que cela puisse paraître, elle sait quand une plante ne se sent pas bien. Cela peut venir de son emplacement dans la boutique, de sa proximité avec une autre fleur ou bien d'un pot qui ne convient pas. Les gens pensent souvent qu'ils n'ont pas de chance avec les plantes ou bien qu'elles sont trop fragiles, mais c'est rarement le cas. Si les plantes meurent, c'est parce que personne ne prend en compte ce qu'elles sont vraiment et ce qu'elles ont à dire.

Camille, elle, a toujours eu cette sensibilité. Chez son grand-père déjà, elle adorait s'occuper du potager. Une année au mois d'avril, elle avait planté des pieds de tomates dans la partie la plus ensoleillée du jardin et, quand elle était revenue en juillet, elle avait ressenti une joie intense à croquer dans le fruit de sa plantation. L'idée de pouvoir se nourrir toute seule lui avait procuré un sentiment de liberté infini. Elle s'était alors mise à planter toutes sortes de choses, appliquant scrupuleusement le principe de rotation des cultures et cela l'avait toujours menée à des récoltes généreuses. Elle éprouvait une certaine fierté à se dire que ce qu'elle faisait, aucun livre ne pouvait l'enseigner.

Tout en se remémorant ces souvenirs, Camille vérifie sur l'ordinateur le nombre de participants à son cours de botanique. Elle se souvient de quelques inscriptions dont celle d'Adélaïde qui avait littéralement sauté de joie à l'idée qu'un tel atelier soit organisé dans l'une de ses boutiques. Le soir, elle l'avait appelée avec cette même énergie qui semblait déborder du téléphone pour se déverser dans son oreille.

« Camille, sais-tu ce qu'il faut faire pour obtenir un César ?

— Un César ? Heu… non.

— Il y a trois façons. Soit l'acteur vit une transformation hors du commun. Par exemple, il apprend une langue, il prend trente kilos ou il simule un handicap terrible. Soit le film sert une noble cause. Il peut défendre une population opprimée, il met en lumière une grande injustice ou il aborde un thème sensible. Enfin, dernier point, il faut révolutionner le format. Une manière de filmer, des conditions de tournage ou une mise en scène particulières. Tu comprends ?

— Oui, très bien, mais concernant la boutique, je ne suis pas sûre de voir ce que nous devons faire…

— Les trois ! Mais toi, Camille, tu es déjà en train de faire le dernier point. Tu révolutionnes le format ! Tu fais de cette boutique un lieu de vie ! »

Camille s'était mise à réfléchir.

« Nous pourrions installer une table en terrasse, et servir des boissons à base de plantes.

— …

— Par exemple du bissap. C'est le jus de l'hibiscus. On pourrait même le faire nous-mêmes… Je peux apprendre.

— …

— Adélaïde ? T'es toujours là ?

— Mais c'est GÉNIAL, ça, comme idée ! Camille ! Le César, je te dis ! Toi et moi, on va faire de grandes choses ! »

Camille continue de faire défiler les noms des participants sur l'écran de son ordinateur et n'en revient pas de voir tant de monde inscrit. Elle est sur le point de lire un à un chaque nom de la liste pour voir si elle reconnaît certains clients, mais une femme pousse la porte de la boutique.

54
Marguerite

Au bout d'une heure, Marguerite n'a pratiquement rien écrit sur son ticket de caisse. En silence, elle fixe le fond de son thé froid dans la tasse qui se trouve devant elle. Pendant la guerre, évidemment, comme tout le monde, Marguerite avait menti. Et puis après la guerre aussi. Les gens n'avaient pas cessé du jour au lendemain. Il y avait ce qu'ils avaient fait ou ce qu'ils n'avaient pas fait et c'était parfois bien pire. Mais avec le temps, les mensonges de Marguerite avaient pris des allures d'omissions. Ne pas mentionner des détails de sa vie si personne ne pose de questions, ce n'est pas tout à fait la même chose. Elle a un regret tout de même. Quelque chose à laquelle elle pense chaque jour en se levant depuis vingt-huit mille matins et qu'elle n'a jamais dite à personne. Pas même à Richard, son mari. Depuis six ans qu'elle est veuve, elle s'est mise à y penser deux fois plus. Le matin en se levant et le soir en se couchant. Plus de quatre mille fois. Quatre mille regrets qui l'accompagnent partout où elle va. Pourquoi ne lui a-t-elle rien dit ?

Parfois, quand elle voit les choses en noir, elle se dit qu'ils ne se sont pas vraiment connus. Soixante ans d'amour avec une personne qui n'est pas exactement celle que l'on croit, il lui arrivait de se sentir terriblement coupable. Lui en voulait-il, de là où il était ? Maintenant qu'il avait rejoint ceux qui connaissent la vérité.

Marguerite prend l'addition et en fait une petite boule de papier qu'elle noie dans son reste de thé. Peu importent les raisons qui poussent Camille à cacher la vérité, elle prévoit de lui dire qu'elle ne peut pas continuer de cette manière. Elle va le lui dire parce qu'elle, Marguerite Dumas, sait de quoi elle parle. Elle qui ment à tout le monde, et sans doute aussi à elle-même, depuis qu'elle a neuf ans.

55
Camille

Camille se demande quel est l'équivalent de ses bonbons au miel dans sa vie. Quelque chose dont la disparition la rendrait affreusement triste.

Elle n'en a pas la moindre idée.

Camille a l'impression que dans le monde dans lequel elle vit, plus rien ne disparaît vraiment. Il suffit d'aller sur Internet, d'effectuer quelques recherches et il est toujours possible de trouver ce que l'on veut.

Tout à coup, une idée lui vient.

En 1979, Charles Villard avait quarante-cinq ans… Les chances pour qu'il soit encore en vie sont minces, mais Camille est optimiste. Elle tape le nom et le prénom de cet homme sur le site des Pages blanches et finit par trouver quatre numéros de téléphone en Île-de-France. Elle se dit qu'elle va commencer par ceux-là. Le premier est bien trop jeune, elle l'entend aussitôt à sa voix. Le deuxième est garagiste en Seine-et-Marne, le troisième est chef de chantier et n'a que cinquante-six ans. Quand elle appelle le dernier, elle n'y croit plus vraiment. Au bout de trois sonneries, une voix de femme répond. Quand Camille lui explique qu'elle cherche à joindre Charles Villard, elle lui apprend qu'il est décédé six mois plus tôt.

« Mais il était bien directeur de l'usine dont vous parlez.

— Il ne vous reste pas quelques bonbons par hasard ?

— Oh non ! Ces bonbons me sortaient par les yeux ! Je n'en ai pas mangé depuis des années et n'ai pas cherché à en conserver ! Et puis, si vous voulez mon avis, je ne pense pas qu'ils puissent se conserver aussi longtemps.

— Oui, bien sûr... Vous n'avez pas travaillé avec votre mari par hasard ?

— Eh non ! C'était une autre époque, vous savez. Il n'y avait que les hommes pour croire que les femmes étaient vraiment libres.

— Je comprends. Vos enfants non plus ?

— Non plus ! Aucun de mes fils n'a voulu prendre la relève. Il faut dire que chaque année, le chiffre d'affaires baissait davantage. Avec toute cette gélatine qui arrivait sur le marché, les bonbons au miel ont rapidement pris un coup de vieux. »

Camille est déçue. Elle est sur le point de raccrocher quand Mme Villard reprend la parole.

« Mais, mademoiselle, je ne sais pas ce que vous cherchez, mais si c'est la recette que vous voulez, je peux vous la donner. Pas besoin d'être dans les petits papiers du directeur pour savoir ça ! Vous prenez 125 grammes de sucre fin, 50 grammes d'eau et 25 grammes de miel et vous mettez tout ça dans une casserole, vous attendez d'être à 160 degrés, juste un peu moins que pour le caramel, c'est logique. Vous ne mélangez surtout pas ! Vous laissez reposer une minute et vous faites tout couler dans de petits moules en silicone, il en existe de toutes les formes maintenant. Vous laissez reposer et puis vous saupoudrez de sucre glace. C'est tout ! Vous n'avez pas ça sur votre Internet ? »

56

Camille

Camille ne sait pas comment elle a pu ne pas faire le lien plus tôt. Ce n'est que dans l'ascenseur qui la monte au dernier étage de cet immeuble situé en fond de cour qu'elle comprend que dans quelques minutes, elle sera face à trois fenêtres familières. L'entrée de l'immeuble était pourtant éloignée de sa rue, mais avec cette cour intérieure, cela change tout. Elle a l'impression d'être un point dans un plan en trois dimensions et que tout à coup, la perspective a été renversée. Cela lui avait évidemment traversé l'esprit, une seconde peut-être, mais quand Thomas lui avait donné le nom de la rue, elle s'était dit que ce n'était pas possible. Pourtant si. Camille est sur le point de dîner chez des amis de Thomas et il ne fait plus aucun doute qu'il s'agit de Julien et Caroline.

Camille se demande comment sortir de cette situation. L'ascenseur lui paraît de plus en plus minuscule et elle a même l'impression qu'il se rétracte, comme un morceau de papier journal que l'on jette dans un feu de cheminée. Elle fixe un point au sol mais elle a du mal à respirer tant elle a chaud. Au bout de quelques secondes qui lui paraissent interminables, les portes s'ouvrent enfin et elle sort à toute vitesse.

« Ça va, Camille ? »

Thomas la regarde, l'air inquiet.

« Oui, je... peut-être que je ferais mieux de... »

Elle n'a pas le temps de finir sa phrase qu'une porte au milieu du couloir s'ouvre à la volée et qu'une jeune femme en sort, un sac-poubelle à la main. Camille reconnaît aussitôt Caroline.

« Ah, vous êtes là ! Entrez, entrez ! »

*

En voyant Camille, Julien, qui s'appelle en réalité Arthur, n'a eu aucune réaction particulière. Il l'a saluée chaleureusement et elle a vu dans ses yeux qu'il ne se souvenait pas du tout de leur rencontre à la boutique. Plus le temps passe, plus Camille parvient à se détendre. Elle se dit qu'elle s'est inquiétée pour rien. Après tout, elle est à peu près sûre qu'elle ne serait pas capable de reconnaître son boulanger si elle le voyait dans la file d'attente d'un cinéma ou couché sur une serviette de plage. Certains visages sont associés à un rôle, à un contexte. Lorsqu'elle travaille, Camille enfile un tablier gris-vert dans lequel elle peut fourrer tout un tas d'outils. Elle est convaincue que ce tablier est une sorte de masque. Quand elle ne l'a plus, elle est une tout autre personne. En l'occurrence, elle n'est plus fleuriste.

La soirée est agréable. Caroline, qui s'appelle en réalité Clémence, fait de son mieux pour mettre son hôte à l'aise et Arthur s'assure que son verre n'est jamais vide. Camille a du mal à croire qu'elle est à l'intérieur de l'appartement qu'elle observe secrètement depuis plus de trois ans. Un verre à la main, elle effleure le canapé qui lui fait face et dans lequel elle s'est plusieurs fois imaginé s'asseoir. Elle prend un livre posé sur la table basse, lit les deux premières lignes de la quatrième de couverture, puis le repose. Elle regarde avec attention le mur qui donne sur l'extérieur, le seul qu'elle ne peut pas voir de chez elle et remarque un grand cadre en bois clair dans lequel se trouve une photo de la banquise. Elle s'en approche pour l'observer mais, rapidement, son regard dévie vers la fenêtre et elle se met à regarder à travers la vitre. Elle voit alors son appartement vide d'elle, plongé dans l'obscurité. Bizarrement, de là où elle se trouve, il lui semble plus loin, plus inaccessible. Elle ne parvient pas à voir le contour de ses meubles ni le mannequin de couture sur lequel elle enroule ses foulards et encore moins la bougie jaune moutarde posée pourtant sur le rebord de la fenêtre. Elle se dit que de là où elle se trouve, son appartement ressemble à tous les appartements du monde. Il est le théâtre de sa vie, une pièce qui se joue dans le noir.

« Sacré vis-à-vis, pas vrai ? »

Thomas s'est approché de Camille sans qu'elle s'en aperçoive.

« Arthur et Clémence disent que ce n'est jamais allumé et qu'ils n'y ont jamais vu personne.

— Ah oui ?

— Oui… Heureusement d'ailleurs ! Tu imagines ? L'avantage, c'est que si un jour au petit déjeuner tu n'as plus de beurre, tu n'as qu'à ouvrir la fenêtre et tendre le bras ! » dit-il en riant.

Camille sourit. Ils continuent de regarder côte à côte, sans rien dire.

« Il y a deux semaines pourtant, j'étais exactement là où tu te trouves, et... j'ai vu quelqu'un. Une fille. »

Camille se tourne vers Thomas.

« Ah bon ? Une fille ? Et tu pourrais dire à quoi elle ressemblait... ?

— Non... les lumières n'étaient pas allumées. Je n'ai vu qu'une silhouette. Clémence m'assure qu'il n'y a personne. Je n'ai rien dit pour ne pas l'inquiéter, mais je suis sûr que quelqu'un vit dans cet appartement.

— Comment tu peux en être sûr ?

— Je suis allé vérifier.

— Vérifier ? C'est-à-dire ?

— Je suis allé jeter un œil sur les noms de l'interphone. »

Camille sent une coulée de lave dégouliner le long de son dos. Elle sent ses jambes se dérober, elle cherche du regard quelque chose à quoi elle pourrait se raccrocher pour ne pas tomber. Au même moment Arthur arrive dans leur dos.

« On passe à table ? »

*

Il y a bien un nom sur l'interphone de Camille, mais ce n'est pas le sien. Elle n'a jamais pris la peine de le changer depuis son emménagement. C'est ce qu'elle se dit à chaque seconde de ce repas qui lui paraît interminable. Elle parvient à rire à quelques blagues, à répondre à quelques questions mais entre chaque phrase, elle boit un peu de vin pour noyer le doute. Tout à coup, alors qu'elle mâche sa bouchée de gratin, elle se souvient qu'une semaine plus tôt quelqu'un a sonné chez elle. Lorsqu'elle avait répondu, elle n'avait obtenu qu'un long silence. Elle regarde alors Thomas et se demande si c'était lui. Si c'est ce qu'il avait voulu dire par « j'ai vérifié ».

Camille est complètement ailleurs quand elle se rend compte que tous les regards sont rivés sur elle. Elle devine dans leur attitude que quelqu'un vient de lui poser une question.

« Pardon, je n'ai pas entendu, s'excuse-t-elle.

— Thomas nous disait que tu cherches à acheter un appartement et que c'est comme ça que vous vous êtes rencontrés, dit Arthur.

— Oui, c'est exact.

— Et que tu es avocate, continue Clémence. Ça va, ce n'est pas trop difficile ?

— C'est beaucoup de travail », répond Camille en ne levant pas les yeux de son assiette.

Clémence hoche la tête comme pour signifier qu'elle est d'accord.

« Et vous ? Vous faites quoi ? » lance Camille pour éloigner le sujet de conversation.

Arthur explique qu'il travaille dans une banque, et Clémence qu'elle s'occupe d'une nouvelle marque de cosmétiques haut de gamme à base d'algues japonaises. Camille ne peut s'empêcher de sourire : elle n'avait pas leurs prénoms, mais sur le reste, elle avait plutôt visé juste.

À la fin du repas, Clémence demande à Thomas s'il veut bien leur jouer une chanson et comme il semble hésiter, elle saute sur place et se met à taper dans ses mains. Thomas n'a pas encore répondu mais elle a déjà filé dans la pièce d'à côté et revient avec une guitare entre les mains.

« Pour ce qu'en fait Arthur, tu pourrais tout autant la récupérer...

— J'ai progressé !

— Progresser... C'est une notion relative... », lui fait remarquer Clémence en riant.

Thomas pose la guitare sur ses genoux et passe doucement sa main sur les six cordes qui se mettent aussitôt à vibrer au contact de ses doigts.

*

Dans l'ascenseur qui les mène au rez-de-chaussée, Camille perçoit une légère euphorie la gagner. Elle se sent comme une phobique de l'avion qui viendrait enfin d'atterrir sur le tarmac. Tout au long de la soirée, chaque fois qu'elle a redouté qu'on lui pose une question, elle a porté son verre de vin à ses lèvres. Au final, son coude s'est plié avec la même cadence qu'un genou de marathonien et la quantité d'alcool qu'elle a ingurgitée au cours de ce repas dépasse largement sa limite habituelle.

Lorsque les portes s'ouvrent, Thomas lui propose de la raccompagner, mais Camille refuse gentiment.

« Tu es bien chargé avec cette guitare, il vaut mieux que tu ne fasses pas de détour. »

Thomas est déçu mais il ne dit rien. Camille aussi mais elle sait que s'ils faisaient le chemin ensemble jusque chez elle, il pourrait comprendre qu'elle habite cet appartement plongé en permanence dans le noir et l'absurdité de la situation la frappe tout à coup. Elle se demande si elle ne se trouve pas face à une métaphore de sa vie. Elle est dans le noir et, tant qu'elle n'allumera pas la lumière, tant qu'elle ne lèvera pas le voile de la vérité, elle continuera à se prendre les pieds dans le tapis.

Camille soupire. Thomas se racle la gorge, il tient sa guitare d'une main et semble ne pas vraiment savoir que faire de l'autre.

« J'ai passé une très bonne soirée, merci.

— Moi aussi. Tu sais, Camille, je... »

Thomas vient de faire un pas vers elle.

« Je dois y aller ! dit-elle en reculant. Il y a... ce tapis qui traîne et cette poussière dessous, tu comprends, je ne peux pas rester plus longtemps.

— Heu... d'accord. »

Camille tourne les talons et, à toute vitesse, elle disparaît dans l'obscurité de la nuit.

57
Camille

Camille est réveillée depuis l'aube. Elle a essayé de rester dans son lit mais comme elle n'arrivait pas à dormir, elle a fini par se lever. Elle se dit que c'est étrange comme dormir peut être une chose qui se rate ou se réussit. Sa mère se plaint souvent qu'au fil des années, son sommeil est devenu plus léger, plus instable, comme si l'expérience rendait l'exercice plus difficile. Camille n'aime pas dormir, elle vit la chose comme une obligation dont elle pourrait se passer bien volontiers. Un jour, elle a eu le malheur de prononcer cette phrase en présence de sa mère et ces quelques mots l'avaient mise dans une rage folle. « Les personnes qui affirment ne pas aimer dormir sont ceux qui dorment bien », avait-elle fulminé avant de briser une assiette en mille morceaux sur le sol de la cuisine. Des années plus tard, Camille ne comprend toujours pas cet accès de colère.

Camille a versé de l'eau, du sucre et du miel dans une casserole. Elle a sorti les moules à bonbons en silicone qu'elle a achetés la veille et attend patiemment que le thermomètre de cuisson atteigne les 160 degrés. Elle jette un coup d'œil à la boîte en métal posée à quelques centimètres d'elle, c'est exactement la même que celle que Marguerite lui a montrée. Elle l'a reçue deux jours à peine après l'avoir achetée sur Internet et elle est en parfait état, comme si quelqu'un avait passé les cinquante dernières années à ne rien faire d'autre que la regarder.

160 degrés.

Camille retire la casserole du feu, laisse reposer une minute exactement comme Mme Villard le lui avait recommandé au téléphone, puis remplit les petits moules de forme ovale. Quand les bonbons ont durci, elle les démoule, les roule un à un dans le sucre glace puis les place dans la boîte. Elle ressent alors un plaisir indescriptible en regardant le résultat.

*

Il est à peine neuf heures lorsque Camille sonne chez Marguerite. Malgré l'heure matinale, la vieille dame ne semble pas spécialement surprise de sa venue. Elle l'accueille avec un large sourire et file dans la cuisine pour faire chauffer la bouilloire.

« Je ne vous dérange pas ? lance Camille en refermant la porte derrière elle. Je passais juste…

— Ta visite ne me dérangera jamais », la coupe-t-elle en revenant, un plateau entre les mains.

Camille note l'emploi du futur qui donne à la phrase un ton catégorique et une impression d'infini. Elle se sent touchée par cette sensation d'éternité.

« J'ai beaucoup réfléchi à votre histoire de bonbons au miel...

— Ah oui ? Et qu'en as-tu conclu ? »

Camille fouille dans son sac et en sort la petite boîte en métal. À la seconde où son regard se pose dessus, Marguerite porte la main à sa bouche et couvre ainsi le trou béant qui vient de se dessiner à la place de ses lèvres.

« Mon Dieu, mais comment est-ce possible ? »

Camille lui tend la boîte et Marguerite hésite quelques secondes avant de la prendre dans ses mains. Elle sent aussitôt qu'elle est remplie et lève vers Camille un regard interrogateur.

« Mais comment...

— Ouvrez. »

Délicatement, elle soulève le couvercle et plonge ses doigts dans la boîte. Elle en ressort un bonbon qu'elle tient entre son pouce et son index. Elle hésite à le porter à sa bouche avant de finalement le remettre dans la boîte, refermer le couvercle et reposer délicatement la boîte sur la table. Surprise, Camille se redresse sur sa chaise.

« Je vais te raconter quelque chose. Quand j'étais petite, j'avais deux amies avec qui je passais le plus clair de mon temps. L'une d'elles habitait une somptueuse maison de plusieurs étages, avec des sculptures entre chaque fenêtre et de longs balcons filants. L'autre vivait avec toute sa famille dans un petit appartement situé au rez-de-chaussée d'une bâtisse qui tombait en ruine. La première refusait toujours de nous inviter à jouer chez elle, ce qui faisait que nous étions souvent fourrées chez la seconde. Mais un jour où nous avions dû insister plus que d'habitude, nous avons fini par pénétrer dans cette immense maison. Figure-toi qu'à l'intérieur, hormis deux adultes qui se hurlaient dessus en permanence, il n'y avait absolument rien. Ses parents, criblés de dettes, se débarrassaient de tous leurs biens mais refusaient obstinément de vendre leur maison. Sur le chemin du retour, avec mon amie, nous sommes restées un long moment silencieuses avant qu'elle ne me pose cette question : "Tu préfères vivre dans un appartement dans un état déplorable situé dans un immeuble somptueux ou dans un appartement splendide mais à l'intérieur d'un immeuble qui s'effondre ?" J'ai bien évidemment choisi la seconde alternative sans hésiter. Mais mon amie, qui vivait dans la seconde situation, semblait hésiter. Tu sais ce que ça veut dire ?

— Heu…

— Ça veut dire qu'il ne faut pas se fier aux apparences évidemment. Mais aussi, que l'on trouve toujours la situation des autres, même quand cela paraît complètement aberrant, meilleure que la nôtre. »

Marguerite observe Camille, ménageant intelligemment l'effet du silence.

« Que choisirais-tu, toi, Camille ?

— La… la seconde bien sûr.

— Peut-être que tu l'as déjà fait, ce choix, tu ne crois pas ?

— Je ne sais pas… »

Camille se sent un peu perdue. Elle se doute bien du rapport entre cette histoire et la boîte de bonbons au miel, mais elle trouve la réaction de Marguerite un poil mélodramatique.

« Je voulais simplement vous offrir un peu de votre passé. J'ai appelé le directeur de l'usine, je veux dire, le dernier en date bien sûr… Mais il est mort. À six mois près, c'est pas de chance. Cette recette, c'est sa veuve qui me l'a donnée. Je suis sûre qu'elle ressemble à s'y méprendre aux bonbons que vous connaissez…

— Tu sais, Camille, dans ma vie, j'ai très tôt eu besoin de me fier à mon instinct. Et toi, à la minute où je t'ai vue, j'ai su que tu étais une personne spéciale. Tu n'as pas besoin de prétendre être qui que ce soit d'autre. »

Camille commence à se dire que Marguerite ne parle pas simplement de la boîte de bonbons au miel. Elle fronce ses sourcils en essayant de se remémorer ce qu'elle aurait pu dire ou faire pour que Marguerite « sache », mais elle se rend vite compte que tout ça n'est pas possible.

« Tu as des nouvelles de Thomas ? » demande la vieille dame pour changer de sujet.

Camille fait non de la tête. Depuis la dernière soirée qu'ils ont passée ensemble, elle a ignoré ses appels.

« J'ai l'impression que vous avez de nombreux points communs. Mais je me demande si vous êtes dans le même immeuble. »

58
Camille

L'atelier terrarium commence dans moins d'une heure et Camille organise l'intérieur de la boutique afin de gagner le maximum de place. Par chance, il ne fait pas trop froid et elle a pu sortir la plupart des plantes sur le trottoir. Elle a demandé quelques tables au restaurant d'en face qui les lui a prêtées de bon cœur et à présent elle installe de grandes nappes blanches sur chacune d'elles.

Huit personnes sont déjà arrivées et Camille se dit que le double ne rentrera jamais. Elle est sur le point de demander à tout le monde de partir quand elle voit Adélaïde franchir le seuil de la boutique.

« Je suis désolée, je crois que je me suis fait dépasser par la situation...

— Oh là là, Camille ! Mais tu rigoles ! C'est génial, quel succès !

— Oui, mais je n'ai pas bien suivi le fil des réservations et je ne suis pas sûre qu'il y ait de la place pour tout le monde.

— Camille. Souviens-toi. Il n'y a pas de problème, il n'y a que des solutions. »

Adélaïde jette un rapide coup d'œil autour d'elle puis se tourne à nouveau vers Camille.

« Bon, ce que je te propose, déjà, c'est que ton atelier terrarium devienne un atelier gainage et terrarium.

— Pardon ?

— Allez, on sort les chaises ! Tout le monde debout ! On va contracter les abdos ! »

Au moment où Camille sort la dernière chaise à l'extérieur de la boutique, elle aperçoit une petite silhouette fine à la chevelure blanche arriver dans sa direction. Quand leurs regards se croisent, la vieille dame lève la main pour la saluer.

« Marguerite ? Mais qu'est-ce que vous faites là ?

— Bonjour, Camille ! Figure-toi que je me suis inscrite à un atelier de botanique. Il paraît que la personne qui l'anime est quelqu'un de formidable. »

Elle sourit.

« Tiens, c'est d'ailleurs ce jeune homme qui me l'a dit, le jour où je me suis inscrite », dit-elle en faisant un signe de la tête.

Camille se tourne et voit Lucas à l'angle de la rue en train de traverser la route pour les rejoindre. Quand il remarque Marguerite, il s'arrête pour la saluer.

« Bonjour, madame, je suis content de voir que vous avez pu vous libérer », dit-il en souriant.

Marguerite éclate de rire.

« Il me charrie. Je lui ai fait part de mon agenda de ministre et il a eu la bonne idée de me proposer une activité. Vous savez comment sont les vieilles personnes. Elles peuvent vous parler d'un ongle incarné pendant quatre heures. Alors forcément, on a eu vite fait de se rendre compte de nos connaissances communes... »

Marguerite semble très heureuse de ce petit effet de surprise. Elle pose la main sur l'avant-bras de Camille et se penche légèrement vers elle pour lui souffler une confidence.

« Je n'ai pas appris grand-chose que je ne savais déjà. »

Camille la regarde en ne sachant pas exactement ce que signifient ce sourire et ces yeux rieurs.

« Nous n'avons qu'à aller boire un petit thé après cet atelier », dit-elle avant de s'installer.

59

Thomas

Thomas regarde son téléphone pour la vingtième fois de la journée. La veille, il a envoyé un message à Camille mais il n'a toujours pas reçu de réponse. Il avait l'impression que la soirée s'était bien déroulée pourtant. Il n'arrive pas à comprendre ce qui a pu se passer. Au moment où il repose le téléphone sur son bureau, celui-ci se met à vibrer. Il l'attrape dans un mouvement brusque dont il se sent aussitôt honteux. Surtout lorsqu'il remarque que c'est sa mère qui l'appelle. Il est à deux doigts de ne pas répondre, mais l'accident de son père le fait culpabiliser.

« Ça va, mon chéri ?

— Oui, très bien, maman, et toi ? et papa ?

— Ça va. Les docteurs disent qu'il se rétablit rapidement. Mais pour l'instant il n'est pas encore prévu qu'il sorte. Ils préfèrent le garder à l'hôpital pour qu'il reste bien alité.

— C'est mieux pour lui, et puis pour toi surtout. Le connaissant, il profiterait que tu aies le dos tourné pour aller planter des trucs dans le jardin. »

Sa mère se met à rire, mais d'un rire un peu forcé. Elle n'est pas sûre qu'il puisse planter quoi que ce soit dans leur jardin avant des mois. Voire des années.

« Tu n'as pas tort. Allez, je te passe ton père, il veut que j'aille demander une seconde mousse au chocolat aux aides-soignantes. Il va finir par déborder du lit à ce rythme-là ! Je t'embrasse, mon chéri ! »

Thomas entend un léger grésillement avant de reconnaître la voix de son père.

« Allô ? Thomas ? Écoute, je n'ai pas beaucoup de temps, ta mère va revenir d'une minute à l'autre. Tu es seul ? »

Il parle à voix basse et d'un ton saccadé.

« Heu oui... que se passe-t-il ?

— Tu sais, mon accident ? A priori, il y avait un problème de signalisation. Le panneau qui devait indiquer les travaux n'était pas présent.

— Mais je croyais que tu roulais trop vite.

— C'est ta mère qui dit ça ! Pour elle, je roule toujours trop vite de toute façon ! Même à 30 à l'heure elle s'accroche à sa ceinture !

— Bon d'accord, d'accord et alors ?

— Alors ? Eh bien, c'est leur faute si j'ai eu mon accident.

— Papa...

— Écoute. Si je pouvais prouver que c'est leur faute, je récupérerais l'argent que je dois pour les parcs à huîtres. Ça nous enlèverait une belle épine du pied tout de même, tu ne trouves pas ? »

Thomas se retient de lui dire que l'épine, c'est surtout dans son pied qu'elle est plantée.

« Et qu'est-ce que tu veux que je fasse au juste ?

— Je sais pas, je me disais que tu avais peut-être un ami avocat dans ton entourage…

— C'est encore à moi de me charger de tes affaires…

— Juste poser la question ! Ça ne coûte rien et puis… Oui, ça va, la nourriture est bonne. Merci de demander.

— Maman est revenue je suppose.

— Tout à fait, le pain n'est pas trop cuit. Bon allez, je te laisse ! Je t'embrasse, fiston. »

Thomas pousse un long soupir. Son père le fatigue. Il l'épuise même, mais Thomas finit toujours par faire tout ce qu'il lui demande. Il doit bien reconnaître que cette fois, en plus de la loyauté filiale qui l'habite depuis qu'il a décelé chez son géniteur les failles d'un homme qui mourra avant lui, exécuter sa volonté l'arrange doublement. D'une part, il pourrait se délester de ce prêt qui le prend à la gorge, d'autre part, il voit dans la requête de son père une raison valable de composer une nouvelle fois le numéro de Camille.

Après tout, elle est la seule avocate qu'il connaisse.

60
Camille

Camille sent une vive chaleur se propager le long de son cou jusqu'au creux de ses joues. Elle se demande si un son va sortir de sa bouche lorsqu'elle va vouloir saluer son auditoire et cette pensée intensifie la vague de chaleur qui la submerge. Elle n'est pas particulièrement timide, mais parler en public l'a toujours impressionnée. Elle redoute le jugement des autres. Peut-être vont-ils remarquer son léger accent poitevin, sa façon de toucher son nez lorsqu'elle se sent mal à l'aise, ses joues rouges, sa voix chevrotante, sa manière de commencer ses phrases une fois sur deux par l'adverbe « alors »... ou tout cela à la fois. Peut-être même que certains vont trouver son nez trop long ou son pantalon trop court. Elle pense à toutes ces choses superficielles qui viennent polluer son esprit, mais pas une seule fois, elle pense à douter du fond de son discours. Comme la plupart des gens, Camille est d'une ingratitude folle face à l'évidence de ses qualités.

Elle regarde les dernières personnes prendre place derrière les tables situées en face d'elle et se rend compte qu'elle n'aurait jamais pu être avocate. S'exprimer devant une quinzaine de personnes semble être la limite de ses capacités. Elle se dit qu'à l'inverse de ces étudiants en médecine qui, après avoir franchi le cap des examens, réalisent ne pas supporter la vue du sang, elle au moins n'a pas perdu de temps. Instinctivement, elle a su que tout cela n'était pas fait pour elle.

Les discussions se font de plus en plus rares et seuls quelques chuchotements sont encore audibles. Camille prend alors une grande inspiration, fait le vide dans sa tête et se met à fixer un point au loin qu'elle ne lâche plus. Elle s'imagine sur une plage de sable gris, entre deux anses rocheuses, face à un infini iodé qui la transporte dans un monde où plus rien n'a d'importance.

« Bonjour à tous. Merci d'être venus si nombreux pour ce premier atelier de jardinage d'intérieur. Comme vous le savez, aujourd'hui, nous allons faire un terrarium. Un terrarium, qu'est-ce que c'est ? C'est un milieu confiné qui imite l'écosystème de certaines espèces végétales. Donc en quelque sorte, ensemble, nous allons donner vie à un petit monde végétal. »

Adélaïde se met à applaudir bruyamment et bien que personne ne suive le mouvement, elle ne se démonte pas pour autant et lâche un sonore : « Bravo, Camille ! »

Camille lui adresse un demi-sourire gêné et doit faire un effort de concentration pour vider à nouveau sa tête et retourner sur sa plage sauvage.

À la fin de l'atelier, quinze jarres en verre à l'intérieur desquelles vit l'équivalent d'un jardin miniature font face à Camille. Sur les visages des participants, elle peut voir le sentiment de satisfaction se mêler à celui de la fierté et Camille a l'impression de retourner vingt ans en arrière, quand à huit ans elle se faufilait à l'intérieur de cette attraction appelée le Palais des glaces. Car ce qu'elle voit sur ces visages n'est rien d'autre que son propre reflet.

Avant de partir, tout le monde la remercie chaleureusement et Adélaïde la prend plusieurs fois dans ses bras. Elle s'excuse de devoir s'éclipser pour rejoindre l'autre boutique, exceptionnellement fermée pour l'occasion. Marguerite profite d'un moment de calme pour s'avancer vers Camille, ses bras autour de son grand bocal en verre.

« Vous pouvez me le garder un petit peu à la boutique ? Je reviendrai le chercher un autre jour.

— Bien sûr, Marguerite ! Mais ne vous inquiétez pas, je me chargerai de vous l'apporter.

— Oh, c'est gentil. Vous avez le temps pour ce petit thé alors ?

— Il faudrait que je range un peu…

— Je m'en occupe ! »

Adélaïde qui n'avait pas encore quitté la boutique vient de surgir derrière Camille.

« Tu es sûre ?

— Sûre ! Et puis Lucas est là, de toute façon. Quatre bras seront largement suffisants pour tout ranger. »

Camille semble hésiter mais Adélaïde est déjà en train de la pousser hors de la boutique. Elle a à peine le temps d'attraper son téléphone portable et d'arracher sa veste du portemanteau qu'elle est déjà sur le trottoir en compagnie de Marguerite.

61

Camille & Marguerite

Le café dans lequel se trouvent Marguerite et Camille est une brasserie parisienne sans âge. Le bois est trop verni, le velours trop rugueux, les lumières trop criardes, mais Camille aime bien l'endroit. Elle imagine que ce lieu existe depuis des dizaines et des dizaines d'années et rêve que des artistes s'y retrouvaient secrètement. Ceux qui ne voulaient pas être vus, ceux qui avaient des choses à cacher. Il ne pouvait être toujours question du *Café de Flore* ou des *Deux Magots.* La vie permanente en vitrine n'existe pas. Tout le monde a une vie secrète.

Marguerite est confortablement installée sur la banquette bordeaux. À travers ses lunettes ovales aux verres fumés bleu-gris, elle observe Camille qui retire son manteau pour le déposer sur le dossier de sa chaise. Pendant une seconde, la vieille dame se demande si elle ne ferait pas mieux de se taire et de continuer encore dans ce mensonge arrangeant.

« Je vais te dire quelque chose. Je ne crois pas que tu aies l'intention d'acheter mon appartement. »

Le corps de Camille se fige contre le dossier de la chaise sur laquelle elle vient de s'asseoir. Marguerite la fixe en silence avec le même sourire qu'elle arborait dix minutes plus tôt lorsqu'elles ont quitté ensemble la boutique. Camille se demande si c'est Adélaïde qui lui a tout raconté. Évidemment que c'est elle. Qui d'autre ? Tout à coup, elle est un peu déçue. Elle pensait pouvoir lui faire confiance.

« Je peux...

— Tu n'as pas l'intention d'acheter mon appartement, et je n'ai pas l'intention de le vendre non plus.

— ... tout vous expliquer. »

Camille finit sa phrase mais déjà elle fronce les sourcils. Elle n'est pas sûre de bien comprendre.

« J'ai mis cet appartement en vente parce que je m'ennuyais et que j'avais envie de voir du monde. J'ai menti. Un petit mensonge d'une vieille dame qui se sent seule. Ce n'est pas très correct, je le reconnais, mais je ne le regrette pas du tout. Grâce à cette petite distorsion de la réalité, j'ai eu la chance de vous rencontrer toi et Thomas, et je dois dire que j'ai passé de très bonnes semaines grâce à vous deux. »

Un serveur s'avance vers elles pour prendre leur commande. Sans consulter Camille, Marguerite commande deux thés verts et le serveur disparaît.

« Où est-ce que j'en étais ? Ah oui ! Donc j'ai mis mon appartement en agence et un jour tu es arrivée. Je ne me suis pas tout de suite souvenu qu'en réalité, nos chemins s'étaient déjà croisés. J'ai toujours été physionomiste mais c'est vrai qu'avec l'âge, il arrive que notre cerveau nous joue des tours.

— Attendez, vous voulez dire que nous nous étions déjà vues ?

— Je suis venue acheter des fleurs pour Jeanne à ta boutique. »

Camille ne répond rien, elle n'a pas le moindre souvenir de cet épisode. Mais Marguerite continue, imperturbable.

« Je me suis vite doutée que tu ne comptais pas sérieusement acheter mon appartement. Sinon, pourquoi changer d'identité ? Mais tout ça m'arrangeait bien au final, tu étais la parfaite candidate ! Une jeune fille qui ne compte pas acheter l'appartement d'une vieille dame qui ne souhaite pas le vendre ! »

Le serveur dépose les deux tasses et la théière d'eau chaude au milieu de la table puis s'éclipse à nouveau.

« Mais, bon, la curiosité nous rattrape toujours, surtout quand on n'a pas grand-chose à faire de ses journées… ! dit-elle en riant. J'ai voulu savoir ce qui se cachait derrière ce mensonge, alors je suis retournée à la boutique. J'ai attendu que Lucas prenne la relève de l'après-midi pour mener mon enquête et c'est là que j'ai rencontré Adélaïde. »

Camille se redresse mais avant qu'elle puisse dire quoi que ce soit, Marguerite reprend la parole.

« Je ne suis pas là pour te faire la morale, Camille, mais s'il y a une chose que je regrette dans ma vie, c'est le mensonge. »

Marguerite semble hésiter, elle plonge ses lèvres dans sa tasse et prend une longue gorgée de thé. Camille se demande ce qu'elle fait là, dans cette vieille brasserie parisienne en face de cette femme qu'elle connaît à peine mais qui semble en savoir plus à son sujet que ses propres parents. Du coin de l'œil, Camille observe le serveur qui fait de grands gestes devant un miroir en marmonnant ce qui semble être une longue tirade. Il doit être acteur, pense Camille, et elle aurait voulu savoir si le texte qu'il récitait allait servir pour une audition ou pour un rôle. Tout le monde ment, se dit-elle soudain en le voyant mimer la panique face à son reflet. N'est-ce pas se mentir que de croire à ses rêves ? Combien y avait-il dans cette ville de serveurs qui espéraient devenir acteurs ?

« Camille ? Tu m'écoutes ? »

Marguerite se tourne pour suivre son regard et découvre ce qui s'y trouve à l'autre bout.

« Tu regardes ce serveur ? Il s'appelle Mathieu. Ses parents croient qu'il étudie la littérature à la Sorbonne. »

62
Adélaïde

Adélaïde a pratiquement fini de ranger la boutique quand son téléphone sonne. Le prénom « Thomas » s'affiche sur l'écran. Elle se demande qui est ce Thomas dont le numéro est enregistré dans son répertoire. Elle rencontre tellement d'hommes, peut-être devrait-elle calmer le jeu...

« Allô, Camille ? »

Son cerveau va soudain à mille à l'heure. Tout à coup, elle comprend qui est Thomas et à qui est ce téléphone qu'elle tient dans sa main... Elle revoit le départ de Camille tout à l'heure, quand elle l'a un peu bousculée pour qu'elle quitte le magasin, et se dit que dans sa précipitation, elle a dû se tromper de portable. Camille allait lui en vouloir pour le restant de ses jours, mais Adélaïde ne peut se résoudre à laisser la situation s'enliser.

« Oui.

— Ah, heu... je suis content de t'avoir au téléphone. J'ai cru...

— J'avais beaucoup de travail.

— Tu chuchotes ? Je te dérange peut-être ?

— Non, non, une extinction de voix, rien de grave.

— D'accord, répond-il, déstabilisé. Écoute, j'ai une petite question d'ordre juridique... Je suis désolé de t'embêter avec ça, je suppose que cela doit t'arriver souvent.

— On peut se voir peut-être ? Demain vingt heures au *Café Victor* ?

— Oui, parfait. À demain. »

63
Marguerite

« Je ne m'appelle pas Marguerite Dumas. »

Le regard de Camille se détache lentement du serveur pour revenir sur Marguerite. Elle n'est pas sûre de comprendre. Est-elle en train de lui faire une blague ? pense-t-elle en souriant. Mais son sourire s'évanouit aussitôt. Elle n'a jamais vu le visage de Marguerite aussi fermé. Elle a l'impression que sa mâchoire tressaute et que ses yeux capturent la lumière dans un éclat brillant. Camille comprend. Elle ne sait pas ce qu'elle comprend mais elle comprend quelque chose. Elle est assise, mais ce qu'elle ressent à cet instant précis, c'est la sensation d'être debout au milieu d'une foule qui ne cesse de la bousculer.

« Je m'appelle Nourit Jacob. Au petit matin du 16 juillet 1942, le premier jour des vacances d'été, des policiers ont frappé à notre porte et nous ont amenés, mes parents et moi, jusqu'à un autobus. Les rafles étaient fréquentes à cette époque, mais pour la première fois depuis le début de la guerre, celle-ci ne visait pas uniquement les hommes. Les femmes et les enfants étaient eux aussi emmenés.

Il y avait d'ailleurs très peu d'hommes parmi nous car la rumeur d'une rafle à venir flottait depuis la veille et, par précaution, la plupart d'entre eux s'était déjà cachés. Mais pas mon père. »

Elle fait une pause et prend une gorgée de thé sans quitter la tasse des yeux.

« Ce bus nous a conduits à l'autre bout de Paris, au Vélodrome d'Hiver. À notre arrivée, il y avait déjà des dizaines et des dizaines de bus qui déversaient cette marée humaine que la police tentait de parquer à l'intérieur de cette arène sportive. Il faisait une chaleur torride et nous n'avions rien à boire et rien à manger. Nous étions partis de chez nous avec une simple valise qui ne contenait rien d'autre que notre précipitation. Au bout de plusieurs heures, n'y tenant plus, ma mère et un groupe de femmes aux enfants en bas âge ont forcé une des portes donnant sur la rue Nélaton pour aller chercher à boire dans une petite épicerie qui se trouvait juste en face. Pendant que la police tentait de ramener ces femmes à l'intérieur, ma mère a profité de l'inattention des policiers pour glisser un billet de cent francs dans ma poche et m'a ordonné de m'enfuir. Elle m'a promis de me rejoindre, mais rien à faire, je ne voulais pas la quitter. Le temps pressait, alors, pour la première fois de ma vie, j'ai vu ma mère s'énerver. Elle m'a pris le bras et l'a serré très fort jusqu'à ce que ses ongles pénètrent ma peau. J'ai vu ses yeux... ce regard pour lequel elle a dû puiser toute la haine du monde. C'est la dernière image que j'ai d'elle. »

Sa voix se brise légèrement et Marguerite tourne la tête en direction de la fenêtre. Elle patiente quelques secondes avant de reprendre.

« J'ai couru sans me retourner jusqu'à une petite rue perpendiculaire, la rue Nocard. Un agent m'a alors arrêtée et m'a demandé où j'allais. J'ai répondu : "À mon cours de piano, je suis en retard", et il m'a laissée partir. Je ne saurai jamais si cet homme m'a réellement crue. En tout cas, il m'a sauvé la vie. »

Marguerite fait une nouvelle pause. Elle croise le regard de Camille mais ne parvient pas à le soutenir plus de quelques secondes.

« Je ne savais pas où aller, je me sentais tout à coup si petite, si perdue. Alors sans réfléchir, je suis allée frapper à la porte de mon professeur de piano, Suzanne Richard. Elle m'a ouvert et elle ne m'a plus jamais laissée repartir. Les Richard avaient trois enfants, dont une fille de mon âge, et jusqu'à ce que la guerre se termine, nous avons prétendu être une seule et même personne, Jeanne et moi. Par chance, nous nous ressemblions beaucoup et Suzanne cultivait cette ressemblance en nous coiffant à l'identique. Par sécurité, Suzanne avait tout de même fabriqué un double fond dans le placard où elle accrochait ses robes. Et parfois m'y réfugier me faisait du bien. C'était une manière de me couper du monde.

— C'est pour cette raison que vous êtes tant attachée à cet appartement.

— Oui. Cet appartement m'a sauvé la vie. C'est entre ses murs qu'un soir on m'annonça que la guerre était finie. Tu sais, il ne faut pas croire qu'un jour c'est la guerre et que le lendemain, c'est terminé parce que des hommes importants ont pris la peine de signer un bout de papier. Les choses ne changent pas du tout au tout. J'étais toujours une petite fille juive dans un monde qui en avait exterminé des millions. Vois-tu, j'ai appris que si nous avons été arrêtés le 16 juillet 1942, c'est parce que l'un de nos voisins nous avait dénoncés. Ce fut un tel choc que pendant six mois, j'en ai même perdu mon odorat. Comment pouvions-nous être sûrs que toute cette horreur était bel et bien derrière nous ? Alors Suzanne restait très prudente. Il faut dire qu'en m'accueillant, elle avait risqué sa vie et celle de sa famille autant que je risquais la mienne et la leur. »

Marguerite porte sa main à la broche en forme d'arbre qu'elle arbore à sa poitrine. Camille suit ce geste du regard et se rend compte que depuis qu'elles se connaissent, ce bijou est toujours accroché au niveau de son cœur. Elle le contemple pendant une seconde, cet arbre à sept branches.

« Cet arbre, c'est...

— C'est l'arbre de vie. Un cadeau de ma seconde mère, Suzanne. Elle me disait qu'il fallait guérir, mais ne pas oublier. Il y a les branches qui s'étirent vers le ciel, mais aussi les racines qui puisent dans la terre. Elle m'a offert ce bijou qui est venu remplacer l'étoile et qui donne ce qu'il veut voir à celui qui le regarde. Il y a une connotation chrétienne qui m'assurait une couverture, mais il a sept branches comme la menorah. C'était une femme formidable, j'ai eu beaucoup de chance.

— Que s'est-il passé ensuite ?

— Le temps a passé et M. Richard a fini par revenir. Mais j'étais toujours sans nouvelles de mes parents. Un soir, au bout de plusieurs mois, Suzanne s'est assise à mon chevet et m'a proposé de me construire une nouvelle identité. Que si je le souhaitais, ils pouvaient m'adopter jusqu'au retour de mes parents. Évidemment, elle savait très bien qu'ils ne reviendraient jamais. Mais comment aurait-elle pu ôter l'espoir d'un enfant à qui on avait déjà tout pris ? Elle m'annonça que je pourrais m'appeler Richard, comme eux, mais que j'avais la possibilité de choisir mon prénom. Elle m'a dit : "Je suis désolée, ma chérie, mais tu ne peux pas garder Nourit." »

Marguerite s'arrête et regarde Camille.

« Tu sais ce que signifie Nourit en hébreu ? »

Elle secoue la tête.

« Ça veut dire bouton-d'or.

— Oh !

— Oui, dit-elle en souriant. Une jolie mauvaise herbe. »

Camille ne sait pas quoi répondre, mais Marguerite ne lui en laisse pas le temps et reprend son histoire.

« Avec le bazar administratif semé par la guerre, changer d'identité et faire de nouveaux papiers n'a pas été très compliqué. À cette époque, ils n'étaient même plus obligatoires. Du jour au lendemain, je suis donc devenue Marguerite Richard.

— Je croyais que Richard était le prénom de votre mari...

— Oui, aussi. Les Richard aiment bien me sauver la vie apparemment, dit-elle en souriant. Je suis devenue leur fille, mais surtout, ils sont devenus mes parents. Les années ont passé et je n'ai plus jamais voulu parler de la guerre. À tel point que mon mari n'a jamais eu vent de cette histoire.

— Vous voulez dire que... ?

— Il n'a jamais rien su de ma vie avant mes neuf ans. C'est devenu un secret de famille qui a disparu le jour de la mort de mes parents adoptifs et de mes frères, et qui a définitivement été enterré avec la disparition de Jeanne.

— Votre amie décédée n'était pas qu'une simple amie.

— Non, elle était ma sœur de cœur. C'est sans doute pour cette raison que je te raconte cela aujourd'hui. À part moi, plus personne ne connaît mon histoire. J'ai toujours cru que si je n'en parlais à personne, mon passé pourrait cesser d'exister. Mais quand on arrive à la fin de sa vie… je suppose que l'idée de disparaître définitivement a un côté angoissant pour tout le monde. »

Camille sent son cœur se serrer.

« Dès notre première rencontre, je me suis dit que tu pourrais être cette personne.

— Une jeune fille qui ment par esthétisme… Vous êtes sûre de votre choix ? »

Camille se sent honteuse. Cela fait des années qu'elle se fait passer pour une autre parce qu'elle n'a pas le courage d'affronter le jugement de ses parents et voilà qu'une femme qui a connu le pire lui confie sa vérité. Marguerite avait menti pour survivre alors que ses mensonges à elle n'étaient que des petits arrangements avec la vie.

« Camille, je n'ai pas d'enfant. Je n'ai jamais pu. Je suppose qu'il faut avoir eu une enfance pour la transmettre à une nouvelle vie. Je ne suis pas là pour te faire la morale. Nos vies ne sont pas comparables. Dieu merci, plus personne n'aura à vivre ce que nous avons dû affronter ! Ce que je sais, c'est que le mensonge, quel qu'il soit, n'est pas une vie confortable. Ne pas avoir su dire la vérité à mon mari est mon plus grand regret. »

Marguerite prend la main de Camille. Elle voit dans son regard que son secret l'a complètement retournée.

« Peut-être devrions-nous commencer par nous confesser auprès de Thomas. Qu'en penses-tu ? »

64
Marguerite

Marguerite pousse la porte de chez elle et une puissante sensation de vide la transperce aussitôt. Elle ne porte plus son secret toute seule, mais elle remarque que le poids des conséquences demeure inchangé. Elle comprend alors que rien ni personne ne pourra l'aider à l'amoindrir et ce constat est à la fois salutaire et pernicieux.

Elle mourra coupable d'avoir survécu.

Toute sa vie, Marguerite avait souffert de la solitude, de cette solitude intime de ceux qui ne pourront jamais être compris. Elle avait saisi très tôt que l'on vivait seul et c'est sans doute cet apprentissage précoce qui l'empêchait aujourd'hui d'accepter de mourir seule.

Dans son enfance, Marguerite s'était souvent demandé pourquoi. Pourquoi elle ? Pourquoi les autres ? Pourquoi avoir survécu quand plus de quatre mille enfants de ce vélodrome avaient péri « à sa place » ? Elle avait beaucoup pleuré dans un silence saccadé, lovée au creux des bras de sa mère adoptive, et il lui avait fallu plusieurs années pour accepter que si les larmes sèchent, les chagrins sont parfois inconsolables.

Pourquoi elle ? Pourquoi elle ? se demandait-elle sans fin.

Et puis elle avait compris que s'excuser de vivre était sans doute la plus grande lucidité qu'un être humain puisse avoir. Naître, c'était déjà accepter que l'on ait pris la place de quelqu'un. La vie de Marguerite avait été le drame de milliers d'autres bien avant que la folie humaine ne s'en mêle. Il fallait l'accepter.

C'est sans doute pour cette raison que Marguerite avait été touchée par Camille. Elle semblait demander pardon de ne pas avoir été l'enfant qu'auraient souhaité ses parents et il y avait, chez cette jeune fille, une profondeur de sentiments qui la rendait à la fois touchante et vulnérable. Égoïstement, Marguerite avait sans doute perçu qu'elle pourrait lui venir en aide et ce sentiment d'utilité venait, l'espace d'une seconde, balayer tous ses questionnements.

Marguerite dépose ses chaussures dans l'entrée et fait quelques pas au milieu du salon. Elle observe cet appartement si vide des présences qui ont jadis rempli les lieux et un voile de mélancolie couvre ses yeux. Elle reste ainsi plusieurs secondes, interdite, avant de se diriger vers le petit meuble dans lequel elle range tout ce qu'elle refuse de jeter. Elle se baisse et plonge sa main parmi ces objets que les autres laissent derrière eux comme les vestiges d'une identité. Un flacon de parfum à moitié vide, l'odeur qui a accompagné Richard pendant plusieurs décennies. Le porte-monnaie au cuir tanné de son père. Le foulard en soie ivoire de sa mère. Elle attrape la petite boîte en métal rouillé et l'ouvre délicatement. Du bout des doigts, elle saisit le dernier bonbon qui se trouve à l'intérieur et, sans l'ombre d'une hésitation, le fourre dans sa bouche. Le goût a pratiquement disparu mais, au bout de sa langue, Marguerite perçoit le souvenir d'une sensation. Et c'est sans doute cela vieillir, des saveurs moins intenses mais, de fait, des douleurs plus supportables.

65

Camille

Camille avait apporté des fleurs. C'était la première fois qu'elle offrait des fleurs à un membre de sa famille. Elle avait toujours eu l'impression qu'un bouquet aurait été la preuve irréfutable de ses mensonges, voire une provocation. Elle imaginait le visage de sa mère se crisper, sa bouche s'ouvrir et sa main se figer devant son visage : « Oh mon Dieu ! Des fleurs ! Camille, tu veux dire que… tu as abandonné une carrière d'avocate pour vendre des… fleurs ?! C'est ça, Camille ? Camille ? »

Sa mère avait ouvert la porte et agitait sa main devant ses yeux perdus au loin.

« Camille ? » répète-t-elle une troisième fois.

Camille secoue rapidement la tête.

« Bonjour, maman.

— Tu rêves, ma chérie ?

— Un peu.

— Entre. Tout le monde est déjà arrivé. »

Camille fait quelques pas dans la maison à la recherche de sa sœur. Une fois face à elle, elle lui tend le bouquet.

« Bon anniversaire, Virginie !

— Oh Camille ! Il ne fallait pas. »

Elle déteste cette expression. « Il ne fallait pas. » Que fallait-il alors ? Si on n'en restait qu'à la nécessité, à quoi bon ? Fallait-il avoir inventé les couleurs ? Les bougies ? Le papier cadeau ? La vie n'était-elle pas la somme de plaisirs éphémères ? Et puis pourquoi n'avait-elle pas dit qu'elles étaient magnifiques, tout simplement ? C'est ce que disent les gens, normalement, lorsqu'ils reçoivent des fleurs. « Elles sont magnifiques. » Tout le monde dit ça. C'est un automatisme, un contrat social en quelque sorte, ce qui nous lie les uns aux autres. « Bonjour, merci, pardon, elles sont magnifiques. » Camille prend une discrète inspiration et récite ses recommandations comme si de rien n'était.

« Tu couperas le bout des tiges et tu les mettras dans un vase rempli au tiers et tu… »

Sa sœur ne l'écoute plus, elle le sait.

« Tu boiras le fond d'eau le soir de pleine lune.

— Pas de problème ! Installe-toi. Mathias va te servir une coupe de champagne. »

D'un geste nonchalant, elle pose le bouquet sur la table de la cuisine et puis disparaît en un éclair. Camille retire alors le papier kraft et l'élastique qui maintient les tiges ensemble, elle effeuille et coupe les tiges et puis elle ouvre tous les placards de la cuisine à la recherche d'un vase. Elle finit par trouver une carafe en plastique dans laquelle elle dispose les fleurs avec précaution.

En partant de chez elle, Camille s'était dit qu'elle leur avouerait tout. Elle s'était imaginée fière et droite au milieu du salon, leur annonçant calmement qu'elle avait arrêté ses études d'avocate et qu'elle était désormais fleuriste. Responsable d'une boutique de fleurs plutôt. Elle s'était dit que ce mot « responsable » était fort et beau et qu'il pourrait les convaincre. Elle s'était dit, mais à présent elle ne se disait plus rien du tout. Dans cette maison, ses fleurs passaient inaperçues. Sa sœur ne l'avait même pas remerciée.

Camille prend la direction du salon. À son arrivée, ses neveux se jettent sur elle en criant de joie, elle les étreint et les embrasse chaleureusement avant de s'enfoncer dans le canapé, une coupe de champagne dans la main. Camille décrète que c'est une ambiance à se remplir de bulles.

*

Les discussions s'enchaînent et Camille ne dit rien. Elle entend sans vraiment écouter les histoires de virus, de laboratoires, de colloques, de médicaments génériques, de patients… Chaque fois qu'elle ouvre la bouche pour tenter de changer de sujet, quelqu'un relance la conversation. Alors elle remplit cette bouche ouverte d'une gorgée de champagne et elle s'enfonce davantage dans le cuir du canapé. Au bout d'une demi-heure, elle en est déjà à sa troisième coupe et elle se sent légèrement ivre. Dans cette famille, Camille a tout à coup l'impression d'être un meuble, mais un meuble bancal que l'on garde parce qu'il y a beaucoup de souvenirs entassés dessus.

Virginie a épousé un médecin, évidemment. Mathias sauve des vies à coups de prescriptions de Doliprane dans un cabinet de banlieue pavillonnaire bourgeoise et pratique des tarifs exorbitants parce que sa salle d'attente est équipée d'une climatisation et d'un écran plat. À cet instant, Camille pense que c'est sans doute celui qu'elle supporte le moins.

Entre deux gorgées, Camille regarde autour d'elle et remarque qu'il n'y a pas une fleur. Pas une plante, pas même fausse. Elle pense alors que dans cette maison, elle n'est pas un meuble mais plutôt un vase.

« Et toi, Camille ? »

Camille sort de ses pensées. Tout le monde la regarde et attend sa réponse.

« Pas trop dur cette dernière année ? demande sa sœur.

— Je... non, ça va. Enfin si. Bien sûr que si, c'est difficile. »

Elle hésite.

« Je... je voulais vous dire... »

Tout le monde la regarde en souriant, des encouragements plein les yeux. Camille reconnaît ces quelques secondes d'attente où tout est encore possible. Elle sent son cœur battre. Il tape si fort contre sa poitrine qu'elle a le sentiment d'être à nouveau couchée sur la route devant la maison de son grand-père et d'attendre le passage éventuel d'une voiture. Vingt ans plus tard, Camille attend toujours la possibilité de l'accident.

« Je voulais vous dire que j'étais contente d'être avec vous aujourd'hui.

— Oh, nous aussi, ma chérie ! »

Sa mère décolle légèrement le dos du fauteuil dans lequel elle est assise et lui frictionne énergiquement le genou. Camille sait qu'il s'agit là d'un geste d'affection dans cette famille si peu encline aux effusions tactiles. Elle prend une grande inspiration.

« Et aussi que j'ai arrêté mes études de droit. Pour devenir fleuriste. »

Sa mère la dévisage pendant un moment qui lui paraît interminable. Camille se demande si ce qu'elle vient de dire a bien atteint son cerveau ou si c'est resté coincé quelque part, en travers de sa gorge. Quel sentiment se cache derrière cet air glacé qui a figé son visage ? Tout à coup, Camille se rend compte que la réponse à cette question lui est bien égale. Elle n'a plus l'impression d'attendre une délibération, mais plutôt d'être libérée de tout un tas de tensions. Elle attend patiemment que les mots sortent de la bouche de sa mère, mais elle pourrait tout aussi bien attendre un bus, rien ne serait différent.

« Une vie se rate si vite », dit-elle finalement en prenant une gorgée de champagne comme si tout cela venait de lui passer au-dessus de la tête.

Camille doit tout de même admettre que le bus vient de la percuter de plein fouet. Elle se redresse :

« C'est un aveu ? » demande-t-elle, les poings serrés.

Sa mère tousse dans sa flûte et son père, à qui elle n'a pas encore jeté un œil, se lève d'un bond. Il foudroie Camille du regard, mais aucun mot ne franchit la barrière de ses lèvres. Sa sœur se masse doucement les tempes, l'air absent, perdu quelque part sur l'horrible lino du salon, et Mathias fourre un toast de tapenade dans sa bouche.

Camille se lève et s'avance vers la table sur laquelle elle a posé la carafe remplie de fleurs.

« Je suppose que ce bouquet n'est pas d'une grande utilité dans cette maison. Je ferais mieux de le reprendre.

— Techniquement, les fleurs ne sont pas "utiles" », avance Mathias.

Virginie lui donne un coup de coude dans les côtes.

« Camille, c'est une blague, n'est-ce pas ? Tu n'as pas fait toutes ces années d'études pour finir "fleuriste" ? »

Sa mère a cette capacité à mettre des guillemets aux phrases, même à l'oral. À cet instant, Camille imagine cette ponctuation tels des crochets qu'elle pourrait lancer aux visages de ces quatre idiots snobs et prétentieux.

« Je n'ai jamais aimé le réel et vous le savez bien. Les rhumes, les cancers, la mort, très peu pour moi. Alors les divorces et les procès, c'est la même chose. Je n'ai jamais supporté ce premier degré de la vie. J'aime ce que je fais et je ne vois pas pourquoi je devrais avoir honte de ce que j'aime. Et si vous m'aimez, ça ne devrait rien changer. Je suis votre enfant, tout ce que je suis, ça vient de vous. »

Camille claque la porte et Mathias en profite pour prendre le dernier toast.

66
Camille

Camille a raté le dernier train d'une dizaine de minutes et le prochain est dans plus de deux heures. Elle se demande ce qu'elle va faire pendant tout ce temps. Elle pourrait contacter une amie d'enfance qui vit toujours à Poitiers, prendre une chambre d'hôtel et passer la soirée à discuter du bon vieux temps… Mais Camille n'a pas son portable. Et tout bien considéré, elle n'a pas non plus beaucoup d'amis d'enfance.

Elle est sur le parvis de la gare et elle observe cette ville qui l'a vue grandir. Elle a toujours trouvé difficile de revenir ici, dans le théâtre de son enfance. Cela la rend à chaque fois terriblement mélancolique. C'est comme si l'enfant qu'elle avait été était en réalité un être humain distinct pour lequel elle éprouvait la plus grande compassion. Si la petite fille s'était doutée une seule seconde de ce que deviendrait la grande… Cette ignorance l'émeut chaque fois.

Elle revoit les mêmes lieux qui n'ont pas changé et qui lui rappellent qu'elle n'est que de passage. Qu'une nouvelle génération a pris possession du territoire, une génération qui ne se doute pas encore de l'étendue du monde.

Camille repense à l'odeur des matins de septembre quand les cartables étaient encore pleins de sable. À l'épicerie dans laquelle elle achetait des bonbons sur le chemin de l'école et dans laquelle elle a connu sa première et unique expérience de vol. Un vol sans intérêt, comme un rite de passage. Elle revoit le café à la terrasse duquel elle a commandé son premier Monaco. Le gymnase dans lequel elle a couru après un ballon comme si sa vie en dépendait. Elle repense à ce temps qui n'en finissait pas de s'étirer et de ces drames qu'elle pensait insurmontables. Pierre ne l'aimait pas. Fanny avait trouvé une nouvelle meilleure amie. Vanille n'avait pas survécu au pare-chocs de la voiture. L'enfance était cette période exacerbée qu'elle n'avait pas aimé vivre. Tout lui avait semblé si intense. Démesurément intense.

Mais maintenant qu'elle connaît l'histoire de Marguerite, tout cela lui paraît si exagéré. Excessivement exagéré.

Alors pour ne pas perdre de temps, Camille loue une voiture et prend la route.

*

Camille se gare devant la vieille bâtisse. Elle coupe le moteur et reste quelques secondes à l'intérieur du véhicule sans bouger. Elle détaille cette maison qu'elle a si souvent redessinée dans son imagination. La façade, les fenêtres, les tuiles. Elle n'a pas beaucoup changé au final. Elle est juste en meilleur état. Les pierres manquantes ont été remplacées, l'herbe a été coupée et les volets repeints. Elle redoute de découvrir l'intérieur.

Camille n'est pas venue directement. Elle a d'abord voulu marcher au bord de l'océan, cette vaste étendue d'eau qui n'arrête pas d'exprimer ses émotions. L'océan en hiver, celui qu'elle reprochait tant à ses parents et qu'elle vit aujourd'hui comme un luxe. Elle a eu l'impression de l'avoir privatisé. Elle a senti la brume de ses vagues iodées lui fouetter le visage et les petites perles de cristal glisser le long de ses cheveux. Elle a fini par quitter ses chaussures et par enfoncer ses orteils dans le sable vierge, comme s'il était tombé la veille. Et puis elle s'est assise pour le regarder. Ne rien faire d'autre que le regarder, entendre ses grondements, encore et encore, pour tous les autres qui ne viennent le voir qu'en été. Camille s'était sentie à contretemps. Elle ne faisait pas comme les autres, et peut-être ne l'avait-elle jamais fait. Après tout, n'était-elle pas seule sur des kilomètres alors que la population mondiale était de plus en plus dense ? N'était-elle pas venue trouver quelque chose que les autres ne cherchaient pas ?

Elle pense à ses camarades de promotion qui sont avocats ou en passe de le devenir. Elle s'est toujours sentie comme un poisson à contre-courant et alors qu'elle trouvait cela désagréable, pour la première fois de sa vie, elle en est fière. Elle est différente. Elle est unique. Elle a compris la beauté de l'océan en hiver.

Il fait nuit à présent et il n'y a pas le moindre bruit autour d'elle si ce n'est le vent dans les branches. Elle a remarqué qu'il n'y avait ni caravanes ni tentes dans le jardin. Elle se demande si le camping existe toujours. Au bout d'une dizaine de minutes, Camille se décide à sortir de la voiture et toque à la porte. Personne ne répond. Elle frappe à nouveau, un peu plus fort cette fois. Elle entend un bruit à l'intérieur, comme une chaise qui racle le parquet, puis des pas qui se rapprochent. La porte s'ouvre et un homme avec une moustache pointue et de grandes lunettes carrées noires se trouve devant elle.

« Oui ?

— Bonsoir, monsieur. Quand j'étais petite, une femme vivait dans votre maison. Et puis il y a eu un camping. Je me demandais si…

— Un camping ? Aucune idée. J'ai acheté cette maison il y a quatre ans. »

Camille jette un œil par-dessus l'épaule de l'homme qui est face à elle. Elle constate que quelques murs ont été montés de part et d'autre de la pièce. Sur l'un d'entre eux, un vélo de course est accroché. Camille observe de grandes boîtes en plastique vert bouteille entassées les unes au-dessus des autres, un rocking-chair en rotin qui fait face à un fauteuil club en cuir vieilli et un grand tapis en peau de bête. L'endroit est décoré avec goût mais Camille trouve l'ensemble un peu fade. Elle s'interroge sur la façon dont les choses ont pu changer à ce point. Son regard revient à l'homme.

« Il y avait une cachette secrète dans le salon…

— Une cachette secrète ? Quelle cachette secrète ? demande-t-il tout à coup perdu.

— Je peux entrer ? »

L'homme semble d'abord surpris. Il fronce ses sourcils et fait rouler le bout de sa moustache entre son pouce et son index. Il dévisage Camille avec attention et se demande quels risques il encourt à laisser pénétrer cette inconnue à l'intérieur de sa maison. Au bout de quelques secondes, il se décide à s'écarter. Camille pose alors le pied sur le sol comme elle l'aurait posé sur la banquise. Elle attend que quelque chose craque et qu'elle soit emportée par un sentiment mystique, mais rien ne se produit. La magie n'est plus là. Elle avance tout de même vers le salon et pointe du doigt le tapis.

« Ah, cette trappe ! Je l'ai condamnée. Imaginez qu'un jour elle se fissure et que tout s'écroule.

— Oui, bien sûr... »

Elle remercie l'inconnu et quitte la maison en silence. Elle s'installe derrière le volant de la voiture et attend un court instant avant de reprendre la route. Étrangement, Camille se sent bien. L'un des plus beaux souvenirs de son enfance vient de disparaître, mais elle vit cela comme une rupture dans une relation néfaste. Ce qu'elle redoutait tant est en fait un acte libérateur. Elle n'est plus enchaînée à un idéal. Elle n'a plus à aller chercher le bonheur dans la vie des autres et à espérer qu'il ricoche sur elle. Le bonheur d'une vie n'est pas une apparence. Et encore moins un souvenir.

67
Camille

Camille est en route pour le *Café Victor*. Elle accélère le pas pour tenter de rattraper son retard dû à une panne de signalisation dans le métro. « Panne de signalisation », elle n'a jamais vraiment compris ce que cela voulait dire. Elle l'imagine évidemment, mais cela arrive si souvent... Il doit plutôt s'agir d'un nom de code pour couvrir tous les problèmes souterrains.

Camille pousse la porte du *Café Victor*. Elle ne connaît pas ce lieu alors elle avance à petits pas. Elle cherche du regard la lourde frange orange d'Adélaïde ou bien sa main dressée lui faisant signe. Habituellement, il ne lui faut pas plus d'une seconde pour repérer sa patronne. Mais pas cette fois.

Cette fois, son regard accroche un autre regard qui la fixe en silence. Elle se demande ce qu'il fait là. Pourtant, elle a le pressentiment qu'il ne s'agit pas d'une coïncidence. Elle s'avance vers lui sans un mot mais, au même moment, elle sent son téléphone vibrer dans sa poche. C'est un message d'un numéro qu'elle ne connaît pas.

Ton téléphone t'attend au bar.
Tu peux laisser le mien en
échange, je passerai le récupérer.
Bonne discussion, Camille.
Tu es formidable ! Adélaïde

Elle lève la tête et remarque que Thomas n'a pas bougé. Il est toujours assis face à elle, en train de la fixer avec une certaine assurance qui la déstabilise. Elle fait quelques pas jusqu'à la table.

« Je suis content que tu sois là.

— Moi aussi, dit-elle en s'asseyant, un peu déroutée.

— Je suppose que je ne suis pas le premier à vouloir te poser des questions d'ordre juridique. Mes amis me demandent en permanence de leur trouver l'appartement de leurs rêves. C'est juste que mon père a eu un accident de voiture, le panneau de signalisation n'était soi-disant pas en place. Du coup, il se demande si... »

Camille n'écoute plus Thomas. Les mots « panne de signalisation » clignotent dans sa tête. Et si cet homme, assis en face d'elle, utilisait un nom de code pour passer du temps avec elle ? Le monde souterrain, le monde en surface... tout cela n'est pas si différent en fin de compte. Qu'elle soit avocate ou fleuriste, à qui cela importe-t-il ? Elle n'a elle-même que très peu d'avis sur la profession d'agent immobilier. Elle ne s'est pas posé la question. Elle imagine toujours ce qu'il se passe dans la vie des autres, mais elle ne réfléchit jamais à ce qu'elle ressent ou pense, elle.

« Tu sais quoi ? On s'en fiche ! Qu'est-ce que ça peut faire ? Qu'il se débrouille, pour une fois.

— Pourquoi es-tu agent immobilier ? »

Thomas semble pris de court. Son visage se crispe légèrement et prend un air plus sérieux.

« J'aime bien l'idée du foyer. Un endroit de repli, un lieu immuable qui nous accueille quoi qu'il arrive. Chaque fois que je permets la vente d'une maison ou d'un appartement, j'imagine offrir aux gens cette possibilité-là. »

Il fait une pause avant de reprendre.

« D'ailleurs, Camille, j'ai quelque chose à te dire.

— Moi aussi.

— Ah, je...

— Commence, je t'en prie.

— L'appartement de Marguerite n'est plus à vendre.

— Ah. »

Thomas s'attendait à voir Camille surprise, peut-être même un peu déçue.

« Tu étais au courant ? demande-t-il.

— Oui. Elle s'ennuyait... Elle avait besoin que des gens lui rendent visite. »

Thomas fronce les sourcils. Camille se demande si Marguerite lui a vraiment dit toute la vérité, mais avant qu'il ait le temps de poursuivre, elle prend une grande inspiration :

« Et moi je... je ne cherche pas non plus à acheter un appartement. J'aime beaucoup le mien qui se trouve juste en face de celui de Clémence et Arthur. Et puis je ne suis pas avocate. Je suis fleuriste.

— Je vous sers quelque chose ? » l'interrompt un serveur.

Camille n'ose pas bouger. Elle fait l'effort de maintenir son regard plongé dans celui de Thomas mais à chaque seconde qui s'écoule, elle sent ses yeux sur le point de se noyer. Pour la première fois depuis leur rencontre, Camille se met enfin à sa place. Elle a envie de dire quelque chose, mais les mots lui échappent.

« Café ? Verre de vin ? insiste le serveur dont personne ne se préoccupe.

— Ce ne sera pas nécessaire, merci. Enfin vous pouvez toujours servir un peu de vin à Camille. *In vino veritas*, c'est ce qu'on dit, non ? Ça ne peut pas lui faire de mal. »

Thomas attrape son manteau sans se retourner et quitte le bar.

« Alors, ce vin. Plutôt rouge ou blanc ? »

68

Camille

Il est presque quinze heures et la boutique est vide. Camille profite de ce moment de calme pour trier les factures et faire un peu de rangement. Elle n'a pas envie de rester inactive et de laisser à son esprit la possibilité de divaguer jusqu'à Thomas. Alors elle se met à enlever la poussière qui recouvre les étagères, ajuste les tuteurs des plantes qui s'affaissent, passe un coup de balai dans les angles de la pièce. Elle est sur le point de retirer les quelques feuilles d'olivier qui entourent les pots en terre cuite quand une cliente arrive près de Camille sans qu'elle l'ait entendue entrer.

« Bonjour, mademoiselle, j'ai besoin d'un petit renseignement. Voilà, je vous explique, je vis au premier étage dans une petite rue pas loin d'ici. J'ai la chance d'avoir un petit balcon, très agréable soit dit en passant, mais qui se trouve malheureusement être très peu ensoleillé. Auriez-vous des fleurs qui poussent à l'ombre ?

— Bien sûr. Il y a les pervenches, les physalis, les giroflées aussi… De manière générale, il faudra privilégier les plantes vivaces.

— Qu'entendez-vous par plante vivace ?

— C'est une plante qui peut vivre plusieurs années. Elle résiste au froid de l'hiver et à la sécheresse de l'été. Elle vit aussi bien à l'ombre qu'au soleil.

— C'est une plante qui a envie de vivre, dit la femme en riant.

— C'est vrai », répond Camille.

Elle n'avait jamais réfléchi aux plantes vivaces de cette manière. Parce qu'elles ne sont pas fragiles, ces fleurs sont perçues comme peu délicates, peu précieuses... ordinaires. En réalité, elles ont tout compris. Vivre dans l'ombre ne les empêche pas de vivre au soleil. Alors que le contraire, lui, n'est pas forcément évident.

*

Camille est en train de finaliser la commande pour le prochain atelier terrarium. Grâce à la billetterie en ligne, il a suffi d'une demi-journée pour que toutes les places soient réservées. Ce succès encourage Camille à penser aux prochaines activités qu'elle pourrait organiser. Peut-être une animation pour les enfants. Après tout, c'est à cet âge que son amour des plantes était né.

Adélaïde est arrivée depuis un quart d'heure déjà. Elle est assise sur l'un des hauts tabourets en fer forgé de la boutique, en train de boire son café. Son dos est appuyé contre le mur en pierres blanches et sa tête est renversée en arrière. De temps en temps, elle fait une légère impulsion vers l'avant et ses lèvres plongent dans sa tasse avant de reprendre sa position initiale. Ses yeux fixent le plafond, immobiles, comme si une étoile filante était sur le point de fendre le plâtre.

« Je pense ouvrir une troisième boutique, dit-elle tout à coup.

— Ah bon ?

— Oui, je trouve que trois boutiques, c'est bien. »

Elle boit une gorgée de café avant de poursuivre.

« Deux, ce n'est pas suffisant. Un, deux. Personne ne compte jusqu'à deux. Il manque quelque chose, tu ne trouves pas ? Un, deux. On a envie de dire trois.

— ...

— Et puis, on ne va pas se mentir. Je ne m'occupe pas vraiment de deux boutiques aujourd'hui. Tu es complètement autonome sur celle-ci. »

À nouveau, Adélaïde s'arrête de parler. Elle regarde ailleurs d'un air songeur.

« Je pense que Lucas est prêt pour prendre de plus grandes responsabilités. Tu ne crois pas ? Avec ton aide, bien sûr.

— Oui, il s'en sortirait très bien. Et puis, il faut bien placer la barre légèrement trop haut, n'est-ce pas ? » dit-elle dans un sourire.

Adélaïde décolle son dos du mur et sa chaise oscille légèrement.

« Exactement !

— D'ailleurs, j'ai pensé à quelque chose. »

La patronne se redresse et fixe Camille droit dans les yeux, impatiente de connaître cette nouvelle idée.

« Une fois par mois, nous pourrions proposer une plante atypique, qui ne se trouve pas chez les fleuristes traditionnels. Une sorte de rendez-vous de curiosité. Premièrement, cela nous permettrait de nous diversifier par rapport à l'offre actuelle, mais aussi d'augmenter le trafic au sein de notre atelier. Les clients viendraient voir la fleur du mois. Je pensais commencer avec la protée royale. C'est la plante nationale de l'Afrique du Sud. »

Adélaïde sourit. Sans un mot, elle se lève et se dirige vers la sortie. Au moment de franchir la porte du magasin, elle se tourne vers Camille.

« Quand j'ai ouvert ma première boutique, je n'avais pas d'autres objectifs que de planter des fleurs et de les regarder pousser, dit-elle avec un large sourire. Mais quelle fleur, Camille ! Quelle fleur... »

69
Camille

Il pleut des trombes depuis plus d'une heure et Camille observe Clémence et Arthur en train de discuter dans le canapé qui lui fait face. Ils ont allumé une lampe de laquelle se dégage une lumière chaude et Camille a l'impression d'observer l'intérieur d'un œuf. Au centre de cet appartement, c'est la vie qui se développe. Clémence passe furtivement sa main sur son ventre et Camille imagine qu'elle est peut-être enceinte. Elle aimerait voir le ventre de sa voisine s'arrondir au fil des mois et assister à l'apparition de cette vie toute neuve. Une vie sans erreur, sans mauvais choix. Sans mensonges.

La veille, Camille a installé des rideaux à chacune de ses fenêtres et elle imagine que c'est ce que vont faire ses voisins dans les prochains jours, quand ils comprendront qu'une personne vit dans l'appartement en face de chez eux. Elle a choisi une matière transparente, un simple voilage blanc, davantage pour laisser entrer la lumière que pour continuer d'espionner le voisinage. Quand elle est montée sur sa chaise pour glisser les œillets dans la tringle métallique, Camille a pensé aux patchs de nicotine utilisés par les fumeurs pour arrêter de fumer. Elle allait réduire sa dépendance petit à petit, jusqu'à ce que ce voyeurisme disparaisse. Une fois qu'elle a terminé, Camille a tiré les rideaux et elle n'a plus vu que des ombres. Les ombres des autres, pense-t-elle en faisant un pas dans la lumière matinale qui vient de traverser la vitre.

*

Camille est sortie de chez elle. Elle a pensé aux plantes vivaces, à sa patronne qui un jour s'était levée de son canapé et elle n'a pas pu rester en place. Elle court sous la pluie depuis plusieurs minutes mais sa cadence n'a pas ralenti. Les poumons lui brûlent à l'intérieur de sa poitrine, mais elle trouve cette sensation agréable. La douleur a toujours eu cette capacité de la faire se sentir vivante. Et puis elle a de tout temps aimé courir sous la pluie. Les gouttes autorisent les larmes en public et pour Camille rien n'est plus réconfortant que de pleurer au milieu des autres. Si elle est si joyeuse, c'est parce qu'elle sait apprécier la tristesse. Petite, elle cherchait de bonnes raisons pour pouvoir pleurer en toute légitimité. Déclarée sensible par le reste de sa famille, elle était cette enfant qui riait et pleurait en même temps.

Virginie lui a téléphoné plusieurs fois depuis la semaine dernière. Elle tente de faire le pont entre sa sœur cadette et ses parents en minimisant les torts de chacun, mais Camille ne se sent pas prête. Elle a besoin d'un peu de temps. Peut-être que tout enfant a besoin un jour de connaître une rupture avec ses propres parents. Ne plus être la fille de sa mère ni de son père. Ne plus être la fille de personne. Une sorte d'émancipation de la préposition. Et puis Camille a l'impression que cette situation resserre ses liens avec Virginie. Elle est heureuse que sa sœur l'appelle et s'inquiète pour elle, alors sans doute fait-elle inconsciemment durer la situation.

Camille remonte l'avenue de la République et continue sur l'avenue Gambetta. Elle tourne au croisement avec la rue Désirée, bifurque à la première intersection et s'arrête au numéro 6. Quand elle sonne à l'interphone, elle est trempée de la tête aux pieds et de grosses gouttes dégoulinent le long de sa joue.

« Oui ?

— Livraison de pizza pour le troisième étage, appartement de gauche. Votre voisin ne répond pas, pouvez-vous m'ouvrir ? »

Un claquement sec indique que la porte est déverrouillée et Camille se glisse aussitôt à l'intérieur de l'immeuble. Les mensonges peuvent être si pratiques, pense-t-elle avant de chasser cette idée de sa tête. Elle monte l'escalier sur la pointe des pieds en essayant d'être la plus discrète possible. Marguerite lui avait indiqué le troisième étage, appartement côté rue, mais elle n'avait pas pu obtenir davantage d'informations. Quand elle pose le pied sur la dernière marche, Camille constate que deux portes parfaitement identiques donnent sur la rue.

Gauche ou droite ?

Camille sourit. Elle a l'impression d'être à nouveau face à Thomas dans ce bar, le soir où elle avait voulu lui dire toute la vérité. S'il avait pris le verre de sa main gauche… Camille s'avance sans réfléchir et frappe à la première porte. Elle attend sans bouger que quelqu'un vienne lui ouvrir et elle espère de tout cœur que ce sera lui. Sinon, elle devra frapper à l'autre porte avec la certitude qu'il sera celui qui ouvre et Camille n'apprécie pas les évidences. Elle préfère le hasard et les décisions aléatoires.

Camille entend quelqu'un s'approcher de la porte. Pour ne pas être vue à travers le judas, elle a volontairement attendu que la lumière des parties communes s'éteigne avant de toquer. Au bout de quelques secondes, elle entend le bruit d'une clé qui tourne dans la serrure et la porte s'ouvre devant elle.

70
Camille

Camille remarque sa barbe de quelques jours qui couvre sa mâchoire carrée comme la forêt prend parfois possession des collines. Elle observe ses yeux gris, ces deux grands nuages qui offrent de l'ombre les jours de canicule. Elle s'arrête sur son nez et tout à coup, elle lui trouve une virilité étourdissante. Camille a toujours aimé ce trait de caractère au milieu de la figure. Il lui semble que c'est la seule liberté artistique que puisse prendre un visage. Les yeux, tout le monde aime les yeux. Ce reflet d'humanité qui rend le corps vivant sera toujours une évidence. Mais Camille n'aime pas les évidences. Elle aime les nez tordus. Les cloisons nasales qui se prennent pour des labyrinthes souterrains. Les nez sont des décisions aléatoires.

Il est surpris de la voir et c'est ce que voulait Camille. Que la surprise supplante la colère. Pourtant, il ne laisse presque rien paraître. Il se contente de se décaler pour la laisser entrer et c'est ce qu'elle fait, dans son collant de course orange fluo et son bandeau noir autour de la tête. Elle s'est présentée sans artifice et elle n'a pas cherché à être à son avantage.

Camille fait quelque pas dans l'entrée et constate que l'appartement est entièrement plongé dans le noir. Ce n'est qu'en avançant vers le salon qu'elle remarque un faisceau lumineux qui se jette sur le mur d'en face. Camille est sur le point de lui demander pardon de le couper en plein milieu d'un film, mais Thomas devance ses paroles.

« Je l'ai déjà vu.

— Qu'est-ce que c'est ?

— *Domicile conjugal*, de François Truffaut.

— Ah, d'accord. »

Camille n'ajoute rien. Elle n'est pas particulièrement cinéphile et, de toute façon, elle serait bien incapable de se souvenir des rares films qu'elle a déjà vus. Elle cherche quelque chose à dire pour relancer la conversation, rompre le silence, mais rien ne lui vient. Thomas ne lui demande pas ce qu'elle fait là, si elle savait où elle allait quand elle a enfilé sa tenue de course à pied ou comment elle a obtenu son adresse. Alors que Camille s'avance d'un pas, la lumière du projecteur se coupe et un voyant lumineux se met à clignoter. La machine vient de se mettre en veille, plongeant Thomas et Camille dans une noirceur intense.

Elle fait à nouveau un pas et, cette fois, elle n'est plus qu'à quelques centimètres de lui. Elle a le corps encore chaud de sa course et elle imagine que si Thomas était une vitre, cette promiscuité le couvrirait de buée.

Il ne bouge pas pourtant. Il reste droit, immobile, presque tendu. Camille sent qu'il se laisse faire, mais qu'il ne fera rien. Elle soulève légèrement ses talons du sol et sa bouche vient effleurer sa barbe rugueuse. Au contact de ses lèvres, Thomas ferme les yeux et dans un souffle, sa tête fait un léger balancement en arrière avant de revenir au même endroit. Juste quelques centimètres au-dessus de Camille.

Elle est toujours sur la pointe des pieds et son corps est parfaitement parallèle à celui de Thomas. Dans le silence de l'appartement, elle essaie de contenir sa respiration mais son souffle se saccade. Délicatement, elle pose sa main sur son torse et en réaction elle voit ses deux lèvres charnues s'entrouvrir légèrement. Elle est si près de lui, Camille a l'impression de pouvoir le respirer. Un mélange de notes boisées, de cuir et de cognac. Une odeur douce et corsée. Puissante et déstabilisante. Ces effluves lui font l'effet d'un choc olfactif. Camille se sent ivre. Elle a le sentiment que ses lèvres sont pendues dans le vide, que la tête lui tourne et que le bas de son ventre se tord d'impatience. Elle est sur le point de poser ses pieds au sol pour se ressaisir quand Thomas l'attrape par les hanches et la plaque contre son corps. Il regarde Camille droit dans les yeux et elle devine qu'à chaque seconde se joue le procès d'une décision. Fuir ou rester. Il passe sa main au creux de sa nuque et dans une dernière indécision, il avance ses lèvres et l'embrasse. Doucement d'abord puis intensément ensuite. Il la soulève et l'emmène sur son lit. Il retire son tee-shirt mouillé et ses lèvres glissent sur sa peau, sa bouche, son cou, le creux saillant de sa clavicule, ses seins. Camille frissonne et Thomas couvre son corps de ses mains chaudes. Elle le trouve épais, compact, dense. Elle se dit qu'il la recouvre tout entière et elle se sent fragile et puissante à la fois. Elle avait presque oublié ce qu'était un homme. Ce corps moins doux que le sien, plus lourd, plus athlétique. Plus viril. Elle goûte à ses lèvres comme l'on mord dans une mangue, ce fruit à la pulpe vive et à la saveur acidulée. Elle se dégage doucement, reprend sa respiration mais Thomas revient vers ses lèvres et elle devine dans ses yeux qu'il lui en veut encore. Mais c'est plus fort que lui. Il ne maîtrise rien. Ces gestes doux et intenses qui parcourent le corps de Camille, ce n'est pas lui, mais le désir qui l'habite.

Camille voudrait arrêter le temps, que sa vie ne soit qu'une répétition infinie de ce moment, mais c'est l'inverse qui semble se produire. Tout s'accélère. Leurs deux corps s'entremêlent dans un mélange harmonieux et cette évidence des corps paraît réduire le nombre de secondes contenues dans une minute.

*

La passion a laissé place à une légère gêne. Thomas est assis au bord du lit, il regarde le sol en silence pendant que Camille se rhabille. Elle se sent vide comme si le vide était en réalité un énorme poids à l'intérieur du corps. Elle n'ose pas se retourner et faire face à Thomas.

« Je n'y arrive pas, Camille. Je voudrais me dire que tout ça n'a pas d'importance, que ce n'était pas des mensonges mais plutôt une blague… Mais toute mon enfance j'ai souffert de ça, de cette confiance en permanence trahie par mon père. De l'égoïsme des mensonges… »

Camille ne dit rien. Elle passe lentement son bras dans la manche de son gilet à capuche. Elle aimerait pouvoir parler, justifier ce qu'elle a fait, mais elle a trop honte pour le faire. Elle aurait l'impression de mendier sa clémence et elle ne veut pas de réduction de peine. Elle voudrait qu'il lui pardonne sans circonstance atténuante pour qu'il n'y ait jamais de retour en arrière.

Elle attache ses cheveux. C'est un geste qu'elle fait rarement mais elle a envie de ces quelques secondes supplémentaires avant de disparaître de sa vie. Thomas regarde la nuque de Camille et cette vision réveille en lui une révolte intérieure. N'y a-t-il rien de plus beau que la nuque d'une femme ? Il a envie de la prendre dans ses bras, de sentir sa peau contre la sienne, de se fondre en elle. Mais à la place il masse son pouce gauche comme s'il cherchait à le dévisser. Camille se dirige vers la porte et, sans se retourner, marque un temps d'arrêt juste avant de la franchir.

« Je suis désolée. Je vivais une autre vie que la mienne. »

71

Camille

Camille est derrière son comptoir, elle attend une livraison de fleurs séchées. Cela fait longtemps que cette idée lui trotte dans la tête et elle a enfin pris le temps de la réaliser. Dans un coin de la boutique, elle a tendu une ficelle à laquelle elle a accroché des mottes de fleurs fraîches, têtes en bas. Chaque matin elle vérifie leur évolution et elle note dans un carnet la vitesse à laquelle elles sèchent en fonction de leur variété. Quand elles seront prêtes, Camille les vaporisera d'un coup de laque pour les figer et les protéger. Elle souhaite comparer ses propres fleurs à celles qu'elle s'apprête à recevoir. Elle espère que le magasin n'est pas trop humide pour parvenir à un résultat satisfaisant, car elle préférerait les créer elle-même. Elle imagine déjà les bouquets qu'elle composera à base de gypsophile, de blé sec, de rhodanthe, de chardon bleu, de plumeaux… Elle est impatiente de développer cette nouvelle offre.

Elle repense aux trois leviers de vente d'Adélaïde pour multiplier le chiffre d'affaires et plus particulièrement à celui qui consiste à augmenter le nombre de clients. Car grâce aux fleurs séchées, Camille en est sûre, elle va réussir à convaincre tous ceux qui pensent que les bouquets ne durent pas assez longtemps. Ou bien ceux qui n'ont pas envie de s'occuper de leurs plantes. Il suffit d'un coup de sèche-cheveux de temps en temps pour que la poussière s'envole. Rien de plus.

Camille jette un œil aux chiffres du mois précédent et elle constate qu'ils sont supérieurs de douze pour cent à ceux de l'année dernière à la même période. Elle se sent grisée par ces chiffres qu'elle peut influencer de ses propres initiatives et par la liberté et le pouvoir dont elle jouit désormais dans ses fonctions. La semaine dernière, Adélaïde lui a donné carte blanche. Peut-être se sentait-elle coupable d'avoir provoqué un tel fiasco lors de ce rendez-vous arrangé... Ou bien était-ce parce que Camille s'était ruée dans le travail et qu'elle méritait cette responsabilité absolue. Elle avait eu beaucoup de peine et, aujourd'hui encore, il lui arrivait de ressentir une profonde tristesse lorsqu'elle pensait à Thomas, mais d'une certaine manière Adélaïde l'avait libérée. Grâce à elle, elle avait retrouvé cette joie de vivre qui l'avait quittée sur la pointe des pieds à mesure qu'elle s'enfermait dans ses mensonges.

Un homme pousse la porte de la boutique et la sort de ses pensées.

« Madame Camille Fontan ? J'ai une livraison pour vous.

— Ah, parfait ! Vous pouvez tout déposer là, dit-elle en désignant l'emplacement vide au milieu de la boutique. Attendez, je vais juste décaler ces plantes pour que vous ayez suffisamment de place. »

Camille s'est baissée et commence à transporter des pots en terre cuite d'un bout à l'autre de la pièce.

« Heu... je ne crois pas que ce soit nécessaire. »

Camille se relève, souffle sur la mèche de cheveux qui lui est tombée sur le visage et fixe l'homme qui se trouve en face d'elle.

« C'est juste ce bouquet », dit-il en tendant à la jeune femme une quinzaine de tulipes roses enroulées dans une feuille de papier kraft.

Camille fronce les sourcils. Elle fait rapidement l'inventaire de ses dernières commandes, mais il n'a jamais été question de tulipes. Encore moins d'un seul bouquet. Cela n'a pas de sens ! Le livreur semble remarquer son désarroi.

« Je... crois que c'est une livraison personnelle, madame.

— Pardon ?

— Ces fleurs, elles sont pour vous. Pas pour la boutique. Je dois bien reconnaître que ce n'est pas courant, livrer des fleurs à une fleuriste. Mais bon, pourquoi pas, après tout. Vous pouvez signer là, s'il vous plaît ? »

Camille s'exécute docilement, le bouquet posé sur son avant-bras.

« Il n'y a pas de carte ? ose-t-elle enfin demander.

— Heu non. Enfin si. Il est spécifié qu'il faut les mettre dans un vase avec un peu d'eau, mais je ne sais pas s'il est très nécessaire que je le précise... »

Elle hoche la tête.

« Merci, monsieur. »

Camille va chercher un haut vase en verre transparent dans l'arrière-boutique et glisse les tiges des tulipes à l'intérieur. Elle observe un instant ces fleurs tout en longueur, les pétales fermés d'un rose pâle, ce mystère qu'elles renferment… Qui a bien pu lui faire parvenir ce bouquet ? Elle pense à Thomas, évidemment, mais chasse aussitôt cette pensée d'un revers de main. Elle refuse de subir la tyrannie des faux espoirs. Une semaine plus tôt, il s'était parfaitement fait comprendre. Camille n'a pas le temps d'aller plus loin dans sa réflexion car une femme vient d'entrer dans la boutique et annonce qu'elle a une livraison. Cette fois, il s'agit bien des fleurs séchées.

72
Marguerite

Marguerite est assise dans le fauteuil près de la fenêtre de son salon. Elle tient quelques feuilles de son journal à bout de bras, les autres ont glissé le long de ses jambes et sont venues s'échouer à ses pieds. Cela faisait longtemps qu'elle n'avait plus lu les nouvelles du jour. À vrai dire, elle n'en voyait plus l'utilité. Elle ne souhaitait pas être informée au sujet d'un monde qu'elle était sur le point de quitter. À la mort de Jeanne, il lui était arrivé de s'asseoir dans ce fauteuil et de ne rien faire d'autre qu'attendre. L'attente comme occupation à part entière.

Ce matin, pourtant, en passant devant le kiosque à journaux, Marguerite a acheté *Le Monde* un peu comme on commande un café dans un bar. Un réflexe qu'elle aurait emprunté à la population active dans un élan de communion. Tenir le papier entre ses doigts lui donnait l'impression de renouer avec des sensations perdues. L'encre qui s'imprime sur le bout de ses doigts, le papier qui se froisse et se mélange, et puis cette odeur légèrement alcoolisée.

Sur le chemin qui la mène à son appartement, Camille s'arrête au numéro 62 de la rue Deguerry. Elle porte au creux de son bras un grand bocal de verre qu'elle tente de maintenir maladroitement le temps d'appuyer sur le bouton de l'interphone.

« Marguerite, c'est Camille. Je vous rapporte votre terrarium.

— Monte ! Monte ! Je suis si contente de te voir ! »

Comme à son habitude, Marguerite file à toute vitesse dans la cuisine et revient quelques instants plus tard avec une théière fumante dans les mains.

« Dans deux semaines, j'accueille une jeune étudiante de dix-huit ans. C'est Thomas qui a eu l'idée ! »

Marguerite remarque cette infime seconde supplémentaire qu'il a fallu à Camille pour cligner des yeux, mais elle a la délicatesse de ne pas insister. Elle poursuit.

« Je ne connaissais pas ce système, mais c'est très simple. J'ai dû remplir un petit questionnaire en expliquant ce que je recherchais et cette jeune fille a fait la même chose de son côté. Nous nous sommes rencontrées et elle est adorable. Elle prépare le concours de médecine alors elle a besoin d'une compagnie calme. J'ai déjà préparé sa chambre, tu veux voir ? »

Camille accepte et suit Marguerite à travers l'appartement. Au bout du couloir, la vieille dame pousse une porte et propose à son invitée de pénétrer à l'intérieur. Une agréable odeur de lessive émane de la pièce et Camille devine le soin avec lequel le lit a été préparé : la couette méticuleusement pliée, l'oreiller parfaitement aligné au centre du lit et la surface lisse du drap qui recouvre le matelas. Les deux femmes restent là un instant, sans prononcer la moindre parole. Camille adore cette odeur de lessive qu'elle associe au sentiment d'être attendu quelque part.

« Tu vois, c'est dans cette pièce que je me cachais », dit-elle à voix basse.

Marguerite s'avance et ouvre la porte du placard qui se trouve dans l'angle de la pièce. Elle se met à quatre pattes avec l'agilité d'une jeune fille et, d'un geste, elle fait pivoter une planche en bois qui dévoile un double fond. L'espace paraît minuscule à Camille.

« Il fallait être menue, bien sûr. Mais à l'époque ce n'était pas un problème.

— Vous n'avez jamais pensé à détruire ce placard ?

— Non. »

Marguerite réfléchit une seconde avant de poursuivre.

« J'ai un attachement particulier aux objets qui m'ont permis de survivre. »

*

Sur le pas de la porte, Camille embrasse Marguerite. La vieille dame lui semble si petite tout à coup. Si fragile.

« Je voulais vous remercier pour tout ce que vous avez fait pour moi.

— C'est moi qui devrais te remercier. Te parler m'a fait beaucoup de bien, tu sais. Je crois que c'était une dernière étape nécessaire à mon histoire. Il m'a fallu du temps pour comprendre que le plus important n'est pas que j'aie été haïe par des milliers de personnes. Le plus important, c'est que j'aie été intensément aimée par un petit groupe d'individus. »

La vieille dame pose sa main sur l'avant-bras de Camille dans un geste affectueux.

« Quand on a été sauvée comme je l'ai été, quand l'amour que l'on nous témoigne dépasse la haine et la peur de mourir, alors on porte en soi une dette immense. C'est une flamme qu'il faut un jour transmettre. »

Camille regarde Marguerite droit dans les yeux. Il lui semble voir cette petite fille en fuite, dont la mère a sacrifié les derniers moments d'un amour réciproque pour lui permettre de survivre. Camille pense à tous les mots qui n'ont pu être dits. *Je t'aime en réalité. Je sais que tu m'aimes en réalité*. Les regrets ne sont rien d'autre que la souffrance faite aux autres. Cette tristesse-là ne s'efface jamais. Une ombre voile le visage de Camille et Marguerite se dépêche de lui prendre la main.

« Tu es rayonnante, Camille. C'est comme si… comme si tu venais d'éclore ! »

Marguerite reste sur le palier jusqu'à l'arrivée de l'ascenseur. Les portes s'ouvrent et Camille s'engouffre dans la minuscule cage lumineuse en jetant un dernier regard vers la vieille dame. Marguerite patiente là jusqu'à entendre les portes se rouvrir, six étages plus bas.

« Je suis sûre que tout va finir par s'arranger », murmure-t-elle en rentrant chez elle.

73
Camille

Camille vient de rentrer. Elle jette un coup d'œil rapide par la fenêtre et note aussitôt que des rideaux ont été installés chez Clémence et Arthur. Elle sourit. Cette fois, c'est certain, une page vient de se tourner. Elle avance d'un pas timide vers le centre de la pièce et l'une de ses mains effleure délicatement le vase transparent dans lequel se trouve le bouquet de tulipes. Elle reste plusieurs secondes à contempler ces fleurs, prisonnières de leur tour de verre, dont elle ignore tout de l'expéditeur. Recevoir ce bouquet sur son lieu de travail alors qu'elle est elle-même fleuriste lui avait d'abord paru totalement absurde. Aussi, en sortant de chez Marguerite, elle avait hésité à retourner à la boutique pour aller le récupérer. Ne valait-il pas mieux qu'elle l'y laisse au milieu des autres ? Toute l'attention des fleurs ne réside-t-elle pas uniquement dans l'identité de celui qui les offre ? Mais petit à petit, ce présent lui avait paru si incongru qu'il avait commencé à lui plaire. Personne ne lui offrait jamais de fleurs, elle n'allait pas passer à côté de ce bonheur éphémère. D'autant que ces tulipes étaient magnifiques.

Camille pense à ses parents. L'idée qu'elles puissent venir de leur part lui a bien traversé l'esprit, mais elle a rapidement laissé tomber cette possibilité. Ils sont bien trop pragmatiques pour cela. S'ils avaient voulu lui faire passer un message, ils se seraient contentés de décrocher leur téléphone et de composer son numéro. D'ailleurs, elle ne sait pas exactement que penser de leur silence. Considèrent-ils que c'est à elle de revenir vers eux ? Est-elle immature d'imaginer qu'un premier pas constituerait une forme d'excuse ? Cette pensée l'agace et elle préfère imaginer d'autres expéditeurs. Marguerite peut-être. Mais pour quelle raison ? Et s'il s'agissait simplement d'un fournisseur qui tente de l'amadouer par un geste commercial ? Camille soupire à cette idée qui lui semble la plus plausible. Elle attrape un livre dans sa bibliothèque et s'installe dans son canapé. Elle n'a pas lu depuis si longtemps, pense-t-elle, avant de s'endormir, à l'aube de la dixième page.

À son réveil, la lumière du jour n'a pas encore laissé place à la nuit. Camille regarde l'heure et constate qu'il est à peine plus de dix-huit heures. Elle n'a dormi qu'une demi-heure, pourtant elle a l'impression d'émerger d'un coma de plusieurs années. Péniblement, elle décolle son dos du canapé et fait l'effort de se lever pour ne pas sombrer dans un sommeil qui, cette fois, pourrait l'abandonner au milieu de la nuit. Elle pose son livre sur la table sans prendre la peine de corner la page et se met à ramasser les quelques pétales éparpillés autour du bouquet. Soudain un bout de papier plié en plusieurs morceaux tombe à côté de sa main. Elle jette un coup d'œil inquiet autour d'elle avant de comprendre qu'il provient de l'une des tulipes. Elle le prend alors du bout des doigts et commence à l'ouvrir. À mesure que la feuille se déploie, Camille voit les mots apparaître. Lentement, elle s'assoit sur le bord du canapé et commence à lire en silence.

Camille,

Sans doute faut-il laisser le temps à une fleur d'éclore pour qu'elle dévoile ses secrets. Il m'a fallu le temps qu'elle fane pour te pardonner.

J'espère qu'il n'est pas trop tard.

Thomas

Elle relit plusieurs fois le message et s'apprête à le faire une dernière fois quand un bruit strident la fait sursauter. Quelqu'un vient de sonner.

74
Virginie

« Oui ?

— Camille ? C'est moi. Virginie. »

Camille reste une seconde le combiné de l'interphone collé à son oreille, incapable de bouger.

« Camille ? T'es là ? Tu m'entends ? Tu peux m'ouvrir ?

— Oui, oui, pardon. »

Elle appuie sur l'interrupteur et replace d'un geste lent le combiné contre le mur. Depuis qu'elle vit à Paris, sa sœur n'est jamais venue lui rendre visite. Chaque Noël, chaque anniversaire, chaque fête de famille, c'était elle qui faisait le trajet jusqu'à Poitiers. Bien sûr, il s'agissait avant tout de préserver ses parents, dont l'unique venue dans la capitale avait poussé Camille à regarder les rails du métro sous un autre angle. Mais rien n'avait jamais empêché Virginie de venir la voir.

Camille attend sa sœur dans l'embrasure de la porte. Quand elle l'aperçoit à sa sortie de l'ascenseur, elle ne peut s'empêcher de ressentir un léger pincement au cœur. Toutes ces années de différence, c'était autant d'années qu'elles avaient perdues. Camille a l'impression que la même pensée vient de traverser l'esprit de sa sœur. Ce même constat immuable qui les frappe à cet instant précis, quand elles se rendent compte qu'elles ne se sont pratiquement jamais vues en dehors de la maison familiale. Chaque ride au coin des yeux dans le sourire de leurs retrouvailles lui rappelle les traits d'un prisonnier sur le mur de sa cellule. Le temps qui a passé s'est inscrit là. Alors, quand Virginie se trouve à quelques mètres d'elle, Camille ouvre les bras et accueille sa sœur avec une tendresse nouvelle.

« Je suis contente de te voir.

— Moi aussi. »

Virginie s'assoit sur le canapé et observe sa sœur en cuisine. Elle a sorti un plateau sur lequel elle pose deux verres, deux tasses, différents jus de fruits, un grand nombre de sachets de thé et plusieurs paquets de gâteaux. Virginie trouve cette agitation touchante et cette abondance de mets proche de l'attention maternelle. En réalité Camille s'aperçoit qu'elle ignore tout des goûts de sa sœur et qu'elle comble le vide de ses connaissances par une profusion de possibilités.

« Je te trouve très courageuse, Camille. Il faut une grande force de caractère pour ne pas suivre un chemin tout tracé. »

Virginie choisit un thé au gingembre et citron et Camille se promet de s'en souvenir.

« Alors que moi, je me suis contentée d'aller là où j'étais attendue.

— Tu as toujours été plus brillante aussi... »

Camille se demande tout à coup si cette histoire d'ombre ne vient pas de là. De cette sœur si éclatante à qui tout le monde prédisait un avenir radieux et à côté de laquelle elle passait souvent inaperçue. Camille se souvient des tables sur lesquelles sa sœur dansait, des fourchettes qu'elle prenait pour un micro et des regards des garçons qui tentaient de s'accrocher aux mouvements de ses cheveux.

« J'ai toujours admiré ton côté rebelle et cette façon de te moquer de ce que pouvaient penser les autres. »

Camille a l'impression que sa sœur parle d'une autre personne.

« Je crois que tu fais erreur, Virginie.

— Bien sûr que non. À l'école déjà, tu étais cet électron libre. Tu te souviens de Nadine ?

— Mon amie imaginaire ? » demande-t-elle en se retenant de rire.

Virginie hoche la tête.

« Il y avait cette petite fille, Diane. Un vrai tyran de cour de récréation dont tout le monde recherchait l'attention. Un jour, tu en as eu marre et tu as dit que tu ne voulais plus être son amie. Tu avais neuf ans et tu sais ce que tu lui as dit ? »

Camille secoue la tête.

« Tu lui as dit que quitte à avoir une amie fausse, autant que tu l'inventes de meilleure composition. Tu l'as appelée Nadine et au début, je me souviens, les autres enfants se moquaient de toi. Mais tu t'en fichais. Et puis un jour, Diane a été déchue de ses fonctions de reine et elle t'a suppliée de la reprendre à la place de Nadine. »

Virginie se met à rire. Au début, ce n'est qu'un simple sourire mais sa bouche s'élargit de plus en plus pour laisser sortir un puissant rire sonore.

Camille est surprise par cette spontanéité peu coutumière de sa part mais rapidement, elle se laisse happer par cette frénésie contagieuse. Leurs rires s'enlacent et une fine larme glisse même à l'unisson au coin des yeux de chacune d'elles. Camille la chasse d'un revers de main et se demande quelle émotion se cache derrière cette minuscule goutte salée. Quand elles reprennent leur sérieux, Virginie plonge son regard dans celui de sa petite sœur et Camille croit remarquer un léger voile assombrir son regard.

« Je vais divorcer, Camille. Mathias a quelqu'un d'autre dans sa vie. »

75
Virginie

Virginie est repartie au petit matin. Elle a pris Camille dans ses bras et l'a longuement serrée contre sa poitrine, comme si relâcher son emprise risquait de briser quelque chose entre elles. Les deux sœurs ont dormi ensemble dans le même lit et Camille a eu le sentiment de replonger dans cette enfance qu'elle n'a jamais eue. Une enfance à quelques centimètres de Virginie. Elle a écouté sa respiration, bruyante et régulière, signe d'un sommeil profond, et n'a réussi à s'endormir qu'après avoir analysé chacune des phrases prononcées par sa sœur. Elle avait beau tourner cette histoire dans tous les sens, elle devait admettre qu'il n'y avait rien de particulier à comprendre. Tout cela était tristement classique, de ce banal qui arrive tant aux autres que l'on s'en croit naïvement épargné. Mathias avait rencontré une autre femme, une patiente, et pendant des mois il avait maladroitement menti à tout le monde. Les idiots se repèrent au fait qu'ils se croient plus malins que les autres et Camille avait toujours trouvé Mathias très repérable. Il n'avait pas fallu longtemps à Virginie pour noter l'attitude étrange de son mari. Pourtant elle n'avait rien dit. Elle avait simplement attendu que tout rentre dans l'ordre, que cet écart se change en courbe et regagne le droit chemin. Elle avait honte de le reconnaître, mais elle avait accepté la situation comme un incontournable de la vie. Il y avait les giboulées de mars et l'infidélité de la quarantaine.

C'était ce qu'elle pensait. Du moins jusqu'à son anniversaire.

Car la révélation de sa petite sœur avait eu sur elle l'effet d'un électrochoc. Face au courage de Camille, Virginie ne cessa plus de se demander comment elle avait pu être aussi lâche.

Le soir même, elle annonçait à Mathias qu'elle souhaitait divorcer.

*

Après le départ de Virginie, Camille est allée courir au bois de Vincennes. Pour une fois, elle n'a pas eu envie de se perdre à travers les fenêtres des immeubles parisiens ni de s'évader à travers les vies des autres. Elle a eu envie de se retrouver au milieu des arbres pour se focaliser sur elle-même. La veille, lorsque Virginie avait eu fini de raconter son histoire, un long silence s'était immiscé entre les deux sœurs. Un silence que l'aînée s'était finalement décidée à rompre.

« Et toi ? » avait-elle murmuré en baissant les yeux.

Camille devait admettre qu'elle ne s'attendait pas à cette question. Elle n'était pas sûre d'avoir jamais abordé le sujet de sa vie sentimentale avec sa sœur ni même le sujet de sa vie tout court. Sans doute aurait-elle préféré ne jamais avoir à le faire, mais elle sentait qu'il y avait dans cet échange l'unique passerelle qui menait à cette relation sororale. Alors elle lui avait tout expliqué. De sa fausse recherche d'appartement jusqu'au bouquet de tulipes qui se trouvait devant elles en passant par sa rencontre avec Marguerite. Quand elle avait eu fini, Virginie s'était avancée vers les fleurs et, les yeux fermés, avait pris une grande inspiration. Camille avait été surprise par ce geste qui, lui non plus, ne ressemblait en rien à sa sœur mais elle n'avait rien dit. Elle avait continué de l'observer se déplacer en silence dans son appartement jusqu'à ce qu'elle tire le rideau et jette un œil par la fenêtre.

« C'est étrange, ce vis-à-vis… Cet effet qu'il a eu sur toi. »

Camille l'avait regardée, elle n'était pas sûre de comprendre.

« Il t'a invitée au "vis ma vie" », avait-elle dit, un léger sourire au coin des lèvres.

Camille était restée silencieuse. Cette phrase aussi lui avait semblé étrange dans la bouche de sa sœur. Virginie n'avait jamais été de celles qui réfléchissent au sens des mots. Dans les rares messages qu'elles s'envoient, Virginie utilise des abréviations et n'a que faire des fautes d'orthographe. Elle préfère l'efficacité, le gain de temps, le pragmatisme. À l'inverse, l'esprit de Camille a toujours fonctionné par images. Elle visualise ce qu'on lui dit et voit des métaphores dans chaque phrase ou situation. Mais cette fois, bizarrement, elle n'avait pas fait le rapprochement. Tout peut changer, pense-t-elle.

« Tu devrais aller voir ce garçon dès ce soir. Vous avez l'air d'avoir beaucoup en commun. Et puis… rêver, c'est bien. Vivre, c'est mieux. »

76
Camille

Il n'est pas loin de vingt et une heures et Camille n'a toujours pas bougé. Cela fait presque une heure qu'elle attend sur le trottoir en face de l'agence et que son cœur bondit chaque fois que quelqu'un franchit la porte. Elle sait aussi que si elle attend davantage, ce sera lui qu'elle regardera sortir et elle ne s'imagine pas le rattraper en courant. Cette vision lui paraît suffisamment absurde pour tenter de vouloir la retranscrire dans la vraie vie. Alors Camille prend son courage à deux mains et décide de pousser la porte de l'agence immobilière.

Elle déroule l'écharpe de son cou et avance doucement vers le centre de la pièce. Quelques lumières sont allumées mais les bureaux semblent plongés dans un silence de plomb. Camille se demande si elle n'est pas seule et si le dernier occupant n'a tout simplement pas oublié de verrouiller la porte en sortant. Elle est sur le point de faire demi-tour quand le bruit d'une chaise qui racle le sol se fait entendre. Une pulsion d'adrénaline la saisit aussitôt à la poitrine et Camille hésite à partir en courant mais n'a pas le temps de réagir.

Le bruit de talons de chaussure qui frappent le carrelage se fait de plus en plus distinct et déjà, Thomas se trouve face à elle. Quand il la voit, son visage ne trahit aucune émotion. Il se contente de pencher la tête sur le côté.

« Bonsoir.

— Bonsoir… Je… je m'appelle Camille. Je vis dans le quartier », dit-elle en pointant du doigt la rue située dans son dos, sans prendre la peine de se retourner.

Le regard de Thomas ne bouge pas de celui de Camille. Il est une ancre marine accrochée au bleu de ses yeux.

« J'ai fait des études d'avocate mais je les ai abandonnées. Pour être fleuriste. Et je suis fleuriste. Je crois qu'en réalité je n'ai jamais voulu faire un autre métier que celui-ci. J'avais juste oublié. Parce que… parce que c'était interdit. Chez les Fontan, on n'est pas fleuriste. On naît médecin. Mais on revient toujours à ses rêves d'enfant, pas vrai ? Interdire c'est… c'est juste repousser. »

Thomas la scrute toujours sans un mot. Elle poursuit.

« Je… je n'ai pas les moyens d'acheter un appartement dans cette ville. Mais j'aime bien découvrir la vie des gens. Les souvenirs qu'ils ont rapportés de leurs voyages, la décoration dans leurs toilettes, le titre des livres qu'ils ont dans leur bibliothèque. Le soin avec lequel ils ont agencé tous les objets de leur quotidien. Cet amour confiné à l'intérieur d'un foyer. Et c'est paradoxal, n'est-ce pas, de rêver de l'intérieur d'une maison quand la seule chose que l'on est capable de proposer aux autres, c'est une façade. »

Elle s'arrête à cette phrase. Elle ne sait pas ce qu'elle peut dire d'autre et, de toute façon, elle ne sait déjà plus ce qu'elle a dit jusque-là. Thomas se tient devant elle, il fait un pas dans sa direction, mais d'un coup, il s'arrête.

« Je voudrais... »

Il ne finit pas sa phrase et fait demi-tour en direction de son bureau. Camille est à nouveau seule au milieu de la pièce. Elle sent une chaleur envahir son visage et aimerait trouver un point d'appui pour s'asseoir mais déjà Thomas réapparaît, un casque dans la main gauche qu'il tend à Camille.

« Viens, j'ai quelque chose à te montrer. »

77

Thomas

Le scooter s'arrête dans une rue qu'elle ne connaît pas. Camille retire son casque et fait un pas sur le trottoir en attendant que Thomas la rejoigne. Il plonge ses yeux dans les siens et un léger sourire se dessine au coin de ses lèvres. Elle croit déceler une onde de défi dans ce regard légèrement provocateur. Sans un mot, il compose le code de la porte d'entrée et s'engouffre dans l'immeuble sans prendre la peine d'allumer la lumière. À la deuxième porte, il glisse sa main dans l'une des poches de son manteau et en sort un trousseau de clés. Il en extrait un badge qu'il agite furtivement devant le digicode et un son bref indique la démagnétisation de la porte. Thomas se dirige vers l'ascenseur et invite Camille à passer en premier. Il appuie sur le chiffre sept et une grille se referme sur son passage. L'espace est si étroit qu'un léger vertige les saisit quand leurs regards se croisent. Mais une courte secousse brise ce moment suspendu et leur indique qu'ils sont arrivés. Le dernier étage. Thomas pose un pied sur le palier et continue son parcours sans prononcer le moindre mot. Camille le suit dans ce silence qui semble faire partie de ce rite initiatique. Il fait quelques pas et s'arrête devant une porte. Il tente d'introduire une première clé dans la serrure, puis une deuxième avant de trouver enfin la bonne. Camille imagine qu'il connaît mal l'endroit et elle élimine la possibilité qu'il s'agisse d'un lieu habituel. Le verrou claque une première fois, puis une seconde et Thomas pousse la porte. Il l'invite à entrer et prend le temps de refermer derrière lui à double tour. Il n'allume toujours pas la lumière. Il se contente d'appuyer sur un interrupteur qui semble dérouler des volets électriques, quelque part au loin, dans l'appartement. Il regarde Camille, il attend que ses yeux s'habituent à l'obscurité et que la lune la couvre d'un fin voile ivoire. Elle a envie de lui poser un millier de questions mais elle n'en fait rien. Elle est dans cette douce attente de l'ignorance et ce sentiment la replonge aussitôt en enfance. Attendre et ignorer.

Thomas lui tend la main, et ses doigts n'ont pas fini de glisser au creux de sa paume qu'il l'entraîne dans les profondeurs de cet appartement. Ils empruntent un minuscule escalier en colimaçon, six, sept marches à peine et Camille commence à deviner ce qui s'offre à elle. Elle lève la tête et découvre un plafond de verre qui suit les courbes du mur jusqu'à la façade. Elle fait quelques pas au milieu de cette mezzanine qui abrite des plantes et fleurs en tout genre. D'un coup, l'odeur de la végétation lui attrape les narines et un frisson parcourt la surface de son épiderme. Une verrière ou plutôt une serre.

En plein cœur de Paris. Camille lève les yeux. Elle regrette les lumières de la ville qui éteignent le ciel de ses étoiles mais elle remarque face à elle ces centaines de fenêtres éclairées et elle est subjuguée par cette autre galaxie.

« C'est incroyable, murmure-t-elle.

— J'ai eu envie de te montrer cet appartement à la minute où j'ai franchi la porte d'entrée. Ce genre d'endroit… c'est très rare ! »

Thomas observe la nuit lourde et épaisse recouvrir le toit de verre.

« Ah, parce que ce n'est pas ta résidence secondaire… ? demande-t-elle, d'un air déçu.

— Tu rigoles ? La mienne est bien plus grande ! »

Camille rit et Thomas se trouble légèrement. Il lève à nouveau la tête et replonge dans les profondeurs de la nuit.

« Les propriétaires divorcent. Ils ne parviennent pas à se mettre d'accord sur l'appartement, alors ils sont obligés de s'en séparer. »

Camille se rappelle l'histoire de Marguerite, de ces disputes que les beaux décors n'évitent pas.

« On y va ? Chez moi c'est un poil moins grand, mais on peut se servir dans le frigo. »

*

La pluie a commencé à tomber. À l'arrière du scooter, Camille imagine le bruit des gouttes au contact de cette verrière. À la place des futurs propriétaires, elle installerait un hamac dans lequel elle se glisserait pour écouter ce son réconfortant. Comment ne pas s'aimer lorsqu'on habite un lieu aussi incroyable ? Le moteur s'arrête et la tire de ses pensées. Camille reconnaît la rue qu'elle a parcourue deux semaines plus tôt. Elle descend du scooter et laisse son conducteur le garer le long du trottoir. Elle n'avait pas remarqué qu'un petit restaurant se trouve à deux numéros de l'appartement de Thomas. À l'intérieur, quelques couples sont installés autour de tables en bois dans une ambiance chaleureuse. Camille observe les va-et-vient de la serveuse, une belle femme à la longue chevelure brune qui paraît danser le kalinka avec un plat dans chacune de ses mains tendues au-dessus de sa tête. Les clients ont l'air heureux et Camille se dit qu'elle n'est pas prête à renoncer au spectacle du bonheur des autres. Mais quelle importance, après tout, si ce bonheur vient s'ajouter au sien ?

Thomas la rejoint. Elle sent le contact de son bras contre le sien puis la paume de sa main effleurer doucement la sienne. Il continue de pleuvoir sur leurs têtes mais aucun d'eux ne prend l'initiative de bouger. Sa main plus large enroule la sienne à présent et une douce chaleur semble remonter le long de son bras.

« On y va ? » murmure-t-il.

Elle n'a pas le temps de répondre que d'un geste impératif Thomas lui serre la main, la fait tourner sur elle-même et l'embrasse. C'est un baiser tendre et Camille sent aussitôt un vertige la saisir. La pluie continue de tomber mais elle n'a plus rien à dissimuler. Les gouttes glissent sur sa joue, plongent dans ses fossettes discrètes et meurent dans la commissure de ses lèvres. Thomas se recule, regarde Camille d'un air grave et replace une mèche de cheveux derrière son oreille. Un léger soupir soulève sa poitrine.

« Viens. »

Il compose le code et pousse la porte de son immeuble.

78

Thomas

« C'est par ici. »

Thomas avance d'une démarche rapide dans les rues de Chartres et Camille allonge le pas pour ne pas se laisser distancer. Elle devine qu'il est anxieux à sa manière frénétique de se mordre la lèvre inférieure, mais elle préfère ne rien dire. Au détour d'une ruelle, une boutique illuminée se distingue des autres vitrines plongées dans l'obscurité de la nuit et Thomas ralentit sa cadence.

« On y est. Nouvelle lubie… »

Camille jette un œil à la boutique et remarque qu'elle est bondée. Chaque fois qu'une personne ouvre la porte pour sortir fumer une cigarette, un brouhaha s'élève de l'intérieur et des éclats de rire claquent dans l'air. Un couple passe devant eux en riant de bon cœur et Thomas les suit du regard jusqu'à ce qu'ils disparaissent de son champ de vision. Camille ne l'a jamais vu avec un visage aussi fermé. Elle lui donne un léger coup de coude et tente un sourire timide.

« Je crois que je suis incapable de dire le nombre de crémaillères auxquelles j'ai assisté.

— Celle-ci a plutôt l'air d'être une réussite.

— Cinq ans dans la même ville, c'est du jamais-vu. Je suis étonnée qu'il n'en soit pas déjà maire ! »

Depuis toujours, son père avait le don de se faire des amis partout où il allait. Il suffisait parfois d'une file d'attente un peu trop longue à la boulangerie pour ajouter un couvert supplémentaire à la table du déjeuner. Alors forcément, après un mois dans un lit d'hôpital, il avait eu le temps de sympathiser avec ses différents compagnons de chambre. L'un d'eux, un avocat, avait accepté de défendre son cas dans l'affaire de son accident de voiture. Ils avaient gagné le procès et, du jour au lendemain, Thomas n'avait plus eu à débourser le moindre centime pour la ferme ostréicole. Son père lui avait même remboursé la totalité de l'argent prêté jusque-là. L'équivalent d'une petite cagnotte de Loto.

Thomas lève les yeux pour lire le nom de la boutique. Il a envie de croire que cette fois quelque chose a changé.

« On y va ? »

Thomas hoche la tête et Camille lui emboîte le pas.

Quand ils poussent la porte, ils sont aussitôt saisis par la différence de température entre l'intérieur et l'extérieur. Camille se penche vers Thomas.

« C'est une boutique de quoi au juste ? murmure-t-elle.

— Je n'en ai pas la moindre idée... »

Thomas observe les étagères remplies d'objets de toutes sortes. Des bougies, des carnets, des bols en céramique, mais aussi des carafes en forme de coq, des Vierges avec un masque de Batman et de larges colliers en coquillages. Plusieurs miroirs sont plaqués contre les murs et quelques fauteuils dépareillés trônent au milieu de la pièce. Ils font plusieurs pas dans la boutique avant d'être cueillis par une femme d'une cinquantaine d'années au sourire doux et à la voix chaleureuse. À la minute où son regard se pose sur Thomas, Camille comprend qu'il s'agit de sa mère.

« Bonsoir, mon chéri, je suis contente de te voir. »

Il se penche pour déposer un bref baiser sur le front de cette femme qui lui enlace les hanches d'un geste tendre.

« Moi aussi, maman. C'est joli comme endroit.

— Merci.

— Je te présente Camille. Camille, voici ma mère, Françoise. »

Les deux femmes hésitent un instant entre tendre leur main ou avancer leur joue et finissent par hocher maladroitement la tête. Thomas reprend la parole pour dissiper ce court malaise.

« C'est une boutique de… ?

— De mes envies. »

Au même moment, un homme s'approche à l'aide d'une canne et écarte largement les bras en guise de bienvenue. Son geste brusque entraîne la chute du bâton de bois sur le sol, mais avant qu'il n'ait le temps de se baisser, Françoise l'a déjà devancé pour le ramasser. Quand elle se redresse, elle a les sourcils froncés et un furieux air désapprobateur. « Doucement », semble dire le mouvement silencieux de ses lèvres.

« Thomas ! reprend-il, imperturbable. Quel merveilleux endroit, tu ne trouves pas ? Et tout ça a été imaginé par ta mère. N'est-ce pas, Françoise ?

— Oui, c'est simplement un concept-store, annonce-t-elle d'une voix calme. Je vends tous les objets qui me touchent, uniquement ce dont j'ai envie.

— Et elle a bien raison ! » s'exclame-t-il d'une voix forte.

Camille sourit en observant ce duo. Elle les trouve touchants, même si elle ne peut s'empêcher de penser qu'il est aussi extraverti qu'elle semble réservée et que les hommes sont décidément plus doués que les femmes pour se trouver formidables.

« Je n'ai plus envie de me forcer à faire des choses dont je n'ai pas envie, reprend-elle. Et je pense que c'est mon tour maintenant. »

Cette dernière phrase, subtilement adressée à son mari, est dite sans aucune animosité. Camille imagine que si Françoise la prononce, c'est qu'elle lui paraît juste et alors elle doit vraiment l'être, car elle perçoit dans cette femme une forme de sagesse.

« C'est vrai, c'est son moment. »

Thomas regarde son père et se demande s'il a loupé un épisode. Ce changement d'attitude, bien qu'il soit tout à fait légitime, n'en est pas moins surprenant. Est-ce parce qu'il avait risqué la paralysie qu'il réalisait à quel point et depuis toujours sa femme l'avait laissé entièrement libre de ses mouvements ? C'est dans ces périodes d'affaiblissement que l'on mesure la force donnée par les autres. Thomas détaille cet homme en silence. Il remarque qu'il a accroché son regard à celui de sa femme comme un alpiniste plante son piolet à la paroi d'un rocher. Tout à coup, il décroche et se tourne vers Camille.

« Mais... nous n'avons pas été présentés ! François, le père de Thomas.

— Camille. »

Les yeux de Camille s'ouvrent de quelques millimètres sur l'effet de la surprise. Mécaniquement, Thomas commente la situation.

« François et Françoise, oui.

— Ma femme a toujours eu ce petit quelque chose en plus. Le “e” d'équilibre, d'épatante, d'époustouflante, d'exquise...

— Épuisée aussi », dit-elle en levant les yeux au ciel.

Mais un léger sourire étire ses lèvres.

« Dupont et Dupond, reprend son mari.

— Ah non ! Pas ça, hein !

— Et vous faites quoi dans la vie, Camille ? demande-t-il, à nouveau sérieux.

— Je suis fleuriste.

— Fleuriste ! Formidable ! J'ai pas fait fleuriste. Hein, Françoise, j'ai pas fait. J'aurais adoré pourtant... Heureusement la vie est encore longue ! Figurez-vous que je me suis lancé dans la cartographie. Plus précisément, la cartographie des petits chemins pour se rendre à un endroit. Les grandes voies sont toujours tracées, mais on oublie trop souvent les petits chemins tortueux, n'est-ce pas ? »

Il semble réfléchir un instant puis reprend.

« J'espère avoir la chance d'être vendu au concept-store de Françoise ! dit-il en explosant de rire.

— Je prends quarante pour cent de marge, dit-elle d'un air de défi.

— Oh dis ! Trente ! »

Thomas fait discrètement un signe de tête en direction de Camille et l'entraîne un peu à l'écart.

« Cinq minutes, c'est bien. »

Mais alors qu'ils n'ont pas fait trois pas, la voix de François les rattrape.

« Camille ! Mes cartes, dans votre boutique, vous les prenez ? Les petits chemins tortueux… c'est la vie, non ? »

79

Camille

Camille marche en direction de son magasin. Dans une heure, elle a rendez-vous avec un journaliste qui souhaite écrire un article sur les jeunes diplômés qui « plaquent tout pour devenir artisans ». Camille n'est pas diplômée. Elle a le bac, « comme tout le monde », mais pas de licence et encore moins de master. Elle a longtemps vécu cela comme un complexe, voire comme une tare, avant de comprendre que les études n'étaient pas faites pour elle. Elle avait toujours été bonne élève, mais une élève angoissée qui ne parvenait pas à dormir la veille de ses contrôles de mathématiques et qui perdait ses moyens devant une feuille blanche. Au lycée, il lui arrivait régulièrement de se rendre compte aux trois quarts de sa dissertation qu'elle s'était éloignée du sujet au point de ne plus vraiment le traiter. Nombre de ses copies arboraient cette même annotation : « Excellent ! Si seulement il avait été question de cela. » Camille était une grande rêveuse, mais en grandissant, cela ne semblait plus être un compliment.

La veille, elle a reçu un coup de fil de ses parents. Camille a été soulagée d'entendre leurs voix et, dans les premières secondes de la discussion, elle a même senti sa gorge se serrer. Cet appel a mis tant de temps à lui parvenir... Sans dire qu'ils étaient désolés, ils ont tout de même avoué à leur fille qu'elle leur manquait. Terriblement. Camille articula difficilement qu'eux aussi, ils lui manquaient. Certains mots peuvent être si durs à prononcer.

Camille est au stade de sa vie où elle prend conscience que ses parents sont des adultes comme les autres. Elle parvient à faire la distinction entre l'amour qui coule dans ses veines et leur personnalité, leurs opinions, leurs choix. À ses yeux, ils ne sont plus un décor ni même ces divinités intouchables qui lui ont donné la vie. Ils sont tout simplement humains. Alors, bien sûr, elle est déçue.

« Peut-être que tu reprendras tes études dans quelques années..., a glissé sa mère au détour de la conversation.

— Oh, laisse-la un peu. Tu sais bien qu'elle n'a jamais été vraiment ambitieuse. »

En raccrochant, Camille n'est pas sûre de savoir à qui, de son père ou de sa mère, elle en veut le moins. Elle s'est dirigée vers sa bibliothèque et a ouvert un dictionnaire à la première lettre de l'alphabet. Du bout des doigts, elle a parcouru les mots jusqu'à tomber sur celui qu'elle recherchait. « Ambition. » Elle a relu plusieurs fois la définition avant de refermer la couverture. *Désir ardent de posséder quelque chose, de parvenir à (faire) quelque chose*. Depuis quand ce « quelque chose » a-t-il été remplacé par des notions de gloire, de pouvoir et d'argent ? N'est-il pas possible de choisir sa propre quête ? Camille a répété plusieurs fois cette définition dans sa tête avant de la prononcer à voix haute.

« Ambition. Désir ardent de parvenir au bonheur. »

*

Camille sort quelques pots de fleurs à l'extérieur de la boutique. Quand elle a fini, elle grimpe sur une échelle et jette un œil aux plantes situées en hauteur. À la suite de la visite de ce magnifique appartement doté d'une serre, Camille a eu l'idée de créer une sorte de mezzanine dans un coin du magasin. Juste de quoi poser une dizaine de pots et de gagner quelques mètres carrés de surface supplémentaire au sol pour installer deux tables, chacune accompagnée de deux chaises. Elle a créé une courte carte de boissons à laquelle elle a simplement ajouté le terme « gâteau du jour » qui lui permet de varier les plaisirs au gré de ses envies.

Quand elle a fini de tout mettre en place, Camille balaie la pièce du regard pour vérifier qu'elle n'a rien oublié. Elle repense à cette boutique, six ans plus tôt, alors qu'elle venait juste d'être embauchée. Sans aller chercher aussi loin dans ses souvenirs, elle se souvient de ce lieu il y a quelques mois à peine, quand Adélaïde lui a proposé d'en devenir responsable. La boutique lui semble si différente à présent. Surtout, elle lui semble si familière. Elle a créé ce lieu à son image et elle en est extrêmement heureuse.

Alors Camille pense à son père et se dit qu'il a tort. Elle est ambitieuse.

80

Camille

L'interview est terminée et Camille raccompagne le journaliste jusqu'à la porte.

« Merci pour votre temps, Camille. C'est un endroit formidable et vous êtes très inspirante. »

Camille sourit et tend la main au jeune homme.

« Le papier sortira d'ici une petite semaine. Je vous enverrai le fichier numérique dès que je l'aurai en ma possession. À bientôt ! »

Le journaliste disparaît et Camille retourne à son comptoir. Elle n'a pas une minute à perdre. Elle doit remplir la grande jarre de limonade maison, couper en tranches le carrot cake et disposer les cookies au chocolat. Ensuite, elle devra finir d'écrire le message annonçant la fleur atypique du mois qu'elle enverra à ses clients, puis prendre en photo les bouquets qu'elle a achetés la veille au marché de Rungis afin d'alimenter les réseaux sociaux. Camille a quelques commandes à préparer : deux mariages, un anniversaire, un départ en retraite. Il faudra aussi qu'elle commence à réfléchir au thème du prochain atelier… À quatorze heures, elle a rendez-vous avec une jeune femme qui lance son service de livraison à domicile des commerçants de l'arrondissement. Une manière de lutter contre les grands distributeurs présents en ligne qui asphyxient les commerces de proximité. Il ne suffit plus d'être à trois minutes à pied, lui avait-elle dit lors de leur première prise de contact, maintenant il faut être livré sur le palier. La jeune femme a eu un coup de cœur pour la boutique de Camille et voudrait qu'elle devienne le visage de la campagne publicitaire qu'elle souhaite lancer. À quinze heures, comme tous les mardis, Marguerite viendra boire son thé vert au jasmin à l'une des tables de la boutique. Elle discutera avec Camille de tout et de rien. Du présent, du passé, du futur. Elle repartira sans doute avec un bouquet, certainement des genêts. Camille commence à connaître les goûts de la vieille dame et sa manière d'être spontanément attirée par les fleurs jaunes.

À dix-sept heures, elle recevra une jeune fille pour un entretien d'embauche. À la lecture de son curriculum vitae, Camille n'avait pu retenir un sourire. Pauline, dix-neuf ans, Angevine, étudiante en première année de droit. Quelle serait son histoire ? Tout restait à écrire. Dans tous les cas, il fallait que les choses aillent vite car d'ici un mois et demi, la nouvelle boutique d'Adélaïde ouvrirait ses portes et Lucas devrait être opérationnel pour s'en occuper. Parfois, Camille trouve que les choses vont trop vite. Elle s'inquiète de cette barre placée trop haut, dont même la pointe des pieds ne permettrait pas aux doigts d'un géant de l'effleurer. Elle se dit aussi que c'est ça, vivre sa vie. Essayer de la contenir mais la voir déborder tout de même. Courir, sauter, aimer. Avoir peur surtout. Camille s'aperçoit que pendant longtemps elle avait eu peur de la peur et que ce sentiment était bien plus puissant que la peur elle-même. Alors elle ne se laisse pas le temps de réfléchir. Elle avance, elle fait un pas après l'autre. Elle relève son pied avant que l'autre n'ait le temps de toucher le sol et elle se rend compte que le secret des choses qui marchent se trouve là. Camille a essayé de marcher en ne levant son pied qu'une fois que le premier a entièrement touché le sol, du bout de l'orteil à la courbe du talon. C'est aussi absurde que de tenter de pédaler après avoir trouvé le parfait équilibre à vélo.

À vingt heures, Camille retrouve Thomas. Elle est à la recherche d'un espace plus grand pour déménager la boutique. Elle n'en a pas encore parlé à Adélaïde, mais elle imagine que l'espace restauration pourrait se développer. Chaque mardi à quinze heures, elle réserve une table pour Marguerite mais le reste du temps, tout est complet. Les clients font la queue pour prendre un thé dans ce café fleuri. Deux tables, ce n'est pas suffisant.

Son téléphone sonne. Justement c'est Thomas.

« Ça va ? Écoute, pour ce soir, j'ai quelque chose à te faire visiter. Ce n'est pas du tout ce que tu m'as demandé.

— C'est-à-dire ?

— C'est… avant-gardiste. Mais je ne t'en dis pas plus. Je voulais juste te mettre l'eau à la bouche. Et entendre ta voix aussi. »

Quand Camille raccroche, c'est le sourire qu'elle a à la bouche.

81
Camille & Thomas

« C'est là. »

Camille a rejoint Thomas à une bouche de métro. Ils ont marché côte à côte quelques mètres jusqu'à ce qu'il s'arrête devant un immeuble carré et grisâtre sans aucun charme. L'immeuble est planté à l'angle d'une rue et n'est mitoyen avec aucun autre. Il semble avoir poussé là, à la va-vite, à une période où le pragmatisme primait sur l'esthétisme. De grandes baies vitrées coulissantes occupent la façade sur près de douze étages et des tiges en fer d'un blanc rouillé se dressent verticalement pour faire office de barrières. Le mot « garde-fou » vient aussitôt à l'esprit de Camille. Au rez-de-chaussée, pas de porte d'entrée ni de vitrine. Seules deux grandes fenêtres sur lesquelles un volet en plastique marron est abaissé. Camille jette un regard à Thomas avant de se tourner vers la rue. Le canal de l'Ourcq se trouve à ses pieds, mais il n'y a pas de possibilité de terrasse et surtout, si Thomas lui propose ce côté de l'immeuble, alors l'exposition est plein nord.

« Ce n'est pas un local commercial…

— Non.

— On est encore dans Paris ?

— Techniquement, non. »

Camille fronce les sourcils.

« Pantin, précise Thomas.

— OK, donc ce n'est pas un local commercial et on n'est pas dans Paris. Concernant les consignes, monsieur Rousseau, comment ça se passait à l'école ? »

Il se met à rire et lui tend la main.

« On jette un œil et on met une note à la fin, tu veux bien ? »

Camille lui remet sa main, sceptique, et Thomas l'entraîne vers une entrée qu'elle n'avait pas remarquée.

« La Ville de Pantin cherche à dynamiser ses commerces avec un vrai projet citadin. Comme tu as pu le constater, la ligne 5 du métro dessert le quartier, mais surtout les Parisiens, tout comme les Pantinois, se promènent le long du canal le week-end et en semaine. En fait, les coureurs parisiens sont les premiers à avoir découvert que la ville ne s'arrête pas au périphérique. En termes de clientèle, c'est génial. La ville est prise d'assaut par les jeunes familles qui n'ont plus les moyens de vivre dans la capitale. »

Camille s'arrête.

« Attends, on prend l'ascenseur ?

— Oui.

— Comment veux-tu que ma boutique fonctionne si je n'ai pas de visibilité depuis la rue ? »

En guise de réponse, Thomas se contente d'appuyer sur le dernier bouton et les portes se referment. Quand elles s'ouvrent à nouveau, il fait signe à Camille de sortir.

« Tu noteras que l'ascenseur est très grand. »

Thomas vient de devancer une problématique à laquelle Camille n'avait même pas pensé. Comment allait-elle réussir à monter toutes les fleurs si sa boutique se trouvait à l'étage ? Elle prend une grande inspiration et sort de l'ascenseur. Au bout du couloir, Thomas pousse une porte qui s'ouvre sur un escalier. Camille se retient de commenter ce nouveau point, mais ce parcours pour accéder à une éventuelle boutique la désole. En quelques marches d'un escalier toutefois large, ils se retrouvent sur le toit plat de l'immeuble.

« Voilà. »

Camille tourne sur elle-même à la recherche de quelque chose. À part les barrières en plastique transparent qui bordent le toit, il n'y a absolument rien.

« Comment ça, "voilà" ?

— C'est ça que je te propose. Ce toit. »

La jeune fille le fixe comme s'il était devenu fou.

« Il y a cinq ans, je suis parti à Hong Kong avec un ami. À cause de la densité de la ville, la plupart des boutiques se trouvent à l'étage. Il suffit de mettre une plaque en bas de l'immeuble, comme les avocats, dit-il dans un demi-sourire provocateur, et les gens prennent l'ascenseur. C'est aussi simple que ça.

— On n'est pas à Hong Kong… Les gens ne sont pas habitués. Si je ne suis pas visible, ça ne marchera jamais.

— Tu as vu le nombre de bars cachés qui voient le jour ? Dans ce monde de l'information, les gens veulent un peu de mystère et d'exceptionnel. Ils ont envie de se sentir privilégiés. Savoir ce que les autres ne savent pas. Réfléchis, rien n'est moins secret qu'un secret, Camille. »

Elle hoche la tête et continue de regarder autour d'elle.

« Et puis, tu te rends compte de cette superficie ? C'est unique ! Je me suis déjà renseigné, il est possible de construire une belle cahute en bois et de profiter de tout l'espace. C'est une surface morte, tu comprends ? Elle n'est pas habitable, alors le prix est très intéressant. En plus, tu peux avoir des aides de la Ville. Il suffit de créer un jardin perché et d'imaginer un projet social. Les idées, ce n'est pas ce qui te manque de toute façon. »

À mesure que Thomas parle, Camille sent que son esprit s'évade de plus en plus. L'idée lui semble totalement folle, excessivement ambitieuse, mais ce frisson d'excitation lui procure la sensation intense d'être aux commandes.

« Il y a de l'investissement à prévoir... »

Thomas acquiesce.

« C'est vrai.

— La cahute, comme tu dis, doit être suffisamment grande. Les étés sont courts à Paris.

— Oui. Et tu mettras des panneaux chauffants pour l'automne et le printemps.

— Il faut aussi une serre, des bacs de terre, du mobilier...

— C'est le projet d'une vie.

— Je crois qu'il faudrait plusieurs vies. »

Il la regarde en souriant.

« Il en faudrait une, surtout. Une vie, comme si c'était la dernière. »

Épilogue

Marguerite, Lucas et Adélaïde sont installés dans le salon de Camille. Il n'est pas loin de vingt heures et Thomas ainsi que Clémence et Arthur ne devraient plus tarder. Même si elle a souvent eu l'occasion de rire de la situation avec eux, Camille appréhende ce moment où le couple se rendra compte à quel point elle a pu les observer pendant plus de six mois.

On sonne et Camille presse machinalement l'interrupteur sans prendre la peine de porter le combiné à son oreille. Elle entrouvre la porte d'entrée avant de rejoindre ses invités dans le salon.

« Et si c'est un voleur ? s'insurge Marguerite. Tu y as pensé ?

— Ce serait une drôle de coïncidence, dit-elle en posant sa main sur l'épaule de la vieille dame.

— Justement ! Ils ont peut-être étudié la situation tout l'après-midi. »

Mais au même moment, Virginie pousse la porte d'entrée et fait un pas dans l'appartement.

« Bonsoir, dit-elle timidement.

— Oh, Virginie, tu as pu venir ! Je suis si heureuse !

— Je ne pouvais pas rater ça », dit-elle en enlaçant sa jeune sœur.

Quand elle relâche son étreinte, Virginie remarque le trouble de Camille.

« Tu sais, maman a acheté un bonsaï... Laisse-leur un peu de temps. »

On sonne à nouveau et Camille en profite pour se détourner de sa sœur avant qu'elle ne se laisse submerger par l'émotion. Elle décroche distraitement, appuie quelques secondes sur le bouton avant de raccrocher.

« Mais enfin ! » lance Marguerite en frappant la paume de sa main sur son genou.

Camille ne l'écoute pas. Elle se rue déjà en cuisine et apporte des plateaux de fromage et de charcuterie qu'elle dépose aux deux extrémités de la table basse. Thomas franchit la porte d'entrée, suivi de près par Clémence et Arthur.

« Donnez-moi vos manteaux, je vous débarrasse ! Oh merci beaucoup, dit-elle en prenant la bouteille de champagne que lui tend Clémence. Installez-vous, j'arrive ! Il va falloir un peu se serrer en revanche... »

Camille dépose rapidement les affaires de ses invités sur le lit de sa chambre puis retourne auprès d'eux dans le salon. Thomas lui fait signe de venir s'asseoir à côté de lui et passe doucement la main au creux de sa nuque. Adélaïde en profite pour saisir la bouteille de champagne et faire sauter le bouchon de manière théâtrale. Lucas s'empresse d'approcher une coupe pour recueillir l'effusion de mousse.

« À Camille ! s'exclame-t-elle en levant son verre. À la grande cheffe d'entreprise qu'elle est devenue et à la réussite de ce formidable projet ! »

Les flûtes s'entrechoquent et tout le monde répète en chœur : « À Camille ! »

« Je suis impatiente d'accueillir les premiers clients demain après tous ces mois de travail intense. Impatiente, mais surtout très anxieuse ! Merci d'être là pour me soutenir !

— Tu as déjà eu plus de couverture presse qu'une rock star ! Ça va cartonner ! s'exclame Adélaïde.

— Ça ne fait aucun doute, renchérit Clémence. Le lieu est splendide !

— On a un petit cadeau pour toi, susurre Marguerite en se baissant pour attraper quelque chose à ses pieds.

— Oh, merci.

— C'est pour ta boutique sur le toit, dit-elle en tendant à bout de bras un paquet bien enveloppé. C'est symbolique, mais ça n'en est pas moins sérieux. »

Camille défait lentement le papier et découvre une plaque dorée et rectangulaire sur laquelle, en toutes lettres, sont gravés les mots suivants :

Camille Fontan
Fleuriste

Elle relève la tête, légèrement émue. Elle regarde Clémence et Arthur, ce couple qui a traversé la vitre pour venir s'installer dans son salon comme dans sa vie. Elle observe Marguerite, cette femme qui a survécu au pire et qui lui rappelle chaque jour à quel point il faut vivre. Elle sourit à Adélaïde, sa tutrice, cette patronne fantasque qui a choisi de vivre sa seconde vie et qui arrose ses employés de sa confiance pour les regarder pousser. Lucas qui devra sûrement se battre s'il ne veut pas se contenter d'une double vie. Et puis Virginie, sa sœur. Il s'en était fallu d'un rien pour que les deux femmes passent leur vie à se louper. Elle sent la main de Thomas serrer doucement la sienne et tous les mots derrière ce geste. Cet homme avec qui elle partage sa vie, mais qui la lui fait vivre en double.

Il lui a fallu du temps pour le comprendre, mais aujourd'hui, Camille le sait. Tout le monde peut avoir sa plaque. Ce bout de métal luisant qui expose aux yeux de tous ce que l'on cache au fond de son cœur. En réalité, ce qui compte vraiment, ce sont les fondations sur lesquelles elle est accrochée. Camille, la fille de l'ombre qui s'est hissée au sommet d'un toit.

Elle a envie de les remercier à nouveau, de leur dire à quel point chacun d'eux a rendu tout cela possible. À quel point toutes ces vies ont permis la sienne. Pour la première fois depuis des années, Camille est pleinement heureuse. Elle regarde chacune des personnes qui l'entourent et se dit qu'en réalité, elle ne voudrait aucune vie autre que la sienne.

Remerciements

À ma mère et à mon père : je suis la somme de leur vie, pour cela, et pour tout le reste, je leur dis merci.

À Sylvain, l'autre vie en plus de la mienne, qui a été créée à partir des mêmes ingrédients. Un jour, il m'a demandé : « Si on n'était pas frère et sœur, tu crois qu'on serait amis ? »

J'ai dit non. S'il me rend mes billes œil de chat, je veux bien rétablir la vérité.

À Maïté Blatz, libraire au Roi Livre à Paris, qui a un jour eu la gentillesse de choisir mon livre pour le présenter devant les caméras du journal télévisé de France 2. Avec beaucoup de naturel, elle a donc conseillé à des millions de téléspectateurs de le lire ! Quelle vie lumineuse pour ce roman, grâce à vous !

À Thomas Sotto, qui a offert une deuxième vie à mon roman. Si un jour vous ne croyez plus en rien, rappelez-vous que Thomas Sotto existe.

La gentillesse et le professionnalisme sont en vie. Et c'est Thomas Sotto.

À Nicole Vigné Albarède de la librairie Transparence à Albi, qui conseille à tous de lire mes livres. Allez visiter Albi, c'est magnifique. Et passez faire une bise à Nicole, cette libraire pleine de vie.

À Catherine Graciet de la librairie Darrigade à Biarritz, qui a mis un petit cœur sur mon livre et lui fait vivre une belle vie, face à l'océan. Merci d'être restée à mes côtés, même pendant la rupture de stock.

À Émilie Deseliène, qui m'a invitée à parler de ma vie d'écrivaine au micro de son podcast *La Page Blanche*. Et qui pense que je fais bien d'écrire, depuis le début.

À Pénélope Boeuf, la première lectrice de ce livre, cette fille aux mille vies qui soulève des montagnes et ses amis avec. Tapez son nom sur un moteur de recherche et posez quelques jours de congé.

À Camille Anseaume, qui n'a rien fait de particulier pour moi je crois… Ah si, une fois, elle m'a dit que si on était amies dans la vraie vie elle m'aurait offert des boucles d'oreilles pour mes AirPods. C'était sympa.

Je la remercie d'être presque mon amie et, aussi, d'être si talentueuse et de me faire tant rire.

À Vincent Lahouze, qui défend ceux et celles en qui il croit. Sa plume est une épée qui, à la fin de la phrase, touche.

À mon éditrice, Louise Danou, qui m'accompagne dans ce drôle de voyage et m'en explique les codes. Merci de faire ce métier qui déborde tant sur la vie personnelle. J'ai beaucoup de chance de t'avoir aussi dans les débordements.

À Alia Cardyn, qui insuffle de la confiance dans ma vie chaque fois que je doute. La solidarité féminine entre autrices existe, et elle franchit les frontières.

À toutes les personnes qui ne se désabonnent pas de mon compte Instagram, même quand je fais des blagues pas très drôles.

Vous savez pourquoi les canards ne sont jamais en retard ? Parce qu'ils sont toujours dans l'étang.

(...)

Merci pour vos mots et vos attentions, merci de me soutenir tous les jours de ma vie. L'écriture d'un roman est un vrai marathon mais, grâce à vous, il est rythmé par des stands de ravitaillement.

Enfin, à Nicolas, celui qui vit avec moi : on imagine aisément la distinction qui lui est due. Il est ma vie préférée.

Dans ces remerciements, vous avez remarqué qu'il était beaucoup question de « vie ». Tiens ! Ça alors, mais attendez… le titre du livre, ce ne serait pas…

Je vous souhaite un nombre de vies incalculable et de les vivre toutes, avec la plus grande intensité.

Sophie

On se retrouve sur Instagram ? @sophieastrabie
Ou sur ma messagerie ? sophie.astrabie@gmail.com